疫病2020

門田隆将
Kadota Ryusho

産經新聞出版

疫病2020

はじめに

この星を支配し続ける人類を脅かす
最大の敵はウイルスである

二〇二〇年は、三三歳の若さでノーベル生理学・医学賞を受賞し、二〇〇八年に八二歳で世を去ったアメリカのウイルス研究の第一人者、ジョシュア・レダーバーグが残したこの言葉を世界中が噛みしめる年となった。

ウイルスの「研究」と、それに対する「防御」は人類にとって最重要課題であることは、レダーバーグの言葉を俟《ま》つまでもなく、数々のパンデミックによって膨大な数の人命が奪われてきた歴史からも明らかである。

世界は中国湖北省の省都・武漢市で発生した新型コロナウイルス感染症（ＣＯＶＩＤ－19）に地獄に叩き落とされた。新型肺炎の発生源となった人口一一〇〇万人の武漢市は、一月二三日に完全封鎖された。しかし、それまでにおよそ五〇〇万人が脱出したとされる。

一月二五日に始まった春節では、世界中で中国人や華僑が三〇億人も大移動した。こうして新型コロナウイルスは世界中に拡散した。

一帯一路で中国との関係を深めた各国は、その深度に従って多くの死者を出し、やがて地球全体に広がっていく。それはアフリカの密林やアマゾンの奥地にまで拡大していった。

日本では、コロナ対策を「官僚」に依存して乗り切ろうとした安倍晋三首相が信じがたいリーダーシップの欠如を露呈した。

感染国からの入国禁止措置という最重要策を採《と》らず、ウイルスが拡大した欧州からの入国禁止も決定的に遅れ、日本国内に無症状感染者が蔓延する事態を創り出してしまったのである。経済対策も財務省に丸乗りした首相に、コアな支持者からも失望の声が飛んだ。

官僚だけでなく憲法をはじめとする諸々の日本の法体系が「非常事態」に関して全く無力であることも白日の下に曝《さら》け出された。

それは、真の意味で戦後レジームの脱却を果たさなければ今後「日本自体が生き抜いていけない」ことを物語っていた。そのことを最も訴えてきた安倍首相自身が国民に自らの〝失敗〟でわからせたというのは、なんという皮肉だろうか。

二〇二〇年五月末現在、全世界の感染者は六〇〇万人を超え、死者はついに三六万人を突破した。まぎれもなく、第二次世界大戦以後「最大の悲劇」である。

新型コロナウイルスは、同時進行で世界各国のリーダーの資質と能力、国民をどう守るかという信念、安全保障への問題意識……等々、さまざまなことを炙《あぶ》り出す機会ともなった。各国はウイルス対策、医療体制維持への方策、中国とのつき合い方など、根本問題を次から次へと突きつけられたのである。

日本は、〝政治の失敗〟を医療現場の人智を超えた踏ん張りで克服するという闘いを展開した。

その最前線では、国家としての「危機管理」や「基本制度」「官僚の能力」という呆れるほどの弱点も、まったく関係がない。

これまでの歴史で日本人が数々の困難に対して示してきた通り、並外れた〝現場力〟で最悪の事態に立ち向かったのである。

私は、新型肺炎発生からの事象を細かく追いながら、さらにSARS（重症急性呼吸器症候群）の際の教訓を徹底的に生かした台湾と、それを全く生かせなかった日本を比較しつつ、今回の新型ウイルス発生の意味を描かせてもらおうと思う。

政策決定を含め、後手、後手にまわった日本のありさまに、表現しがたい怒りを持った国民は多かった。しかし、その怒りの根源がどこにあるのかを確かめる余裕もないまま、人々は日々の生活に追われている。

果たして何が間違っていたのか、自分の怒りはどこから来ているのか。

そのことをあらためて考え、確かめる意味でも、本書を手にとっていただきたく思う。今回の「教訓」を、国は、自治体は、企業は、国民は、どう未来に生かすべきなのか。

そのことを一度、是非、立ち止まって考えて欲しいと願う。

筆　者

疫病２０２０❖目次

第一章　飛び込んできた災厄

中国からの悪報

オリンピックイヤーの二〇二〇年。悪夢のようなニュースが日本列島に衝撃を与えたのは、一月一六日のことだった。

〈新型肺炎の患者を日本で初確認〉

武漢市への渡航歴がある人が国内での検査で初めて陽性となったことを伝えるニュースである。

（いよいよ来たか……）

多くの日本人が海の向こうの出来事である新型コロナウイルスが自分たちのふところに飛び込んできたことを実感しただろう。

のちにこの人は武漢から一月六日に帰国した三〇代の中国人で、すでに九日から三九度の高熱が続いており、一〇日から入院中だったことがわかった。

だが、日本政府の中で、この時点で深刻な事態と捉えた人間は皆無と言っていいだろう。

私はこの時、台湾から日本に帰国したばかりだった。台湾総統選と立法院選の取材のため、一月九日から一五日まで台湾を取材で走りまわっていた。

しかし、その頃すでに台湾政府は動いていた。

のちに新型肺炎に罹《かか》って亡くなる中国・武漢市の李文亮医師（享年三三）が初めてウイルスのことを告発した翌日の二〇一九年一二月三一日には、台湾政府は武漢で原因不明の肺炎により「複数の患者が隔離治療されている」という情報をキャッチし、ＷＨＯにもそのことを伝え、同時に最初の「注意喚起」を発出した。さらにその夜からは、武漢直行便に検疫官が乗り込み、検疫を始めたのである。

驚くべき早さだった。年が明けると、さらに動きは急になる。

二〇二〇年一月一日、台湾は入国してくる中国人全員の検温を開始した。翌一月二日には台湾衛生福利部（筆者注＝日本の厚労省に相当）で「伝染病予防治療諮問会」が開かれ、さらなる対策への具体的討議に入った。

同日、陳時中・衛生福利部長（筆者注＝部長は大臣に相当）は桃園国際空港を視察し、入念な防疫体制のチェックをおこなっている。これらが一月一日と二日の間に一挙に講じられているのである。

五日には感染症の専門家会議が招集され、総統選直前の一月八日には、早くもすべての国際線と中国の厦門《アモイ》、泉州、福州などの船舶の往来の警戒レベルを引き上げた。

私が日本に帰国する一月一五日は、ちょうどこのウイルスが検疫時に隔離措置を可能にする「法定感染症」に指定された当日だった。

帰国便に乗るため私が台北市松山区の松山国際空港を訪れると、検疫官や税関職員は言うに及ばず、空港職員たちは、ほぼ全員がマスクをつけていた。

台湾の新型コロナウイルスとの全面的な闘いは、正式には法定感染症に指定されたこの「一月一五日から」始まったと言える。

物々しい台北の空港のようすは、私にとって事態の深刻さを感じさせるに十分だった。帰国後、すぐに新型肺炎の患者を「日本で初確認した」というニュースに接した私は、これはきちんと対処しなければ大変なことになる、と考えた。

そして、その後、日本と台湾とのあまりにも異なる対応に私は唖然とし続ける日々を過ごすことになる。

それには、もうひとつ理由がある。実は、私はSARS（重症急性呼吸器症候群）が流行した二〇〇三年四月も、台湾で取材した経験があるからだ。

周知のように、SARSは二〇〇二年秋、中国の広東省で発生した謎のウイルスによる肺炎のことである。広東省や香港を中心に八〇〇〇人以上が感染し、世界三二か国で七七四人が死亡した。

香港では、熱がありながら香港にやってきた広東省の一人の医者のために、その医者が訪れたビルで集団感染が発生し、一挙に香港中に病気が広がっていった。香港全体が封鎖・隔離されて、香港の人々は悪夢の日々を過ごすことになるのである。

香港と密接な関係にある台湾は、この事態に恐れ慄《おのの》いた。そして、やがて香港と同様、台湾もパニック状態に陥っていく。

特に台北市の中心部・中正区中華路二段にある台北市立の総合病院「和平医院」の騒動は忘

れられない。四月二四日、同院でＳＡＲＳの集団院内感染が突如、発生したのである。

台湾で最初に感染者が出たのは三月下旬だったのに、和平医院では四月になって医者、看護師、そして患者に発熱症状が出始めた。しかし、病院側がすぐに隔離措置を採ることはなかった。

感染が拡大していく中、同日、いきなり病院全体を〝隔離〟することになったから堪《たま》らない。悲惨だったのは、これが「予告なき隔離」だったことである。

たまたま入院患者を見舞いに来ていた一般の人まで急に外に出られなくなったのだ。すべての出入口が「完全封鎖」された和平医院は阿鼻叫喚の事態に陥った。

今も台湾の感染症史上、「最も悲惨な日」と特筆される事件である。

「出してくれ！」

「助けてくれぇ！」

病院を取り囲んだマスコミは、泣き叫ぶ人々の姿を連日報道した。

〈和平医院「隔離人員」情緒崩壊！〉

我を失って泣いたり絶叫したりする隔離者の姿は、そんな見出しになり、テレビも連日報じ続けた。

当時の陳水扁政権はなす術がなかった。

民進党として初めての政権だったことに加え、野党・国民党が立法院で多数を占め、いわゆる〝ねじれ現象〟だったことから、この事態に対処するための特別措置法もつくることができなかったのだ。

これが台湾政府の対策が後手、後手にまわる要因となった。そのことは、大きな教訓となる。

五月に入って和平医院の状況が小康を保つようになると、今度は台北市萬華《ばんか》区にある国営団地で感染者が発生し、七〇〇人以上が強制自宅隔離となる。

医療機関も甚大な打撃を受けた。

有効な防疫体制を医療機関で採れなかった台湾では、感染者の四割が医療従事者となり、患者や見舞い客、介護者を含めると、院内感染が実に全体の「八割以上」を占める惨状を呈したのである。

結局、台湾の死者は七三人に達した。世界のＳＡＲＳの死者の約一割は台湾人だったことになる。和平医院に限らず、ほかの大規模病院でも院内感染が発生したため、台湾人は政府と医療機関に対して強い不審を抱いた。

衛生署（のち「衛生福利部」に改称）トップの署長は更迭され、事態収拾のために新たに同署長となったのが、後年、蔡英文政権で副総統となる陳建仁である。

一七年後、蔡英文政権で新型コロナウイルス対策で先手、先手の対策を打つ立役者の一人が陳建仁だ。

ＳＡＲＳ事件は台湾にしっかり「教訓」として残り、今回のウイルスとの闘いで、国民の九割近くが政府の政策を「支持」することになるのは後述する。

危機感欠如の日本

台湾に出張中の一週間分の新聞を繰《く》っていた私は、思わず〝これは大丈夫か〟と唸ってしまう記事に出くわした。一月一二日付の朝日新聞だ。

武漢市で新型コロナウイルスによる死者が初めて出たことを報じる記事だった。感染源とされる海鮮市場に出入りする六一歳の業者が肺炎による呼吸不全で亡くなったのである。

記事では、武漢市当局の「肺炎の発生はすべて昨年12月8日から1月2日の間であり、3日以降、新たな患者は出ていない」「ヒトからヒトへの感染も確認されていない」と、ことさら〝心配無用〟との説明が強調されていた。

私が危機感を抱いたのは、この記事の後半部分にあった日本の感染症の専門家のコメントだ。〈「感染広がる可能性、低い」専門家〉と題された記事には、こう記されていたのである。

〈中国・武漢市で一部の患者から検出されている新型のコロナウイルスについて、国立国際医療研究センター・国際感染症対策室医長の忽那《くつな》賢志医師に聞いた。

——新型ウイルスが原因と指摘される理由は。

コロナウイルスはウイルス性肺炎の原因として可能性が高い。インフルエンザや、MERS（中東呼吸器症候群）、SARS（重症急性呼吸器症候群）が否定され、動物が取引されている可能性のある市場の関係者から患者が発生したことから、動物由来の新型コロナウイルスが疑われた。

——今後、ヒトからヒトに感染する可能性は。

インフルエンザウイルスは、ヒトからヒトに感染するよう変異する危険が知られているが、コロナウイルスがインフルエンザウイルスほど変異しやすいという議論は聞かない。過度に心配する必要はないだろう。

――今後、感染が拡大する可能性は。

今回の死者は61歳とやや高齢で、持病もあったと聞いている。今回は重症例が少なく、新たな患者が1週間以上見つかっていないことから、これ以上広がる可能性は低いと思う。

――現地へ渡航する際に気をつけることは。

家畜や野生動物に近づいたり、生肉や加熱が不十分な肉を食べたりするのは控え、付着したウイルスを落とす効果がある手洗いを習慣づけたい〉

「過度に心配する必要はない」「これ以上広がる可能性は低いと思う」という専門家の文言が目に飛び込んできた私は、「正常性バイアス」という言葉を思い浮かべた。

人間は必ず、事態を悪い方ではなく、いい方に解釈し、そう「思い込んでしまう」心理が働く。それが正常性バイアスである。

私がこの専門家のコメントに違和感を覚え、「これはおかしい」と感じたのは、台湾の過剰ともいえる対応を知っていたからだろう。少なくとも危機管理の鉄則からすれば、完全に台湾の方が正しいからだ。

中国からの情報をそのまま信じていることにも違和感を覚えた。

私たちジャーナリズムの世界では、中国が、まず「隠蔽する国」であることは常識に属することである。SARSや鳥インフルエンザの時にも、中国政府の隠蔽によって対応が遅れ、感染が拡大した。

中国の情報を鵜呑《うの》みにしてはいけない、ということが、少なくとも私には沁《し》みついている。紙面に掲載されている専門家のコメントを追いながら、私には帝政ローマ時代の政治家、ルキウス・セネカの有名な言葉が浮かんできた。

最善を願い、最悪の事態に備えよ

(Hope for the best and prepare for the worst.)

これは、危機管理を考える際の鉄則として、よく出てくる言葉である。私が日本は大丈夫か、と即座に思った所以《ゆえん》も、おそらくこの言葉が頭の片隅にあったからに違いない。

信じがたい〝緩《ゆる》い予測〟

横浜で初めての感染者が見つかったことを報じた紙面にも、危機感はまったく感じられなかった。朝日新聞の一月一七日付「時時刻刻」には、〈厚労省は現時点でヒトからヒトへと感染が拡大するリスクは低く、過度な心配は必要ないとしている〉として、こんな記事が掲載されている。

〈新型コロナウイルスの感染の仕方はよくわかっていない。ただ、武漢市の海鮮市場の関係者から多くの患者が出たことから、市場で扱われていた動物から感染した可能性が指摘されている。東北大学の押谷仁教授は「同じくコロナウイルスによる中東呼吸器症候群（MERS）やSARSのようにコウモリが自然宿主《やどぬし》でなんらかの動物を介してヒトに感染したと考えられる。ネコやネズミなどの可能性もある」と話す。

市場はすでに閉鎖されており、市場関係者からは3日以降、感染者は見つかっていない。だが、武漢市当局は14日、「ヒトからヒトへの感染の可能性を排除できない」との見解を示した。肺炎を発症した夫妻のうち、夫は海鮮市場で働いていたが、妻は市場への接触を否定しているからだ。

川崎市健康安全研究所の岡部信彦所長は感染リスクが特に高い医療関係者への感染が報告されていないことから、仮にヒトからヒトへの感染があっても限定的とみる。岡部さんは「感染があったとしても、インフルエンザやはしかなどと比べて確率はとても低い」と話す。

肺炎が重症化するかについて、国立国際医療研究センター国際感染症対策室の忽那賢志医長は「現時点ではSARSやMERSと比べて重症度は低い」と話す。武漢市当局によると、唯一亡くなった61歳男性は慢性肝疾患と悪性腫瘍《しゅよう》があったという。

忽那さんは「むやみに恐れる必要はない」という。手洗いを徹底し、海外に行く際には動物などに近寄らないようにし、帰国後に症状が出て医療機関を受診する際は医師に渡航歴を告げてほしいとしている〉

これらの専門家の意見が厚労省全体を支配していたことは間違いない。ほかのメディアも楽観論は似たり寄ったりで、たとえば、時事通信は一月二〇日にも「人からの感染、限定的　専門家、冷静な対応求める―新型コロナウイルス」と題してこんな記事を配信している。

〈厚生労働省によると、中国で人から人への感染が疑われる例が起きている。だが、感染リスクが高い医療者の発症が報告されておらず、感染力は限定的だと複数の専門家は分析する。押谷教授は「国内で感染が広がるリスクはほぼない」と語り、症状を引き起こす「病原性」について「致死率10％弱のSARSよりかなり低い印象。SARSは当初から重症者がもっと多かった」とみる。

川崎市健康安全研究所の岡部信彦所長は「国内の人は特別な対策は必要ない。手洗いやマスクなど、インフルエンザの予防策を取れば足りる」と話す。現地を訪れる場合については「生きた動物を扱う市場の観光は避け、野生動物に触らない。帰国後に熱やせきの症状が表れたら、渡航歴を告げて受診してほしい」と求める。

一方で、今後も中国で感染した人が日本に入国・帰国する可能性がある。SARS流行時と比べ、中国人の入国者は10倍以上に増加。25日の春節（旧正月）の前後は一段と多くなることが予想される。

押谷教授は「武漢と周辺に、報告よりずっと多くの感染者がいる恐れもある」と懸念する。ウイルスが変異して感染力や病原性を強める可能性も否定はできず、注意が必要だという〉

これらの記事に登場する専門家たちは、予想に反して事態が深刻化すると、以前の自分の意見とは「正反対」のことを唱え始める。

大きな危機が近づいているのに、それに警鐘も鳴らせなかった専門家たち。自分の見方と予測が「まるで違っていた」ことに誰かが誤りを認めて「謝罪をした」という話を私は寡聞《かぶん》にして知らない。

後述するように、彼らの意見がそのまま厚生労働省の基本的な考えとなり、結果的に日本は初動から〝致命的な失敗〟をつづけることになる。

私はツイッターを通じて、連日、情報を発信することにした。台湾の動きを知っている私としては、それを日本政府に参考にして欲しいという思いがあった。

すでにアメリカでは、CDC（米疾病対策センター）が乗り出し、中国からの武漢便の監視に入っていた。

およそ三〇億人の中国人や華僑が世界中で大移動する「二〇二〇年春節」がもう「一週間後」に迫っていたのである。

1月18日（土）

武漢の新型コロナウイルスによる肺炎対策で、米国はCDC（疾病対策センター）が乗り出し、武漢からの直行便や乗継ぎ便に係官が乗客全員を一般とは別の部屋に移して症状の有無を調べている。まるで映画『アウトブレイク』だ。日本も人民大移動が始まる「春節」の前に徹底対策を。

映画『アウトブレイク』は一九九五年の作品である。感染力、致死率とも極めて高いエボラウイルスに似た架空の〝モターバ・ウイルス〟と米CDCとの戦いを描いており、ダスティン・ホフマンの熱演と共に、多くの映画ファンに記憶される力作である。

私は、この時点で日本政府に入国禁止措置など採れるはずはないだろうと、考えていた。春節で日本を訪れる中国人の数は、前年と同じと見ても七〇万人は下らない。

これを直前にストップすれば、損失をこうむる旅館、ホテル、交通機関をはじめ、当事者の中国人を含め、多くの損害賠償訴訟が起こされることが必至だからだ。

インバウンドが安倍政権の経済政策の「柱」でもあり、そんなことはできるはずもない。まして相手が中国なら尚更だった。

だが、たとえ中国全体からの入国を「ストップ」できなくても、武漢とそれを含む湖北省からの訪日を限定的に封じ込めるアイデアが何か出て来るのではないか。私にはそんな淡い期待もあった。

しかし、一月二一日、NHKから流れてくる信じられないニュースを私は耳にした。

〈加藤厚生労働大臣は関係閣僚会議を受けて、中国からの入国者に対して健康確認を徹底するなど、水際対策を強化する方針を明らかにしました。具体的には、中国・武漢から航空機で入国する人に対して健康状態を把握するため、症状に関する質問票を新たに配布するほか、武漢に加え、上海からの航空便でも、発熱などがある場合は自己申告するよう機内アナウンスを流すということです〉

耳を疑った。すでに国際社会は正体不明のウイルスへの対策をとり始めている。本来なら最も中国からの訪問者が多い日本は、入国をどう制限するかが最大議論になるはずである。しかし厚労省は、武漢から航空便で入国してくる人々に発熱や咳《せき》の有無を尋ねる「質問票を配布する」ことを対策としたのである。信じがたい〝緩さ〟だった。

私はこうツイートした。

1月21日（火）
新型肺炎への水際対策が緩すぎる。航空機での武漢からの入国者に症状に関する質問票を配布し、上海からの航空便でも発熱等の自己申告を促す機内放送を流す、と。中国人の良心に期待？　米ではCDCが乗り出し、航空機ごと乗客を別室に通して検査。国家の安全への意識がまるで違う。

感染症への対策は国家の危機管理の問題だ。伝染病なのか、生物兵器テロなのかは別にして、国民の命を守るためには、水際対策は徹底してやらなければならない。

それが発熱や咳の有無を尋ねる「質問票配布」で済ませるとは、さすがに私も想像していなかった。

黙殺される「危機を訴える声」

この時点で武漢からのＳＯＳを伝えるネット記事も出始めていた。特にインパクトが強かったのは、〈コロナウイルスと闘う医師が伝える武漢の惨状〉と題したジャーナリスト・近藤大介によるＪＢプレスの記事である。

この記事の中で近藤は武漢での事態が想像されているものより更に「深刻な状態」であり、直ちに「武漢全体を封鎖すべきである」という中国医療の現場からの声を紹介していた。私は率直にこう発信した。

1月22日（水）

中国・武漢の医師の言葉が怖い。「我々が了解している状況は一般の人々が最悪の事態と考えているものより更に深刻」。かつてＳＡＲＳと戦った老医師もＴＶ取材に応じ、「直ちに武漢全体を封鎖すべきだ」と。ＳＡＲＳを超える事態に安倍政権は対応できず。原発事故時の民主党政権と同じだ。

私はこの時点で、安倍政権の対策が「原発事故時の民主党政権と同じだ」と感じていた。危機の本質と真実を掴むことができず、ただ右往左往する姿である。

いや右往左往するなら、少なくとも危機であることは認識しているわけだから、まだましかもしれない。安倍政権は、これが「日本を揺るがす危機」であること自体を認識していないのである。そのことが、とてつもなく怖かった。

ここでツイートした「直ちに武漢全体を封鎖すべきだ」との老医師の言葉はたしかに衝撃的

だ。しかも、事態が「一般の人々が最悪の事態と考えているものより更に深刻」というのだから、もはや〝最大級の非常事態〟であることは明らかだった。

しかし、日本は武漢からの航空便にも扉を開き、発熱も咳も「ありません」と記入しさえすれば、問題なく「入国できる」というのである。

中国では、ツイッターの「微博（Weibo）」や、メッセンジャーアプリの「微信（WeChat）」で、「日本行きの搭乗前に解熱剤を飲み、発熱と咳の項に〝NO〟とマルをすれば日本には入国できる」という情報があっという間に飛び交うことになった。

さすが「上に政策あれば、下に対策あり」の国である。日本の入国審査の緩さは、あっという間に中国で拡散され、〝周知〟されていったのである。

国際的な感染症の広がりを阻《はば》む第一段階は、「止める・突きとめる・追いかける」が三原則であることは言うまでもない。

感染国（レッドゾーン）からの入国をストップして、最初に感染症のもとになるウイルス流入を止めるのである。次にすでに感染している者の存在を突きとめ、その感染経路と濃厚接触者を徹底的に追い、隔離・治療していく。こうして感染者をひとりひとり潰《つぶ》していくのだ。

初期段階でこれをできるかぎりおこなうのが鉄則だ。だが、日本はそれをやる「意思」が全くないことをこの時点で「明らかにした」ともいえる。

前述のように、私には東日本大震災時の福島原発事故の民主党政権の失策とすでに重なって見えていた。安倍政権は国家の危機に対処できない。そんなイメージがもうできていた。

一月二三日になると、警鐘を鳴らしたいという思いはさらに大きくなった。

1月23日（木）

台湾の蔡英文総統は武漢と台湾との間の団体観光客の往来禁止を発表。国家安全会議も開き、中国に対し感染情報の完全な公開を要求する一方、ＷＨＯ（世界保健機関）に台湾加盟を認めるよう呼びかけた。一方、安倍政権の危機管理欠如には驚く。台湾にできて日本はなぜできないのか。

同日

罹患者が病院に殺到し、入院もできない武漢。深刻さは増すばかりだ。中国政府は遂に武漢を閉鎖。しかし日本は安倍政権が危機管理のなさを露呈し、水際対策が後手に。米国や台湾に比べてなぜ日本には危機意識がないのか。日本の〝平和ボケ〟はさまざまな局面で顔を出す。これからは外出にマスクが必須。

ツイッターの文面からは、苛立たしさが滲《にじ》み出ている。一一〇〇万人の大都市が封鎖された「意味」を考えると、私は慄然《りつぜん》となった。

中国の「微博」「微信」には、武漢の病院のありさまが溢《あふ》れていた。

病院に殺到し、「もう耐えられない」「助けて！」と泣き叫ぶ人や、ただ無言で壁にもたれている人、あるいは青っぽい防護服を頭まですっぽりまとい、黙々と患者の応対を続ける人……異常な光景が続々発信されていた。

私は、一七年前のSARS事件の際の台湾・和平医院のありさまを思い出していた。だが、規模からいえば、そんなレベルを遥《はる》かに超えていることは明らかだった。

この時点で「中国全土からの入国禁止措置」を採ることができていたら、安倍首相は歴史に残る名宰相となっただろう。

だが先に触れたように、「春節」直前にこれを断行すれば各業界が大混乱に陥り、交通、飲食、宿泊の予約も一斉にキャンセルされ、目もあてられない事態を招いたのも事実だろう。

それにしても武漢からの航空便の乗客に咳や発熱の有無を尋ねる質問票を配布するだけというのはあり得ない。あまりにお粗末というほかない。

日本政府は「国民の命」を守るという最大使命を忘れたのか——。私はそれ以後、この問いかけを延々と続けていくことになる。

第二章　お粗末な厚労省

危機感が欠如した官庁

一月二六日、厚労省はホームページに「新型コロナウイルスに関するQ＆A」を公表した。武漢が閉鎖されて三日後である。さすがにこれを見て驚きを隠せない国民は少なくなかった。

新型コロナウイルスがヒトからヒトへうつるのですか、との問いに厚労省はこう答えている。

〈新型コロナウイルス感染症の現状からは、中国国内ではヒトからヒトへの感染は認められるものの、ヒトからヒトへの感染の程度は明らかではありません。過剰に心配することなく、風邪やインフルエンザと同様に、まずは咳エチケットや手洗い等の感染症対策を行うことが重要です〉

言葉を失う認識というほかない。一〇〇〇万人をはるかに超える大都市を封鎖に追い込んだウイルスに対して「ヒトからヒトへの感染は認められるものの、感染の程度は明らかでない」

というのである。もとの〝宿主〟がヘビかコウモリか、あるいはセンザンコウかはわからないが、少なくともヒトからヒトへの爆発的感染が起こっていることは素人でもわかる。

たしかにコロナは風邪のウイルスである。種類は違っていたとしても「どうせコロナ（風邪のウイルス）だから」という専門家の固定観念もあるだろう。

しかし、現地・武漢から発信されている情報や映像は、もはや「風邪のウイルスだから」などというレベルであるはずはなかった。医療現場は完全に崩壊し、遺体がビニール袋に入れられ、積み上げられた映像までSNSにはアップされていた。

それでも厚労省は「ヒトからヒトへの感染の程度は明らかでない」というのである。専門家より素人の常識の方が的確な判断ができることの典型事例と言えるだろう。

そして潜伏期間についての質問にも、厚労省はこう答えている。

〈潜伏期間は現在のところ不明ですが、他のコロナウイルスの状況などから、最大14日程度と考えられています〉

厚労省は、専門家と称する楽観論者たちの意見を完全に鵜呑みにしていた。いや、厚労省自体が楽観論にしがみつこうとしていることは明らかだった。

Q&Aでは、現在の〝対策〟について、こう記述している。

〈中国からの全ての航空便、客船において、入国時に健康カードの配布や、体調不良の場合及

び解熱剤と咳止めを服薬している場合に検疫官に自己申告していただくよう呼びかけを行っています〉

第一章で記したように、すでに日本に入国するためには、中国では、微博や微信などのSNSに「搭乗前に解熱剤を飲み、発熱と咳の項に〝NO〟とマルをすればいい」との情報が流布されていた。

しかし、厚労省は堂々と中国人の良心に期待して自己申告を待ちます、というのだ。そもそも新型コロナウイルスを「たいしたものではない」「過剰に心配する必要はない」と本気で思っているのだから、それもあたりまえかもしれない。

ホームページで厚労省はこんなメッセージも国民に対して出していた。

「今後とも各関係機関と密に連携しながら、迅速で正確な情報提供に努めてまいります。国民の皆様におかれましては、過剰に心配することなく、マスクの着用や手洗いの徹底などの通常の感染症対策に努めていただくようお願いいたします」

また武漢から日本に帰国した人に対してはこうメッセージを伝えた。

「武漢市から帰国・入国される方におかれましては、咳や発熱等の症状がある場合には、検疫所で必ず申し出下さい。また、国内で症状が現れた場合は、マスクを着用するなどし、あらかじめ医療機関に連絡の上速やかに医療機関を受診していただきますよう、御協力をお願いします。なお、受診に当たっては、武漢市の滞在歴があることを申告してください」

武漢市が都市封鎖まで追い込まれ、医療崩壊し、多数の死者が出ていることを知りながら、厚労省はこれほど危機感のない呼びかけをおこなっていたのである。

「コアな支持層が失望する」

私は連日、武漢のありさまや厚労省の対応を中心に、ツイッターで発信しつづけた。武漢が閉鎖された日、そしてその翌日にも、安倍政権を厳しく指弾した。

1月23日（木）
安倍政権は結局ＳＡＲＳの教訓も生かせなかった。映画『アウトブレイク』で閣僚全員が勉強せよ。２日前、武漢からの入国者に症状に関する質問票を配布するとの〝対策〟を聞いた時、こりゃダメだと絶句した。外務省は今も武漢は〝レベル２〟。とても危機管理を云々できるレベルにない。

1月24日（金）
中国もさることながら安倍政権の危機管理の欠如には驚かされる。武漢からの航空機に質問票を配布するという自己申告が〝対策〟だったという「パンデミックが理解できない」閣僚たち。特に加藤勝信厚労相は未だ子供の虐待情報の警察との全件共有をＧＯさせない人物。命を守る責任者として完全に不適である。

同日

これが安倍政権の「水際対策」とやらである。野党の体たらくで安倍政権はもっているだけで、決して国民の支持が高いわけではない。この危機管理の欠如は、コアな支持層の〝安倍離れ〟を加速させるだろう。その先にある習近平国賓来日が何をもたらすか。五輪後に予想される解散総選挙が注目される所以だ。

このままでは国民の命が危ない、何とかして欲しい、という願いと怒り、焦りが窺《うかが》える。それでも野党に比べれば、安倍政権は国家としての安全保障、危機管理において高い意識を有していると私は思っている。それだけに、これら「危機管理を云々できるレベルにない」「加藤厚労相は命を守る責任者として完全に不適」「コアな支持層の〝安倍離れ〟が加速する」という厳しい文言は、早く危機に気づいてくれ、という叫びでもある。

だが、国会ではほとんどの審議時間が「桜を見る会」に費やされていた。立憲民主党、国民民主党、共産党、社民党などの野党には、国家の危機などまるで「見えてなかった」のだ。中国がパンデミックになったことが明らかになった一月二五日、私はこんなツイートを連続で出した。

1月25日（土）

いよいよ中国でパンデミックが始まった。機内で自己申告の質問票を配布するという〝対策〟を採った安倍政権を嘲笑《あざわら》うように武漢、いや中国全土から日本での治療を目指す人々が押し

寄せている。だが国会では今も野党によって「さくら〜、さくら〜」が歌われている。これが危機管理ゼロ、機能不全国家の姿。

同日
米CDCのように航空機ごと乗客を別室に通す人員もスペースもない日本。私達は現在進行形でパンデミックがいかに起こるかの目撃者に。日本の出入国の甘さは、先のゴーン事件に続き世界に露呈。国民の命を守れない政権に存在意義はない。加藤勝信厚労相を始め〝能力欠如〟の政治家たちを忘れてはならない。

同日
水際作戦の失敗だけでなく、日本には国民の命を守ろうという発想がない。米は武漢に残る米国人を救出すべくチャーター便を検討。だが拙著『日本、遥かなり』で描いた〝見捨てられる在外邦人〟は今も同じ。明日放映の「そこまで言って委員会」でも取り上げられる。政治家は国家の使命とは、から学び直せ。

翌一月二六日にも、こんな厳しいツイートが連続した。

1月26日（日）
中国が海外への団体旅行を禁止。海外旅行数推定1億6千万人に影響。いち早く中国人を全

面入国禁止にした北朝鮮、ＣＤＣにより航空便ごと別室に通して検査の米国、中国旅客機を追い返したフィリピン、団体客往来全面禁止の台湾……何もできなかった〝平和ボケ日本〟の姿を忘れるな。

同日

１９８５年のイランからの邦人脱出をトルコ航空に頼った日本。これを嘆いた当時の安倍晋太郎外相の強い意向で、日本にもやっと政府専用機ができた。息子の安倍首相よ。今これを使わずして「いつ」使うのか。武漢で助けを待つ邦人を見捨てるのか。国民の命を守るという〝国家の基本〟を閣僚全員で学び直せ。

一四〇字しかないツイッターだけに言葉が極めて直截簡明《ちょくせつかんめい》なのはご容赦いただきたい。

しかし、安倍内閣や野党だけでなく、マスコミも危機感は薄かったと言わざるを得ない。中国のありさまなど他人事《ひとごと》であり、どこか遠い世界の出来事であるかのような雰囲気なのである。連日、春節で中国人が押し寄せているのに、ウイルスへの危険性について警鐘を鳴らす姿勢はほとんどなかった。

新聞・テレビは政治部、経済部、社会部ともに記者クラブを中心に取材をおこなっており、官僚から出てくる情報によって報道は成り立つと言っていい。

そのため、どうしても「過剰な心配」など必要なく、むしろ訪日客が減ってインバウンド収入が落ちたら「日本経済が危なくなる」という方向に流されていたといっていいだろう。

特に朝日新聞は、日韓関係の冷え込みで韓国からの訪日客が減っていることを捉えて「このうえ中国からの訪日客が減れば、経済はさらに厳しくなる」という視点での報道が中心となっていた。政治部の朝日新聞官邸クラブは、ツイッターでこんなことまで発信している。

〈日韓関係の悪化で韓国からの訪日客が落ち込むなか、この時期に中国人観光客が急減すれば、日本の観光関連産業にとっては二重の打撃となりそうだ〉

中国人観光客が減ることは許されない状況であったことがわかる。呆れた私は、同日のツイッターで「感覚が狂っている」として、こう書いた。

1月26日（日）

政府の危機感も朝日と同じ。「SARSやMERSよりも感染力が弱いとみられる」との厚労省は国内の感染確認3人の国籍や交通経路等を一切明らかにしない。個人情報の保護が重要で、公表情報は他人に感染させ得る時期の行動歴等に留めるとの事。あの中国が感染力が弱くて都市封鎖をするか。感覚が狂っている。

「国民の命」など関係なし

この頃の厚労省の空気について、厚労省担当記者はこう語る。

「厚労省に危機感はなかったたんですよ。だから、マスコミも似たような感覚に陥っていたんですよ。ネットでは、これは大変なことだ、と訴えている人がいたことは承知していますが、官僚に話を聞くとすぐに、〝コロナですから、たいしたことはありません〟とか、〝アメリカのインフルエンザの猛威を知っていますか。二二〇〇万人が感染して一万人以上が亡くなっていますよ〟と即答されるんです。皆、そっちの方が怖いよという感覚でしたね。危機感はありませんでした」

それほどの危機感の薄さはどこから来ているのか。

「やはり、国立感染症研究所や国立国際医療研究センターの専門家がそういう認識だったからですね。ふた言目には、〝SARSやMERSと比べて重症度は低いですよ〟と言われました。インフルエンザだって怖いのに、なぜそんなに神経質になるんですか？　というわけです。専門家が〝過剰に心配する必要はありません〟というばかりですから、私たちにはどうしようもありません。厚労省の官僚もそれをオウム返しに言っていたと思います。まさか、のちに緊急事態宣言を出すようなことに追い込まれるなんて、誰も想像もしていなかったと思いますね」

台湾政府が専門家会議を招集したのが一月五日。一方、日本政府は二月一六日である。この「差」には驚かされる。だが、これにはどうしても厚労省という役所の〝特殊性〟を指摘しなければならない。

それは、厚労省の官僚にとって「国民の命など関係ない」ということにほかならない。いや、そもそも「国民の命は考慮にない」といった方が正確かもしれない。

そんな馬鹿な、と国民は思うに違いない。

厚労省が国民の命を守るために存在しているというのは国民の側から見ればあたりまえのこ

とだからだ。しかし、それはまったく事実とは異なる。

それを理解するために、厚生官僚が関わった薬害事件と、頻発する虐待死事件を例にとって説明しよう。

最初に「薬害エイズ事件」である。

一九八〇年代、血友病の治療として使われていた加熱処理されていない、いわゆる非加熱血液製剤（血液凝固因子製剤）の中にエイズを引き起こすＨＩＶが混入していたため、世界各地で多くの感染が報告された。

日本でも、全血友病患者のおよそ四割にあたる一八〇〇人がＨＩＶに感染し、多くの患者が命を落とした薬害事件だ。

ウイルス不活性化のための加熱処理をしなかった非加熱製剤がなぜ治療に使われ続けたのか。そこには、社長、専務、東京支社長が、いずれも厚生官僚の「天下り」だった業界最大手「ミドリ十字」の存在がある。

「あそこは、ミドリ十字ではなく〝厚生省薬務局分室〟だ」

業界でそう称されていたのがミドリ十字である。当時、日本では血液製剤マーケットのシェアのおよそ四〇パーセントを占めていた。

その大手がウイルス不活性化のための「加熱濃縮血液製剤の開発が遅れていた」ことから悲劇は始まる。

最大手が〝厚生省薬務局分室〟と呼ばれる企業であり、そこが仮に製品の開発が遅れていたなら、厚生省が加熱血液製剤を「ミドリ十字の開発を待って承認する」ということがあり得たかもしれない、というのは、当然の疑問だろう。

その後、患者とその家族は、厚生省と製薬会社を相手取って損害賠償訴訟を起こし、一方で刑事事件にも発展した。

裁判の過程では、被告の一人である厚生省生物製剤課長の松村明仁に加熱血液製剤認可の陳情をしにいった血友病患者によって直接、その時の「やりとり」が再現された。

陳情のタイミングは、ワインに有毒の不凍液《ふとう》が混入しているかもしれないという問題が浮上《じょう》していた時期とたまたま重なっていた。「厚生省が即座にワインの回収を命じたこと」が俎《そ》上にのぼり、血友病患者たちはこれを例に挙げながら、市中に出まわっている非加熱血液製剤の「回収」を訴えたのである。

しかし、松村課長は平然とこう言い放ったという。

「ワインの問題については一般国民の問題だから」

えっ？　思わず言葉を失った患者たちは即座にこう反論した。

「じゃあ、私たち血友病患者は〝国民〟じゃないのですか」

厚生省は血友病患者の「命」など何とも思っていない――その時、陳情に赴いた患者たちの心に刻み込まれたのはその事実にほかならなかった。

結局、陳情にもかかわらず、加熱血液製剤の認可には至らず被害は拡大し、五〇〇人以上の命が奪われたとされる。

一〇年近くにわたった刑事裁判の結果、厚生省生物製剤課長だった松村明仁には禁固一年執行猶予二年の有罪判決が下された。

しかし、厚生省の「エイズ研究班」班長だった安部英《たけし》・帝京大学教授は一審で無罪となり、その後、認知症発症のために公判が停止したまま死去した。

また、ミドリ十字の歴代三人の社長にはいずれも有罪判決が下された。

そして厚生省は、民事訴訟においては当時の菅直人大臣が原告に謝罪し、和解が成立した。

この事件の一番大きな意味とは、裁判で松村課長に代表される「厚生官僚の不作為の罪」が明らかになったことだ。業界との癒着《ゆちゃく》、天下りの威力、国民の命への無感覚……官僚が持つ極めて特異な体質を国民は目《ま》のあたりにした。血友病患者の貴重な証言によって、これらが浮き彫りになったのである。

では、厚生官僚の「不作為の罪」は、これだけだろうか。いや、むしろそれが「当然であること」を一九六三年のサリドマイド薬害事件でも簡単に説明したい。

ドイツで、それまでほとんど見たことのない手足に重い奇形のある赤ちゃんが数多く生まれるようになったのは一九六〇年頃のことだ。肩から直接、手が出ている〝フォコメリア〟が典型症状だった。

一九六一年一一月、有名な「レンツ警告」が発せられた。ドイツのウィドゥキント・レンツ博士が「奇形の原因としてサリドマイドが疑わしい」との警告を発表したのである。

これを受けて世界各国で、ただちにサリドマイドの販売停止と回収が行われた。ことは人間の将来を左右する薬剤に関するものであり、まず即座に販売停止と回収をおこなうのが、業界の基本中の基本だったからだ。

では、日本はどうだったか。

レンツ警告後、日本では約一〇か月間、この問題は〝放置〟された。つまり、販売は続行され、その間もサリドマイドは使用されつづけたのだ。

ようやく日本で販売停止になったのは一九六二年も夏が過ぎた九月のことだった。しかも、販売停止後も徹底した回収がおこなわれることがなく、停止決定後も被害が引き続いて起こるという大失態につながっていく。「被害者の数はこれで二倍になった」との指摘もあるほどだ。

患者たちによって訴訟に持ち込まれたサリドマイド事件は、和解で決着する。その際、厚生省の薬務局長として患者との和解交渉に当たったのが、のちにミドリ十字の社長としての薬害エイズ事件の被告となる松下廉蔵である。

「再びこういうことが起こらないように医薬品全体の安全性を高めていくよう努力したい」

サリドマイド薬害事件の和解の際、そうコメントした松下はミドリ十字社長に天下り、一二年後に、今度は薬害エイズ事件を引き起こす当事者となる。

これは何を表わしているだろうか。

業界の多くの企業と結びつき、キャリア・ノンキャリを問わず、膨大な天下りポストを準備する厚生官僚たち。国民の側に目を向ける、いや、国民の命を守るのが自分たちの使命であると思っている人が「極めて少ない」ことを残念ながら指摘せざるを得ないのである。

大蔵・財務官僚として三〇年にわたって霞が関で勤務し、二〇一〇年に政界進出のため財務省を退官した松田学は、衆議院議員を経て現在は松田政策研究所代表を務める。厚労省にも多くの知り合いがいた松田が、自身の経験を踏まえてこう語る。

「霞が関というのは、定年退官後の〝生活保障共同体〟だと考えたらわかりやすいんです。退官した後の役人というのは、昔のように恩給をもらっていた時は違うかもしれませんが、諸外国と比べても意外と年金が少なく、豊かな生活ができないんですよ。今は普通の年金ですからね。だから、役人にとって一番重要なのは出世です。

役人の最大の仕事とは〝出世すること〟なんです。キャリアの人は、役所が世話しなくても能力を買われて再就職していく場合が多いですが、ノンキャリの人たちの就職先を世話するのは大変な仕事です。それでもそういうところをつくってあげるのが大切で、それができると〝お前はいい仕事をした〟と評価されます。

権限も手放したがらないし、予算もたくさん獲得したがるというのは、すべてそこに結びついていきます。関係する業界を役所が大切にするというのも同じです。彼らの行動原理はそれがわかっていれば、よく理解できると思います」

国民の命というのは、厚労省の官僚たちにとっては〝眼中にない〟という表現のほうが正しいかもしれない。武漢のありさまを見て、「これは日本が危ない。中国からの入国禁止を」と叫ぶ官僚が皆無だったことは、さもありなんなのである。

厚労省は今も、消えた年金問題や勤労統計のデータ捏造、そして、介護保険料の算出ミス事件、あるいは、日本人のものではないと知りながら放置していたシベリア抑留者遺骨問題など、不祥事を挙げ出したらキリがない。

そもそも安倍首相がそんな厚労省を信頼し、中国の入国禁止に踏み切らなかったこと自体が、私には信じ難いのである。

「虐待死」も関係なし

もうひとつ、絶えることがない虐待死事件についても触れておこう。

「きょうよりか　もっともっとあしたはできるようにするから　もうおねがい　ゆるして　ゆるしてください」――悲痛な文章を残して二〇一八年三月に虐待死した東京・目黒区の船戸結愛《ゆあ》ちゃん（五つ）。そして翌二〇一九年一月、学校のアンケート調査に「お父さんにぼう力を受けています。先生、どうにかできませんか」と書いてSOSを発していた千葉県野田市の小学四年、栗原心愛《みあ》ちゃん（一〇）は虐待をおこなっている当の父親にその文章を見せられ、激しい虐待の中、息絶えた。

これらは、いずれも児童相談所（以下、児相）が案件を抱え込み、死なずに済んだ命を「救えなかった」ものである。ここでも厚労省の官僚の「命をなんとも考えていない」発想と行動様式が明確に出ているので説明したい。

全国の児童福祉司は約三八〇〇人。児相への虐待相談件数が一〇年で三倍以上、約一六万件にまで急増する中、彼らは仕事にあたっている。

周知のように、子供を虐待し、死に至らしめる鬼畜のような親は、何千人、何万人という中には、必ず一定数存在している。行政をはじめ、大人たちは、こういう悪鬼《あっき》が「必ず存在していることを前提に」子供たちの命を守らなければならない。

しかも、彼らは児相職員が威圧を感じ、恐怖を感じるほどの人間である。さらには「人権だ」

「これはプライバシーである」「個人情報の秘匿《ひとく》だ」と権利意識だけが発達した世の中でそれを利用して生きてきている。

これを向こうにまわして広大なエリアと膨大な対象人数を持つ児相職員に「多くを望む」のは無理である。つまり、虐待者の前で児相はほとんど無力であり、子供の命を奪うような人間と対峙《たいじ》する能力も迫力もない。そのことは、当の厚労官僚が熟知している。

それを放置してきたのは、人権やプライバシーという殻に自分たち自身が逃げ込み、ただ虐待死する子供たちを「見殺しにしてきた」ことにほかならない。そもそも子供たちの命を「なんとも考えていない」官僚たちだからこそ、放置することができたのである。

ここで警察との「虐待情報の全件共有」があったとしたらどうだろうか。

自分の身のまわりを見て欲しい。日々の生活の中で最も身近にいる公務員とは誰だろうか。

交番のお巡りさん（巡査）である。日本人で町内を警邏《けいら》するお巡りさんの姿を見たことがない人はいるまい。全国各地で、国民の身近でその安全を守るために警邏してくれているのである。

警察官の数は、全国で二九万人。児相への虐待相談件数が十数万に及ぶ現在、彼らの力を借りるわけにはいかないだろうか。

つまり、児相にいつまでも虐待案件を「抱え込ませる」のではなく、住民にとって最も身近な存在である近くの交番のお巡りさんが、毎日のように例えば「結愛ちゃん元気ですか」「結愛ちゃんの顔を見せて下さい」と訪問してくれるようになったら、虐待死は、どのくらい防がれるだろうか。

虐待する親にとっては、子供を死に至らしめる時間的な余裕もなくなるだろう。

結愛ちゃんを担当していた品川児童相談所は、品川、目黒、大田の三区を管轄していた。担当エリアは広大で、全国どの地域の児相も、条件はほとんど同じで、目は全くと言っていいほど「届いていない」のが実状だ。

少なくとも児相が抱え込んでいるよりも、全国の交番のお巡りさんが毎日、担当地域の虐待家庭を訪ねてきてくれたら、救われる命が一つでも二つでも増えるのは間違いない。

しかし、その警察との虐待情報の全件共有に反対する組織がある。

厚労省だ。そんなことをすれば、虐待することに悩む親から「相談がなくなってしまう」というのだ。

詭弁《きべん》というほかない。子供を虐待死させるような親は、そもそも児相に相談などしない。虐待の疑いを通報するのは、子供を診察した医者か、あるいは泣き声を聞いている近所の住民であり、本人が通報したり、相談したりする例など、ほぼ皆無に近い。

それでも厚労省はこれに反対する。なぜだろうか。

官僚の特性として「自分の権限」を侵されるのが嫌なのだ。警察との間で連絡機関を設け、そこで話し合うことなど「自分たちこそ（虐待の）専門家だ」と思い込んでいる彼らには耐えがたいことなのだ。恐ろしいほどの「縄張り意識」といっていいだろう。

子供の命を守るのではなく、自分たちの面子《めんつ》や権限の方が重要なのである。そのため児相は「増員」を要求するだけで、警察との全件情報共有に常に否定的だった。

安倍政権は二〇一八年、結愛ちゃん事件を受けて児童福祉士を全国で二〇〇〇人増員するという方針を打ち出した。砂漠に水をまくようなもので効果など期待できないが、少なくとも厚労省にとっては、自らの権限を守り、拡大させることはできたのである。

そもそも命を守るという発想がない官僚たち。今回もそのために日本人の命は危機に晒《さら》されたのである。

私は二月下旬のことだが、厚労省の「国民の命」を顧《かえり》みようとしない体質を薬害エイズ事件と虐待死事件を例にとって、こんなツイートをした。

2月23日（日）

非加熱製剤問題では血友病患者の命を、虐待死問題では警察との全件情報共有を拒み子供達の命を、厚生官僚は常に「命」を危機に晒し続けた。貴方《あなた》達の体質を指摘する事にも疲れてしまった。最も大切な命を救おうとしない〝万能感〟に満ちた官僚達をなぜ国民が許しているのか、私にはとても理解できない。

厚生官僚は常に「命」を危機に晒し続けた――これまで多くの記事を書いてきた私には、コロナ禍でも見せつけられる彼らの〝不作為の罪〟がどうしても許しがたいと思えるのである。

「法律に書いていないから」

「国民の命を守るという発想がないのは、厚労省の官僚たちを縛る法律の中にそう書いていないからですよ」

そう語るのは、医系技官として厚労省でも働いた木村もりよ医師である。木村は筑波大学の医学専門学群を卒業後、アメリカに渡り、ジョンズ・ホプキンス大学公衆衛生大学院疫学部の修士課程を修了した感染症の専門家だ。

のちに医系技官として厚労省に入省し、大臣官房統計情報部などを経て検疫官として実際の現場で感染症対策をおこなった。木村は、国民の「誤解」、いや国民が抱いている「幻想」についてこう語る。

「厚労省は〝平時〟の組織なんです。要するに町役場と一緒です。町役場に国家の危機管理はできませんよね。そんな意識もありませんからね。今回の感染症は、確実に災害とかテロのレベル、つまり国家の危機管理の問題です。災害とか化学兵器とかは、災害・テロとして、それに対応する法令があるから、その省庁がやります。でも、感染症に関しては厚労省マターだから〝厚労省がやってください〟ということだけなんです。

しかし、厚労省は有事と平時の区別がない法体系で動いている組織です。官僚は法令順守なんです。彼らは法令順守以外のなにものでもありません。どんなに危機的状況にあっても、科学的根拠から外れていても、ひたすら法令順守なんです。おそらく人類が死に絶えるまで法令順守ですよ。でも、その法律に〝国民の命を守る〟ということが書かれていないんです。そもそも論として、これでやっているわけですから最初から間違うのです。だから、初動が悪いんですよ」

外国での研究が長かった木村には、厚労省の官僚とは実に不思議な存在だっただろう。

「私は、国の対策を決める組織には、感染症の専門家というのはあまり要らないのではないかと思っています。そういう専門家はいくらいてもしょうがないんです。なぜなら、感染症の専門家というのは〝この細菌に関してはこの抗生剤がいいですよ〟とか〝このウイルスの場合はこういう経過を辿りますよ〟とか、そういうことを言ってくれる人がいればいい。なにも全員が感染症の専門家である必要はないんですよ。

必要なのは危機管理の専門家です。たとえば経済、軍事、流通、医療、こうした国家の危機に対応できる専門家チームがなんといっても必要なんです。しかし、日本にはそれがない。ここが問題です。感染症は厚労省マターであって、その場合は厚労省に丸投げするような法体系になっている。その肝心の厚労省が〝平時の組織〟で、これが町役場と同じで国家の危機管理などとてもできない組織なんですから、話にならないんです」

お寒いかぎりの日本の現状が浮き彫りになる。

「丸投げされた厚労省は、法体系に則って粛々と法令順守でやるだけです。こんな大ごとになって慌てているでしょうが、自分たちの国、あるいは国民の命を守ろう、などという意識は最初からありません。そもそも、それ以前に、日本の官僚全体に国家の危機管理という概念が抜け落ちているんですから、厚労省にもあるはずがないんです。厚労官僚が悪いかと言われれば、そうとも言えません。

じゃあ、あなたたちは何のためにいるんですか？　と言われても、粛々と法令順守で決められたことをやるだけなんです。感染症は自分たちの問題ですが、これがテロとなれば国家の危機だから自分たちのテリトリーではないと思っています。実際にそういう言葉を、本省でも検疫所でも聞きましたよ。おかしいけれども、それが事実です。そういうことを平気で言いますからね」

木村は今回の海外からの感染者を水際でストップするための隔離停留《ていりゅう》問題で「厚労省の職員が何を考えたか」ということについて、こんな表現をする。

「ほとんどの検疫所の職員は〝なんて俺たちは不運なんだ〟と思っているだけですよね。二〇〇九年の新型インフルエンザの時は、ちょっと脚光を浴びてしまいました。実は、質問票を配って、検温で額にピッとやって、やっていることはそれだけなのに防護服まで着てやりましたからね。でも、隔離停留なんて、実際にはやったことがない。当時、〝隔離停留なんて机上の空論だからあり得ない〟と職員は言っていました。それが来ちゃった、どうしよう、ということですよ。なんで自分たちの時代にこんなことになったんだろうな、とそんな思いでしょう」

厚労省はなぜここまで新型コロナウイルスを甘く見たのか。木村の話を聞けば、それがむしろ「あたりまえ」だったことがわかる。

危機意識の欠如を露呈した安倍政権のもとを辿れば、どうしても感染症を所管する厚労省の認識の甘さに行きつく。厚労省の姿勢が、そのまま官邸の致命的な失敗へとつながったのである。

ある自民党の中堅議員がこう語る。

「厚労省だけでなく、厚生族の医師出身者も、みんなが同じ考えでしたよ。だから、安倍総理も、もちろん加藤厚労相も、そんなに騒ぐ必要はない、という態度で一貫していました。一部の心配している人たちと、厚労省や官邸の認識はまったく違っていました。だから、中国全土からの入国禁止など、とても受け入れられる空気はありませんでした。ひと言、〝こんなのインフルよりたいしたことない〟って、それだけですよ。中国からの入国を〝まず止める〟という考え方はまったくありませんでした。官邸は、二月が来ても同じ考えでしたね」

厚労省は、世界の現状認識とはまるで異質で、誤った情報を首相や官房長官に対して与え続け、日本は取り残されていった。

厚労省に「専門家集団」なし

大手紙科学部のデスクはこう語る。

「厚労省に過剰な期待をかける方が無理ですよ。そんな力量もないし、意識もありません。国民が期待するような機能は果たせていません。アメリカならCDCがあって、いち早く現場に行って現地調査をして政府に情報を上げて、同時に提言もおこないます。感染症を国家の危機管理として捉えていますからね。しかし、日本にはそんな専門家機関がありません」

国民の命を守るための専門家集団が「ない」というのだろうか。

「強《し》いてあげるなら、日本の場合は、国立感染症研究所が担っていることになります。でも、予算も人員も、それに専門家も圧倒的に少ないので、そんなことはとても無理なんですよ。実態は、単なる研究機関です。世界で起きている感染症の情報を集約して統括しているのは、研究所の中の情報センターという部署なんですが、そこもせいぜい一〇人ぐらいのもので、大学の中にある一つの研究室のようなものですよ。期待できるようなものではありません」

普通ならこの組織を予算面でも、人材面でもバックアップし、大幅に強化していかなければならない。だが、日本は違う。

「SARSやMERS、新型インフルエンザといった世界のパンデミックになりそうな感染症が出るたびに、この問題は取り沙汰されてきました。しかし、それが終われば、すぐ忘れ去られるわけです。感染症は〝票〟にならないから、政治家も熱心ではありませんからね。危機管理に感度がある自衛隊出身の議員には、そういう人がたまにはいますが、多くの議員は、その手の事態が起こったら考えればいい、という感じですね。

国立感染症研究所の評価として、もっと人員を高めなくてはいけない、日本版CDCみたいなものにしないといけないという風に言われては来たんですよ。しかし、SARSもすぐに終息しましたし、新型インフルエンザもパンデミックにはなったんですけれども、割とすぐに収まったのと、致死率もそれほど高くなかったし、MERSも中東で収まったということもありました。その時にはそういう課題が提示されても、結局、忘れ去られて〝今〟に至っているわけです。だから組織としてはあまり変わっていないという実情ですね」

国立感染症研究所のトップは、研究所の叩き上げの研究者である。だが、お世辞にも国民の期待に応えられるようなレベルではないという。

「キャリアアップとして一時期、WHOに研究者として行っているとか、そういうことはありますが、基本的には感染症研究所の部内昇格として所長になります。研究所はだいたい大学と同じですね。ウイルス第一部、第二部、第三部というウイルスの部割があって、それから細菌学の部とかもあります。どれがメインの部というのはなくて、大学の学部が並列しているような感じの組織です。地味な感じですよ。日本にはアメリカのCDCのような感染症専門家の科学者の強力な提言組織がないので、結局どこに頼るかというとWHOなんです。ここの言うとおりにしておけば、あとで大きな責任が問われることはないだろう、ということです」

WHOに従うというのは、要するに「何も考えなくていい」ということだ。厚労省ともども随分、楽なことである。

中国の意向に沿って決断が遅れ、決定的な失敗を指摘されるWHOに〝丸投げ〟しているなら、日本国民の命などそもそも守られるはずがなかったのだ。

「たとえば、台湾なら中国に支配された形のWHOという組織自体が信用できないとなるでしょうが、厚労省や感染研には、そんな意識はまったくありません。WHOが言っているのなら、それでいいんです。今回は、国際社会がWHOを糾弾し、そのおかしさが表に出たわけですから、厚労省や感染研は、ただびっくりしていると思いますよ」

厚労省の中にいる医系技官なども機能していないのだろうか。

「医系技官は、もちろん医師免許、あるいは歯科医師免許を持った専門家なんですが、いかんせん厚労省内で発言権が小さい。厚労省内では、WHOが絶対で、自分のところにある医系技官の意見を重視するという空気はそもそもないですね。優秀な医師はやはり大学に残って研究の道を進むか、あるいは臨床の方に行きますから、わざわざ厚労省の医系技官に来る人が優秀なわけではない。省内でも医系技官が重視されているという空気はないですよ」

その医系技官が課長ポストを取っているのは、健康局結核感染症課である。

「ここには医系技官が課長として座っています。感染症というのは極めて専門的な分野ですからね。今回も九州大学医学部出身の日下《ひのした》英司課長が前面に出ましたね、記者会見でもいろいろ説明しましたが、具体策も危機感もなく、表情にも緊迫感がなかったのでお世辞にも評判がよかったとは言えませんでした。やはり、対応が後手にまわったことで自民党からの突き上げが凄かったですからね。おまけに専門家なので会見でも説明がくどかった。記者たちのウケもよくなかったし、聞いている国民も、よくわからなかったんじゃないでしょうか」

なんともお寒い組織というほかない。健康局には、ほかの部局から人が集められ、人数的には〝増強〟されたが、迷走はまったく変わることはなかった。

その厚労省にのしかかったのが、ダイヤモンド・プリンセス号の騒動だったが、それは後述する。

そして、ついに武漢に渡航歴のない感染者も初確認された。武漢からのツアー客を乗せた奈良の観光バスの運転手だ。それは、入国フリーパスという実態が「何をもたらすか」を明確に物語っていた。私は、こう発信した。

1月28日（火）
国内で新たに2例の新型コロナウイルス感染者が確認された。1人は1月に2回武漢市からのツアー客を乗せた奈良のバス運転手。武漢への渡航歴もなくバスの中での感染が濃厚。武漢からの入国〝フリーパス〟という政府の大失態がいよいよ浮き彫りに。国家の不作為の罪はそれほど重い。

このままでは日本が危ない。厚労省の姿勢転換を促すべく、叱咤するツイートを私は続けた。一刻も早く目を覚まして欲しい。思いは、それだけだった。

1月30日（木）
SARSより感染力が強く致死率は低い。新型コロナウイルスの特徴が徐々に明らかに。異常な感染力に日本政府は無策。私達は自分自身で対応するしかない。潜伏期間が長いのがこのウイルスの厄介な点だ。最大に拡大するのが5、6月だと東京五輪に影響する。加藤厚労相では心許《こころもと》ない。

同日
新型肺炎で厚労省は国内で「人から人」への感染確認と発表。感染者が相次いだので〝やっと〟認めた形。未だに「蛇《へび》から人」とでも言いたかったのか。この緩さは武漢便に質問書配布でよし、としていた姿勢に繋がる。常に最悪の事態を想定して対策を打つ基本が日本の官僚にはない。

官僚だけではない。日本では、マスコミも同じだ。厚労省がＷＨＯに頼っているなら、マスコミも厚労省の一方的な発表に拠っていた。両者とも「国民の命」という最も守らなければならないものが頭から抜け落ちているような気がしてならなかった。私は同じ日、こんな発信もしている。

同日
政府もマスコミも〝責任回避〟のやり方は同じ。政府はＷＨＯの判断通りで、マスコミは記

者クラブでの発表ネタをそのまま垂れ流す。両方〝責任回避〟には都合がいい。だが前者は国民の命を守るという最大使命を放棄し、後者はジャーナリズムの存在意義を捨てている。劣化著しい日本の姿が見事に現われている。

そして、私はついに「加藤厚労相の更迭」を主張するようになった。加藤氏は平時の大臣であって、緊急時に国民の命を守るために動ける大臣でも、政治家でもない。小さい時から優等生でやってきた元大蔵官僚であり、修羅場を知らないエリートが国家の危機に際して「戦える」はずはなかった。

一月二八日には、新型肺炎を指定感染症とする政令を公布したものの、施行日は一〇日も後の二月七日だった。平時において慣例でおこなわれている周知期間の「一〇日間」をそのまま持ってきたのだ。

官僚たちが「国民の命が危機に晒されている」とか、「今は非常時である」というような感覚をまったく持ち合わせていない人種であることを改めてわからせてくれるエピソードだった。WHOが遅ればせながら一月三〇日に「非常事態宣言」を出すと、厚労省はやっと施行期日を二月一日に前倒しした。もはや期待するのも愚かなレベルである。二月三日、私はこうツイートした。

2月3日（月）
政府は1月28日、新型肺炎を指定感染症とする政令を公布。だが施行日は2月7日。WHO

が30日に漸《ようや》く非常事態宣言を出すと施行期日を2月1日に前倒し。水際対策の〝緩さ〟と併せ危機管理のなさを露呈した安倍政権。まず不手際続く加藤勝信厚労相を更迭し、国民の命を守れ。

国民の命を守れ――私は何度このフレーズを続けたことだろうか。すでに市中には新型肺炎が蔓延し始めていた。だが、信じがたいことに、政権中枢には、まだそんな危機感はまるで「なかった」のである。

第三章　異変はどう起こったのか

救急科主任の「覚悟の手記」

では、肝心の中国では実際にどんなことが起こっていたのだろうか。

今回の事態が特徴的だったのは、中国が全体主義国家であるにもかかわらず、ＳＮＳを通じて、中国国民から注目すべき生情報が「文字」として、「写真」として、「映像」として、国の内外に向けて数多く発信されたことだ。

私は、第一、二章でも記してきたように、これらをひとつひとつ拾い上げてツイッターで数多く発信すると同時に、現地の報道やネット情報をその度に分析していった。

中国人たちの生々しいＳＮＳによる情報は、文献をもとにしたかつての中国分析から「時代が変わった」ことを嫌でも思い知らせるものとなった。

現地の実態がここまで明らかになるのか、と私は思った。ネット統制を強力に推進してきた中国当局も、人々が発する膨大な発信にはとても追いつかなかったのだ。

武漢の病院の惨状、追い詰められた医療従事者たちのありさま、「死」があたりまえになった異様な空間、殺伐《さつばつ》とした街のようす……等々、私は知り合いの在日中国人と共に、これらをウォッチし続けることになる。

なかでも白眉《はくび》だったのは、三月上旬、謎の肺炎情報を最初に発信した武漢市中心医院の急診部（筆者注＝日本の「救急科」にあたる）の主任医師の告白手記がネットに登場したことだろう。中国の月刊誌『人物』に手記が掲載され、それがそのままネットにアップされたのだ。

手記の衝撃は半端なものではなかった。それは中国では「あり得ない」ことだったからだ。ウイルスはすでに世界中に広がっており、イタリアやスペインを中心にヨーロッパでも甚大な被害が生じていた。これから〝どこまで〟パンデミックが拡大するか予想もつかない時期である。

そんな時に、最初から肺炎の治療に携わり、当局の隠蔽工作を受けた本人が直接、手記を発表することなど独裁政権下ではあり得ないことだった。

まして主任というのは、日本でいえば「部長」に相当する。同院の救急科（急診部）を率いるトップである。それほどの幹部が告発したのなら、当然、本人には、厳しい処断が待っていることが予想された。

案の定、雑誌『人物』は発売と同時に出版停止と回収を命じられ、インターネットに掲載された手記も、わずか「二時間」で削除された。

だが、一度アップされた記事を「完全に消し去る」ことはとても不可能だった。もとより手記の貴重さが中国人には理解できるし、すぐに削除されることも予想できただけに、人々はこの貴重な情報を無駄にしなかった。

即座に複製して保管し、それぞれの外国語への翻訳を開始した。なかには、点字に転換して保存したものもいた。

日本でもこの「二時間で消えた手記」は総合月刊誌の『文藝春秋』が二〇二〇年五月号で〈中国政府に口封じされた　武漢・中国人女性医師の手記〉と題して一三ページにわたって全文を掲載した。

国際社会は、全体でこれを共有することに成功したのである。手記がネットに登場したニュースを私はこうツイートしている。

3月14日（土）
故・李文亮医師の同僚で女医の艾芬《アイフェン》さんが当局の口封じを雑誌に証言。記事はネット公開後、削除されたがSNSに転載され当局への非難が高まる事に。李氏が投稿したのは艾さんの転載で「批判されてもあらゆる所で私が話し続けるべきだった」と。亡き同僚の遺志への思いが伝わる。

最初に新型肺炎を告発した李文亮医師と同じ武漢市中心医院に勤務する艾芬医師の覚悟の告発は迫力があり、同時に苦悩に満ちたものだった。

そこには、隠蔽に走った当局の言葉や行動がそのまま描写されていた。それは中国にとって致命的なものであり、のちの各国の損害賠償請求の証拠として威力を発揮することは必至のものだった。

この手記も踏まえて、収集できた文献や報道をもとに武漢で「実際にどんなことが起こっていたのか」を振り返ってみたい。

生まれ変わる歴史都市

湖北省の省都・武漢は日本には馴染《なじ》みが深い都市である。

大河・長江と漢江が合流し、九つの省と通じ、中国では「九省通衢《つうく》」（四川、陝西《せんせい》、河南、湖南、貴州、江西、安徽《あんき》、江蘇《こうそ》、湖北省と通じる交通の要衝という意味）と呼ばれる武漢。歴史的にも、地理的にも、政治的にも、中国の中で大きな役割を果たしてきた地である。

戦争に詳しい向きには、日中戦争で屈指の激戦といわれた昭和一三年六月から四か月余にわたった「武漢攻略戦」が思い出されるだろう。

日本は中支那派遣軍総司令官、畑《はた》俊六大将が率いる第一一軍と第二軍あわせて三五万の大兵力が一〇〇万を超える兵力を擁した蔣介石の中華民国軍を破り、武昌、漢口、漢陽の三つの街から成る武漢攻略に成功する。

しかし、日本軍にとって約八万人もの戦死者を出す損耗《そんもう》戦の末の勝利だったため、より奥地の重慶へと逃げた蔣介石を追う余裕はなくなってしまう。

揚子江をさらに遡《さかのぼ》り、天然の要害・重慶の攻略などとても無理だった。その後、日本軍は、重慶の攻略作戦を空からの航空機攻撃に頼らざるを得ず、日中戦争〝泥沼化〟はこの武漢攻略戦で決定づけられたといっても過言ではない。

また三国志ファンには、武漢といえば「黄鶴楼《こうかくろう》」が真っ先に思い浮かぶだろう。呉の孫権が魏の曹操と対峙した際、物見櫓《やぐら》として建てられた黄鶴楼は、揚子江にほど近い蛇山の山頂にあり、武漢の街並みを一望できる武漢ナンバー・ワンの観光地だ。

ほかにも武漢は革命の聖地としても知られる。一九一一年、清朝打倒、すなわち辛亥革命の狼煙《のろし》を上げた武装蜂起は、まさにこの地で起こったのである。歴史に名高い〝武昌起義〟だ。今も毎年一〇月一〇日は、「双十節」として中華民国（台湾）ではこの日を「国慶日」として祝っている。ちなみに中国でも「辛亥革命記念日」として祝賀される。

清朝を打倒した〝革命の父〟孫文は、中国と台湾の双方で尊敬される数少ない人物である。特に、台湾では「国父」と称されている。私は二月四日のツイートで、この武昌蜂起について、こうツイートしている。

2月4日（火）

辛亥革命の狼煙を上げた武昌蜂起は1911年10月10日にまさに武漢で起こった。109年後、今度は共産党独裁政権を打倒する為の舞台がまた武漢になるのか。新型肺炎で遂に中国のバブル崩壊となれば世界恐慌も。対米、香港、台湾、ウイグル、コロナウイルス…と失態続く習近平体制に異変が起こっているのか。

中国経済が〝バブル崩壊〟となるか否かは、新型コロナウイルスのもうひとつの焦点でもある。武漢は内陸部を代表する重要都市であり、製造と流通の中核だ。もし武漢が崩れれば、バブル崩壊のきっかけになる恐れもあった。

武漢には、多くの日本人が居住している。一九七八年の改革開放以降、日系企業をはじめ、国際資本の受け入れを進めた中国は、やがて内陸部への企業の進出も積極的に促し、ホンダ、日産という大手自動車メーカーをはじめ、続々と武漢に工場が建設されていった。

さまざまな業種が競って武漢への進出を果たしてきたが、二〇〇〇年以降はメーカーにとどまらず、ＩＴ企業やサービス産業の進出も顕著になり、武漢は中国でも筆頭格の国際資本の集積地となっていった。

目覚ましい中国の経済発展で中国人自身の購買力も飛躍的に発展し、近年は〝中国のヘソ〟武漢に対する注目度はますます高くなってきた。

中国をひとつの市場として見るなら、製品を沿岸部でつくるより内陸部、特に交通の便利な〝ヘソ〟で組み立てるメリットが大きいのは素人でもわかる。

中国政府は、武漢を最新テクノロジーの重要基地に位置づけ、国家プロジェクトとして先端ＩＴ企業の誘致も進めた。そして、武漢市民はいつの間にか一人当たりＧＤＰが中国平均の「二倍以上」という豊かさを誇るようになった。

それとともに、かつての街並みからは想像もできない高層ビルが林立する近代都市に生まれ変わったのである。

運び込まれた肺炎患者

揚子江西岸を南北に走るメインストリート・沿江《えんこう》大道を揚子江を左に見ながら武漢長江大橋から南下すると、武漢人民政府を通り過ぎて数分で、旧横浜正金銀行の重厚な建物が右手に見えてくる。地上四階建てのネオ・バロック様式の歴史的建築物だ。

今でも観光客が訪れるこの建物を右に曲がると、そこからは南京路だ。有名企業が入るビルや高級レストラン、食品館などが軒《のき》を競う武漢の有名通りのひとつである。

沿江大道から南京路に入り数分も歩けば、左手に武漢市中心医院が見えてくる。左右に巨大病棟を従え、真ん中には円筒状の中央病棟を持つ特徴的な総合病院だ。

中国では、病院は「等級」で厳格に区分けされている。同院は、最高の「三級甲等」に位置づけられている。甲級は「Aクラス」であり、文字通り一一〇〇万人の武漢市を代表するトップ病院だ。病床およそ四〇〇〇、職員数もゆうに四〇〇〇人を超えている。

南京路に面し、敷地に入ればそのまま救急車が横づけできる同院の救急科に原因不明の高熱患者が運び込まれたのは、二〇一九年一二月一六日のことだ。

週明けの月曜日で、朝方は少し冷えたものの、昼には摂氏一一度まで上昇したこの日から、武漢市中心医院は世界も注目する大騒動の渦中に巻き込まれていく。

運び込まれた六五歳の男性は、武漢市江漢区にある華南海鮮卸売《おろしうり》市場で働いていた。胸部レントゲンの画像は間質《かんしつ》性肺炎を示していた。

不思議だったのは、どんな薬を投与してもこの患者の熱が一向に「下がらない」ことだった。医療スタッフの中に、この時点で〝不吉な匂い〟を嗅《か》ぎとった者もいた。

救急科主任の艾芬である。二人の子供の母であり、下はまだ乳飲み子を持つ彼女は、すでに主任として救急科を率いる立場だった。正義感が強く、同時に救急医療に対して強い信念を持つ人物である。

日本でも同じだが、総合病院の救急科は、あくまで「緊急治療」を施すことを主にしており、患者の容体が落ちつけば症状を適切に判断して専門科に移す役割を負っている。

しかし、どんな薬品を投与しても症状改善が見られないこの患者は、最初から通常のカテゴリーには入らなかった。

呼吸器内科に移すしかないことは明らかだったが、艾芬は同科の協力を得て患者に内視鏡検査と気管支肺胞《はいほう》洗浄を実施した。

先端にファイバーカメラがついた内視鏡を口から喉《のど》の奥に通し、気管支を観察しながら、同時に先から出ている鉗子《かんし》で治療もおこなう。具体的には、生理食塩水を用いて気管支を洗浄し、さらに気管支肺胞洗浄と肺生検を実施したのだ。

これによって肺の組織片を採取して病理学的な詳細な検査を試みたのである。検査で採取された検体サンプルは、ただちに外部の検査機関に送られた。そこでウイルスが見つかれば、その遺伝子配列を含めた徹底調査も要請されていた。

患者は一二月二二日、呼吸器内科に移っていった。だが、間もなく出た検査結果に艾芬は驚愕した。いや、そうあって欲しくないと願っていたものに「合致してしまった」というべきだろうか。

結果は、ＳＡＲＳコロナウイルスだったのだ。

二〇〇二年一一月、中国南部の広東省で発生した謎の感染症は、それから八か月間にわたって感染拡大を続け、第一章でも触れたとおり、アジア各地やカナダなど三二か国で八〇〇〇人を超える患者と七〇〇人以上の死者を出した。

主に飛沫で感染し、高熱に伴う咳や息切れなどが特徴で、「重症急性呼吸器症候群」と呼ばれた。死亡率の高さが世界で恐怖を生んだ病気だ。これと同じコロナウイルスが発見されたのである。

救急科に、さらに新たな患者が運び込まれたのは、一二月二七日のことだ。

ほかの病院で一〇日間の入院治療を受けたが症状は好転せず、一縷《いちる》の望みで武漢トップの同院に転院してきた四〇代の男性患者である。

何の基礎疾患もないのに、すでに肺は真っ白だった。赤血球のヘモグロビンがどのぐらい酸素と結びついているかを示す血中酸素飽和度を調べると九〇％しかなかった。

正常値の九六％から九九％と比較すると明らかに異常だ。患者はただちにＩＣＵに移された。

これは危険だ。今後ますます患者は増える。情報を共有しておかなければ、医療スタッフに感染が広がることになる――深刻な患者の姿を目のあたりにした艾芬は、正確な情報を医療仲間で共有する必要性を感じた。

折も折、艾芬のもとに武漢市内の別の病院で働く大学時代の同期生から「華南海鮮市場には近づかない方がいい。高熱患者がたくさん出ているようだ」というチャットが入った。二〇一九年が押し詰まった一二月三〇日のことだ。

すでに武漢市内の各医療機関は、同じような症状を呈した患者で埋まり始めていた。

即座に艾芬は反応した。ちょうどその時、入院した肺感染症患者のＣＴ動画ができ上がったばかりだったのだ。

「午前中に救急科に来た患者です。華南海鮮市場で働いていました」

メモを添えて、艾芬はCT動画を一部切り取って同期生に送信した。

その後、艾芬のもとには、一枚のカルテが届いた。当該の患者のものであり、のちに大騒動の〝もと〟になるカルテである。そこには、こう記されていた。


〈SARSコロナウイルス、緑膿菌、四六種口腔・気道常在菌〉


艾芬は、この部分を赤丸で囲って、前述の同期生たちに再び送信した。

緑膿菌や、口腔・気道内にいる四六種類の常在菌は、それほど大きな問題ではない。重要なのは、SARSコロナウイルスである。多くの菌の中に、恐れていたウイルスが「いた」のである。

時を置かず、艾芬は救急科の医師グループにもチャットの画像共有アプリで発信した。

医師たちにとって衝撃的な内容だった。

一七年前のSARSの記憶は、医師たちには、まだ生々しかったからだ。

深刻な情報は、たちまち広がっていった。赤丸がついたこのキャプチャ画像が、医師たちのチャットグループの間で溢れるようになったのである。

同医院の眼科に勤務する医師・李文亮のもとにこのキャプチャ画像が届くまで時間はかからなかった。

艾芬と李文亮には直接の面識はない。同じ病院に勤める医師といっても職員が四〇〇〇人を超える巨大病院である。勤める科が違えば、同僚といっても面識がある方が珍しかった。

李文亮は、艾芬が発信したキャプチャ画像が手元に届く前にＳＡＲＳの患者が「華南海鮮市場から七人出ている」という独自の情報をすでに掴んでいた。

李は同日午後五時台から六時台にかけて、「微信」を使って大学の同期生グループに連続三本の発信をおこなった。

新しい感染症が目の前に現われたことを医療仲間に発信するのは、ごく自然の行為である。医療の最前線にいる臨床医たちに、まず感染症に対する「防護への注意」を喚起することは何にも増して重要だからだ。

一本目は〈華南海鮮市場でＳＡＲＳ感染者が七人確認された〉というもので、二本目は艾芬が発信したキャプチャ画像のもの、そして三本目には〈感染したコロナウイルスのタイプについては現在調査中〉というものである。

疑いようのない「証拠」がつけられたこれら武漢市中心医院の発信は、「瞬《また》く間に広がっていった」のである。

武漢でＳＡＲＳが発生している――患者と医療従事者の命を守るべき医師たちは、情報を隠蔽することなく、こうしてその使命を果たしたことになる。

だが、問題はその先にあった。情報に接した中国の公安当局は、信じがたい行動に出た。その行為によって、世界はパンデミックを引き起こし、戦後最大の悲劇に見舞われたのである。

「出頭命令」そして「処分」

当局の動きは速かった。

元の情報を出した艾芬には、その日（一二月三〇日）の夜一〇時過ぎには、もう病院を通じて武漢市衛生健康委員会から通知が来た。

「肺炎の情報を外部に出してはならない。もしそのようなことをしてパニックが起こったなら厳しく責任を追及する」

この時の「口封じ」について、艾芬は手記（文藝春秋二〇二〇年五月号）で、こう綴っている。


〈一月一日、午後一一時四六分、病院の監察課〔共産党規律検査委員会の行政監察担当部門〕の課長から「翌朝、出頭せよ」という指示が送られてきた。

その晩、私は心配で一睡もできなかった。寝返りをうちながらいろいろ考え込まされた。だが、すべての物事には両面がある。たとえ悪影響をもたらしても、武漢の医療従事者に注意を喚起するのは悪いことではないと自分に言い聞かせた。

翌朝八時すぎ、勤務交代の引き継ぎも済んでいないうちに、「出頭せよ」との催促の電話が鳴った。そして「約談」〔法的手続きによらない譴責《けんせき》、訓戒、警告〕を受け、私は前代未聞の厳しい譴責を受けた。

「我々は会議に出席しても頭が上がらない。ある主任が我々の病院の艾とかいう医師を批判したからだ。専門家として、武漢市中心病院救急科主任として、無原則に組織の規律を無視し、デマを流し、揉《も》め事を引き起こすのはなぜだ？」

彼女の発言の一言一句そのままである。幹部はさらにこう指示した。

「戻ったら、救急科二〇〇人以上のスタッフ全員にデマを流すなと言え。ウィーチャットやショートメールじゃだめだ。直接話すか、電話で伝えろ。だが肺炎については絶対に言うな。自分の旦那にも言うな……」

私は唖然としてしまった。

単に勤務上の怠慢を叱責されたのではない。武漢市の輝かしい発展が私一人によって頓挫したかのような譴責だった。私は絶望に陥った〉（同一八四〜一八五ページ）

自由主義社会に生きる人々には、なぜ人命にかかわるこれほどの重大情報を「隠さなければならないのか」、到底、理解できないだろう。

何度も触れてきた通り、二〇〇二年から二〇〇三年にかけて、中国はあのＳＡＲＳの大騒動を経験している。広東から始まったこの時も、感染症情報は隠蔽され、多くの善良な人々の命が奪われ、人生を狂わされた。

感染症は「できるだけ早く」情報を開示することが重要であり、対策を早くとればとるだけ被害が少なく抑えられることをあの時、中国は学んだはずである。それは歴史的にも、そして医学の常識としても鉄則だ。

だが、中国は今回も「隠蔽に走った」のである。

艾芬は主任という高位にあるものの、女性医師だ。前述のように、家庭には夫と幼い子供が二人いて、一人はまだ乳飲み子である。

もとより当局に歯向かって闘争を展開するような人物ではない。それでも、これほどの指弾を受けたのだ。この処置は、どういう意味を持つものなのだろうか。

中国共産党の現役党員に解説してもらおう。

「約談というのは、調査が必要なことが生じた場合に、その関係者を呼び出して問いただすことです。この調査によって問題が悪質な場合は、さらに調査を進めるなり、処罰を科します。約談の段階で終われば、注意を与えられて終わりますが、そこから先に行けば厄介ですね」

これをおこなう共産党の「規律検査委員会」というのはどんな組織なのか。

「不正を摘発する党内の専門組織です。これは二つの役割を持っています。一つは党内の規律違反を調査する役割と、もう一つは国家監察委員会としての役割です。国家監察委員会は公務員の不正をメインで取り締まります。同じ組織で、同じ建物、同じ人間が二つの看板のもとで両方を兼ねている。大きな組織には必ず置かれており、恐れられています」

その組織が「動き出す」というのは、どういう意味を持つことなのか。

「武漢市中心医院は公の大病院だから、必ず病院の中にこれが置かれています。艾芬医師は救急科の主任ですので、日本でいえば〝部長〟にあたりますね。かなりの幹部です。しかし、党でいうと中堅幹部といったところでしょうか。彼女は党員でしょうから、この支部の党の副書記ぐらいかもしれません。だから呼び出されたんです。共産党員が〝規律違反〟と言われたら、それは恐ろしかったでしょうね」

なぜ恐ろしいのか。

「規律違反を問われると、処分の中には地位を剥奪されるものもあります。今まで党員として築き上げたものが、すべて奪われますので怖いですよ。処分は五種類あります。警告《チンカオ》・严重警告《イエンツォンチンカオ》（厳重警告）・撤销党内职务《チョーシャオダンネイツーウー》（党内役職剥奪）、留党察看《リューダンチャーカン》（党員権利停止）、开除党籍《カイチューダンチー》（党籍剥奪）の五つです。警告は自分の過ちについて反省させるもので、最も軽く、処分というより教育ですね。厳重警告は警告よりも重いです。これは、本人の態度や認識の程度に基づいて〝降格〟などがおこなわれる場合もあります」

それ以上の「処分」はどうなのか。

「撤销党内职务は、党内の役職剥奪です。犯した過ちが重大なものに下されます。党内の職務を引き続き担当させるには〝ふさわしくない〟とされて処断されますから、厳しい処分といえます。留党察看は、さらに厳しい。これは重大な規律違反を犯したが、しかし共産党員の条件を完全に喪失させるものではなく、過ちを矯正する機会を与え、党組織によって継続観察をされるというものです。観察期間を終えた時、過ちを認識し、改められると認められた場合は、権利回復する機会が与えられています」

では、开除党籍とはどんなものか。

「規律違反の中では最も重い処分です。党籍剥奪のことです。党の規律に重大な違反を犯し、非常に悪い影響を及ぼし、党と国家の利益を〝著しく損なった者〟に科される処分です。共産党員としての条件を完全に喪失させる処分ですから、これを下す時には、支部の大会で議論し、決定しなければなりません。県単位の党の規律検査委員会に報告して批准を受けなければならないぐらい〝厳正な審査〟の末に下されます。これは大体、身柄の拘束も伴うものですから深刻ですね」

では、艾芬医師が受けた「譴責」というのは、どう捉えるべき処分なのか。

「これは、〝処分〟にもならないものです。一番下の警告の中で、さらに軽いものです。あくまで呼び出されて〝叱られた〟だけと考えてください。基本的に記録にも残しません。まじめで出世欲も強い人は、呼び出されただけでショックだったでしょうが、それぞれの個人によって受け取り方は違いますよ。あまり気にしなくてもいいとアドバイスしたいですね」

艾芬は「武漢市の輝かしい発展が私一人によって頓挫したかのような譴責。私は絶望に陥った」と吐露している。

これは、彼女の真面目さを表わすものだろう。同時にSARSコロナウイルスが発見され、医師たちが「仲間の身を守ろうとその情報を仲間内で共有すること」も許されないという理不尽に対して率直な怒りを示す言葉でもあった。

李文亮への追及

情報を広く拡散させた李文亮への追及も厳しかった。

だが、彼の処分に動いたのは、共産党の規律委員会ではなく、警察（公安）だった。こちらは純粋な捜査機関であり、指揮命令系統はいうまでもなく全く異なっている。

一月三日、李は武漢市公安局の武昌分局中南路街派出所に呼び出された。日頃、李が情報交換していた微信でのチャットグループの医師たちは、すでに次々と呼び出されており、李も「覚悟」はできていた。

だが、釈然としないのは、やはり、その内容だった。

「パニックを誘発するかもしれない情報をネット上に記載した」などというのなら、まだ納得はできないものの、我慢はできるかもしれない。

しかし、李が責任を問われているのは、「虚偽の内容をネット上に記載した」というものだ。自分が出したものの中に、「虚偽」など存在しない。

そこが納得できなかった。

もっとも中国で共産党に逆らうことは無駄である上に、危険極まりない。人権が存在しない中国社会で、当局の機嫌を損なえば、どんな不利益が待っているか想像もつかない。命すら危なかった。

当局と「戦う」のではなく、今は患者のために「働く」ことを優先しなければならなかった。

李は一月三日、心を鎮《しず》めて公安局の武昌分局中南路街派出所に出頭した。

すでに李が署名すべき「訓戒書」ができ上がっていた。そこには、こう書かれていた。

× × × × ×

武漢市公安局武昌分局中南路街派出所
訓　戒　書

被訓戒人　李文亮　男　1986年　10月12日生まれ
工作単位　武漢市中心医院
違法行為　2019年12月30日に微信グループにおいて「華南青果海鮮市場でSARSが7症例発生した」との事実でない言論を発表した。

今、法に従い、あなたがインターネット上で事実に反する言論を発表した違法問題に対し、警告と訓戒を出す。あなたの行為は社会秩序を著しく攪乱《かくらん》するものである。あなたの行為は法律の許す範囲を超えたものであり、《中華人民共和国治安管理処罰法》の規定に違反する。すなわち違法行為である！

公安機関はあなたが我々に積極的に協力し、警察の忠告に従って、以後、違法行為を中止することを希望する。あなたはそれができますか？

（答え）

我々はあなたが冷静になって反省することを希望し、同時に厳粛に訓戒する。あなたがもし自分の意見に固執し、悔い改めず、違法活動を継続するならば、あなたは法律の制裁を受けることになる！　わかりましたか？

（答え）

被訓戒人

訓戒人

2020年1月3日

× × × × ×

最後には、「武漢市公安局武昌区分局　中南路街　中南路派出所」の印が大きく捺《お》されていた。

李は、それぞれの質問に「能（できます）」、「明白（わかりました）」と書き、母印を捺した。

そして、「被訓戒人」の空白に「李文亮」とサインした。

こうして李は、正式に「デマ伝播《でんぱ》者」となった。

なぜ李は、警察からの処分だったのか。これらの違いは何を意味するか。

先の中国共産党員の解説によれば、

「李文亮医師も共産党員だと思いますが、たまたま動いた組織が違っただけで、大きな意味はありません。ただ言えることは、この病気の情報が拡散されることを当局が極めて好ましくないと判断していたことです。そうでなければ、党と警察それぞれが動きませんよ。李医師の〝訓戒〟というのは、それほど厳しいものではありませんが、少なくとも警察の記録には残ります。ただし、病院の記録には残りませんよ」

だが、ここで驚くべきことがあった。

一月三日当日に、もうこのニュースが中国中央電視台（CCTV）によって放送されたことである。CCTVは、日本でいえばNHKである。これには、李文亮本人も驚いただろう。

当局は何を隠したかったのか

「武漢で発生した原因不明の肺炎についてのニュースです」

CCTVのキャスターは冒頭に、〝原因不明の肺炎〟という表現を使って、こうニュースを伝えたのだ。

「最近、多くの肺炎症例が華南海鮮市場との関連があることから、武漢市の所轄部門は華南市場を一時閉鎖して、調整を行うことが決定されました。一月一日、武漢市江漢区の市場監督管理局と衛生健康局は、市場の一時閉鎖と改善の公告を公布しました」

ニュースは、閉鎖され、シャッターが下りた実際の華南海鮮市場の映像を流しながら、こうつづけている。

「武漢市の二〇一九年一二月三一日発の情報によると、武漢の一部医療機関において診断された肺炎症例の多くが、華南海鮮市場と関連があることがわかりました。現在見つかっている二七症例のうち、七症例は重症です。

その他の症例の病状は安定しており、うち二例は病状が好転し、近く退院できる見込みです。現在、すべての症例はいずれも隔離治療を施しており、濃厚接触者についての追跡調査と医学観察、また華南海鮮市場の衛生学調査と環境衛生処置がおこなわれております」

ここで、すでに「二七症例」があり、そのうち「七例」は重症であることが明らかにされている。問題は、次のくだりだ。

「一月一日夕方、武漢市公安局の『微博』の公式ページで、現在の武漢市での肺炎発生状況についてのデマを流布した八名が、法規に従って取り調べを受け、処罰をされました。通報によりますと、最近、武漢市の一部医療機関における診察で、多くの肺炎症例が見つかったことから、武漢市衛生健康委員会がこの状況を発表しました。

しかし、一部のネットユーザーから、未確認の状況でのネット上の発表・拡散は社会に悪い影響を与えるとの反応があり、公安機関が調査をおこなった後、この八名の違反者を召喚し、法に従って処分が下されました」

李文亮医師の名前こそ出していないものの、「処分」のことがそのままニュースとして報道されたのである。

武漢市での肺炎発生状況についてのデマを流布した——とは、どう捉えればいいだろうか。というのも、このニュースの前半部分で「肺炎」のことを報じているからだ。

その上で八名の訓戒のことを伝えた意味を考えれば、ニュースに隠された当局の本当の意図が見えてこないだろうか。

当の李文亮への「訓戒書」には、

〈あなたの行為は社会秩序を著しく攪乱するものである。あなたの行為は法律の許す範囲を超えたものであり、《中華人民共和国治安管理処罰法》の規定に違反する。すなわち違法行為である！〉

との厳しい文言が並んでいた。明らかに〝犯罪〟を指弾した内容だ。

それを踏まえて考えると、このニュースには、「二つの特徴」があることに気づく。

一つは、原因不明の肺炎が「華南海鮮市場で起こった」と印象づけられていることだ。感染源が、コウモリであるのか、蛇であるのか、そんなことはまったくわかっていない段階で、のちにクローズアップされてくる「武漢病毒研究所」であることが映像でも、はっきり伝えられている。なぜか発生源だけは、この「華南海鮮市場」であることが映像でも、はっきり伝えられている。このことが却って釈然としない思いを残すのである。

もう一つは、李文亮を含む八名の医師たちが「人から人への感染」を疑っており、そのことをネット上で議論していたことだ。

当局は、この時点で「人から人への感染」をデマと断定している。いや、正確にいえば、そう「断定したい」のである。

都合のいいことに、李文亮のツイートには「華南海鮮市場」という言葉が出ている。つまり、これを紹介して処断すれば、「華南海鮮市場」が強く印象づけられる。感染源が同市場であることに「誰も疑いを抱かない」だろう。

少なくとも「武漢病毒研究所」に目を向ける人間はいない。

ひょっとしたら、李医師らは「華南海鮮市場」という単語を書いてしまったがために「摘発を受けた」のではないのか。仮にそう考えたらどうだろうか。

感染源は「華南海鮮市場」であり、そして、「人から人への感染」はデマである、ということを知らしめるために李医師らは仕立てあげられたのではないか。

ウイルスの出どころが「どこ」であって、また、どのような「感染経路」を辿っているのか、当局は予めそれらを把握したうえで、動いていたとしたらどうだろうか。

そうでなければ、CCTVが武漢という首都・北京から一二〇〇キロも離れた一都市の肺炎情報を報じるだろうか。

当局には、「患者が出ていること」こそ隠しようがないものの、これを「真実」とは異なる方向に持っていきたい〝なにか〟があったのだろうか。

そう考えれば、李医師たちが、人々の目を〝ある場所〟、すなわち第一一章で詳述する「武漢病毒研究所」から逸《そ》らすために、すでに利用されていたのではないか、という類推も成り立つのである。

集中していた「隠蔽工作」の時期

その推測をどうしても考えさせられてしまういくつかの情報があとになって出ていることを指摘しておきたい。

李医師らの処分からひと月以上経って、華南海鮮市場では「コウモリは売られていなかった」という話が出てきた。

後述するように中国・華南理工大学の肖波涛《しょうはとう》教授が科学者向けのインターネットサイト上でこのことを指摘したのだ。

では、あの段階でなぜＣＣＴＶは、あそこまで〝自信をもって〟華南海鮮市場を映し出したのだろうか。

今回の肺炎問題で果敢にスクープを放っている中国のニュースサイト『財新網』が二月末に注目すべき報道をおこなったことを指摘しておきたい。

中国国家衛生健康委員会が一月三日、ウイルスに関する情報が漏れ出さないように、そのサンプルの「破壊と移管を命じていた」というニュースである。

記事には、実際に「サンプルを破壊するよう求められた」という学者の証言も掲載されていた。即座に財新網の記事はネット上から削除されたものの、五月になって記事がクローズアップされ、ポンペオ米国務長官も、これを捉えて、記者会見で国家衛生健康委員会を名指しで非難する事態に発展する。

五月一五日、同委員会の劉登峰・監察専門員が記者会見に姿を現わし、財新網が指摘した〝隠蔽工作〟について、こう否定した。

「たしかに一月三日に関連文書を出したが、これは原因不明の病原体による二次災害を防ぐためであり、サンプルの保存条件に満たない施設では、その場で破壊するか、専門組織に移すべきであると考えたからだ」

つまり、この時点でサンプルが「存在」し、二次災害を防ぐために何らかの「措置」を命じたことを当局が「認めた」のである。

艾芬や李文亮といった武漢市中心医院の医師たちへの呼び出しと処分、そしてＣＣＴＶの報道、さらには、ウィルスサンプルへの国家衛生健康委員会による破壊・移管命令――これらが二〇二〇年一月一日から三日までに「集中的に行われている」ことをどう考えるべきだろうか。

これらの一連の動きによって、当局は、華南海鮮市場を封鎖して「調整」するという名目で、大っぴらに〝証拠隠滅作業〟その他、さまざまな工作が可能になったことは間違いない。

私たちが「華南海鮮市場が発生現場」と思い込んでいる根拠は、突きつめていくと「どこにもない」ということに気づいていただけただろうか。

そして、中国の隠蔽工作の実態について、当局が動いた「時期」というものがいかに重要かもおわかりいただけただろうか。

情報統制の威力

いずれにしても当局による厳しい情報統制は、想像以上の〝威力〟を発揮することになる。肺炎の情報はこれ以後、消えてしまい、感染の状況はもちろん、その深刻さについても何も武漢市民には伝えられなくなるのである。

咳き込んだり、高熱を発する人がまわりに増えている――さすがにそのことだけは市民にもわかった。しかし、正式な発表も、「こうしなさい」という指導もなかった。

（今年のインフルエンザは、用心した方がいい）

そんな警戒感だけが街に広がっていった。

だが、共産党の思惑とは裏腹に、事態は医師たちが懸念していたとおりの〝最悪の事態〟に向かっていった。

艾芬と李文亮という二人の告発者が勤める武漢市中心医院も、次第に肺炎症状を呈した患者たちで溢れかえるようになっていったのだ。

武漢の生々しい状況は、多くの発信者によってSNSを通じて世界に伝えられた。微信や微博などは、人々の書き込みで埋まっていった。

武漢での肺炎情報は、これらにアップされるたびに「消去される」という当局とのイタチごっこが断続的に続いていた。

一月九日、CCTVで武漢ウイルス性肺炎病原検査結果の暫定評価専門家チームがSARS、MERSとは違う新種のコロナウイルスが入院患者の遺伝子配列解析により特定されたと発表した。それでも一月一一日には、

「一月三日以降は新たな患者は発生していない。人から人へ感染は確認されていない。状況はコントロール下にある」

武漢市衛生健康委員会はそう発表し、「人から人への感染」は確認されていないとの強気の姿勢を示したのである。

医療現場は当局の意向に従わなければならなかった。

「これだけの大量感染が〝人から人へ〟感染せずに、どうやって広がるのか。コウモリや蛇から人間にこれほど沢山感染するなら、そのメカニズムを説明してみよ」

そんな当たり前のことすら口には出せなかった。

腸《はらわた》が煮えくり返っても、医師にとって共産党の言うことは「絶対」なのだ。恐ろしいほどの感染力を持つウイルスは、こうした人間を嘲笑うかのように感染爆発していったのである。

中国からの報告を受けて、WHOが新種のコロナウイルス検出を認定したのは、一月一四日のことだ。

しかし、それにもかかわらず一月一八日、武漢市政府は多数の市民が集まる第二〇回「万家《ばんか》宴《えん》」を挙行した。四万世帯近くの武漢市民がそれぞれの料理を一品ずつ持ち寄っておこなう〝巨大宴会〟である。

このイベントは年を経るごとに規模が拡大し、ここ数年、武漢では恐ろしい数の市民が押しかけ、それぞれのご馳走に舌鼓を打つ春節直前の行事として定着した。

今年の春節元旦は一月二五日。その春節の準備を始める〝竈《かまど》の神様〟に祈りを捧げる日におこなわれるのである。

ウイルスによる肺炎が爆発的に広がっている最中であり、いくら人気の行事といえども、武漢市政府は勇気をもってこれを中止しなければならなかっただろう。しかし、「人から人への感染」を自ら否定している以上、そんな英断を下せるはずはなかった。

万家宴には結局、一〇万人とも言われる武漢市民が駆けつけ、まさに〝感染爆発の場〟になったと推定されている。

第四章　告発者の「死」

封鎖された大都市

一月二二日、北京で驚愕の発表があった。中国国家衛生健康委員会が「人から人への感染は明らかである」と突然、認めたのだ。

同委員会専門家チーム長の鐘南山医師は二〇日、CCTVのインタビューを受け、こう語った。

「集中的に発生している武漢市内では家族間の感染が起こっており、ほかにも武漢を訪れたことのない感染者が広東省で確認されています。これは人から人に感染している根拠になります。人の移動は感染のリスクを高めます。武漢への訪問は控え、武漢市民は市外に出るのを控えるべきです」

艾芬、李文亮医師の処分から三週間。ついに「人から人への感染」が認められたのである。だが、医療現場はもうそれどころではなかった。

それぞれの病院が大量の発症者と向き合っていた。待合室は患者で埋まり、廊下に溢れた。患者の数が多すぎて収容しきれないところが続出していたのだ。

深刻だったのは、この段階で医療スタッフへの感染が始まっていたことだ。医療現場から戦線離脱する看護師たちが出てきた。人員の補充はまったく見込めない。どの職場も、追い詰められるのは時間の問題だった。

やはり、この病気が厄介なのは、潜伏期間の長さだった。

SARSは二日から一週間の潜伏期間だった。しかし、この新しいウイルスの潜伏期間は、二週間はありそうだった。しかも、発症しなければ、まったく熱がなかったり、あっても微熱だったりした。

つまり、その間にいくらでも「人に感染させることができる」という面倒なウイルスなのだ。これほど厄介なウイルスはなかなか存在しない。

極めて危険なエボラ出血熱のウイルスと比較してみよう。エボラはあまりに致死率が高く、あっという間に感染した人間を〝殺して〟しまう。だが、逆にいえば、バタバタと人が斃《たお》れていくため、封鎖が即座に実施されて、結果的に死者が少なく終わる。

だが、この新しいコロナウイルスは〝ステルス性〟と強力な〝感染力〟を併せ持っていた。それは、医師たちにとって恐怖以外のなにものでもなかった。

一月二三日は中国にとっては「大晦日《おおみそか》」の前日である。

日付が変わり、二三日になって間もなくの午前二時五分、武漢人民政府は突然、重大発表をおこなった。新型コロナウイルス感染による肺炎の流行を阻止することを目的とする発表である。

「二〇二〇年一月二三日一〇時をもって、武漢全市のバス、地下鉄、フェリーボート、長距離旅客輸送を含む公共交通をすべて暫定的に停止する。特殊な理由がないかぎり、市民は武漢を離れてはならない。そして武漢から外部に移動する飛行場や列車の駅も封鎖する。回復時期については追って通知する」

通告の末尾には、市民と旅客に対して「理解と協力を求める」ということが書かれていた。いよいよ春節休みが始まるぎりぎりのタイミングである。しかし、奇妙なことがあった。発表の午前二時から一〇時まで「八時間」ものタイムラグがあったことだ。

武漢は夜中にもかかわらず、ハチの巣をつついたような騒ぎになった。情報を知った市民が互いに、

「朝の一〇時からは、もう武漢の外には出られないよ！」

そんな連絡を取り合ったのだ。

人民大移動がこの瞬間から始まった。春節で帰省先がある者、あるいは武漢市の外に滞在する場所を持つ富裕層などが荷物を自家用車に積み込んで「武漢脱出」を始めたのである。始発から長距離旅客輸送をおこなうバスや汽車、フェリーは満員になった。朝一〇時までに武漢を離れた数は数十万人に及ぶと推計された。

なぜ八時間のタイムラグが生じたのか。どうして異例の真夜中の発表だったのか。当局はこれを今も説明していない。

有力な説として、ＷＨＯの緊急事態宣言を「回避させるためだった」というものがある。

「中国はこれだけのことをやっている。流行阻止に万全を期しているので緊急事態宣言は必要ない」

ＷＨＯの会議がおこなわれる前に中国には「武漢封鎖」という積極的な行動が必要だったと

いうものである。真偽は定かでないが、実際にWHOではこの日におこなわれた会議で「緊急事態宣言を先送り」している。

WHOの初動が遅れたという批判の中に、この緊急事態宣言先送りを挙げる人は多い。

もう一つ不思議だったのは、これは武漢市民に「脱出するなら一〇時までにどうぞ」と、わざわざ教えてくれたようなものではなかったかというものである。

中国政府には感染拡大を本気で阻止するつもりがない——これはそんな意思表示を表わしていると捉えた中国の識者もいた。

三日後、周先旺《しゅうせんおう》・武漢市長が記者会見で明かした〝数字〟には誰もが耳を疑っただろう。

「封鎖前にはすでに五〇〇万人あまりが市外に出ている。いま武漢に残っている人は、およそ九〇〇万人と見られる」

武漢には学生や労働者など多くの武漢市外の人間が住んでいる。その人たちを含め、五〇〇万人が「武漢の外に出た」とは、都市封鎖が意味を持たないほどの数字である。「ウイルスはすでに全国に拡大している」と当の武漢市長が告白したようなものだ。

さすがに中国共産党機関紙「人民日報」系列の『環球時報』の翌一月二七日付社説には、こんな痛烈な文章が載った。

〈五〇〇万人あまりが武漢を離れたという情報に大きな衝撃が走った。武漢市が必要な緊急措置を講じず、これほど多くの人を全国各地に拡散させたことは、残念というほかない作業上の手抜かりである〉

そして武漢を離れた人をこう擁護した。

〈五〇〇万人全員が感染から逃れるため故意に武漢を離れたわけではないと信じたい。武漢は全国でも最も大学が集中している都市。里帰りしたい学生も沢山いただろう。
我々は武漢を離れた人すべてに怒りの矛先を向けることはできない。武漢を離れた市民は自ら進んで滞在地の関係機関に連絡し、自己隔離を積極的に行うよう宣伝を強化する必要がある〉
五〇〇万人というとてつもない数字に、さすがに『環球時報』も戸惑いを隠せなかったようだ。
驚くべき〝五〇〇万人脱出〟という数字は、そのまま中国全土へ、そして世界へのウイルス拡散を意味していたのである。

凄惨な医療現場

残された武漢市民、いやその治療を担う医療現場は、ますます凄惨な状態に陥った。どの病院も、玄関、待合室、廊下……空間という空間が診察を求める人々で溢れた。

何時間経ってもまったく診察してもらえないことに人々は苛立ち、やがて我慢の限界を超えた。患者の中には、病院のスタッフに唾《つば》を吐きかけたり、殴りかかったりする者まで現われた。

殺気だった医療現場で働く医師も看護師も追い詰められていた。

マスクも底をつき、自分たちで手づくりして急場を凌いだ。アルコール消毒で洗い、それを乾かして何度も使うのである。

ゴーグルや防護服が支給された病院はまだラッキーだった。最前線でありながら、手づくりのマスクで患者と対した医師や看護師は次々と感染した。完全に「医療崩壊」が起きていた。

艾芬と李文亮両医師がいる武漢市中心医院も例外ではなかった。どの科も飽和状態になった同院で、患者が最も押し寄せたのは「救急科」だった。

あらゆるスペースが診療希望者で満杯になった。緊急治療室も、点滴・輸血室も、完全に〝人の波〟の中にあった。

艾芬の手記には、とうとう患者が建物自体に入れなくなったようすも出てくる。

「車の中にいる父が危篤《きとく》なんです！」

そう叫ぶ患者の家族に呼ばれて医療機器を持って駆けつけた艾芬は、すでに息を引き取っているその父の姿を見る。

この患者には、車を降りる機会すら与えられなかった——それを思うと医師として艾芬の胸は締めつけられた。医療崩壊の怖さを、まざまざと見せつける場面だった。

艾芬と同じように、なす術《すべ》なく死んでいく患者を前に医療スタッフたちは打ちのめされた。しかし、それでも「目の前の命を救う」ことに彼らは没頭しようとした。

二月初めには、武漢市漢陽区にある武漢第五医院のようすがＳＮＳにアップされた。こと切れた父親の横で、泣きながら父の死を誰かに電話連絡している中年男の姿や、ビニールの死体袋がいくつも積み上げられたワゴン車の内部のようすが映し出されていた。

この投稿をしたのは、北京在住の弁護士でジャーナリストでもある陳秋実。ＳＮＳでは数十万人のフォロワーを持つ有名人だ。北京から「武漢封鎖」ぎりぎりで汽車で現地入りに成功し、次々と映像でのレポートを発信した。

「もう何日も咳が出ているのに、診察もしてもらえない。家にも帰れず私は仕事をしている！」

看護師が取り乱して駐車場で座り込む映像をアップするなど、武漢の医療崩壊のありさまが陳の発信で国際社会に伝えられた。

自ら動画に登場した陳は、医師たちが携帯電話を没収され、外部と話ができなくなっている実態も明らかにした。徹底した情報統制である。そして、

「私の前にはウイルス、後ろには当局の権力がある。正直、怖い。しかし、命あるかぎり伝え続ける。私は死を恐れない！」

そう決死の訴えをおこなった。だが、その後、陳は拘束と釈放がくり返されたのち、五月末現在、連絡が途絶えたままだ。

私は、これらを紹介しながらこうツイートした。

2月3日（月）

ＳＮＳで公開されたビニール袋に包まれた遺体を始め武漢第五医院の様子は衝撃だった。同夜、発信者は警官に拘束されたが釈放。「怖がっても駄目だし、彼らに懇願するのも無駄。唯一の方法は互いに助け合い、連携する事だ」との言葉に頷く。香港に続きＳＮＳが共産党独裁を揺るがすか。

ほかにも武漢市民が発信するＳＮＳの生情報は貴重だった。私は、できるだけこれらに目を通した。共通するのは、なるべく共産党批判を避け、実際の生活を忠実に伝えるものが多かったことだ。

なかでも注目を集めたのは、二人の女性の日記である。

一つは女性作家・方方《ファンファン》の『作家方方的博客（作家方方のブログ）』であり、もう一つは郭晶という独身女性の手になる『一个独居女性的武汉封城日记（一人暮らし女性の武漢封鎖日記）』だ。

方方は、社会の底辺で生きる人々にスポットを当て、その哀歓を描く六五歳の武漢在住の著名作家である。魯迅《ろじん》文学賞を受賞し、湖北省作家協会主席や中国作家協会の全国委員会委員を歴任した湖北省を代表する作家だ。

一方の郭晶は、武漢で一人住まいをする二九歳のソーシャルワーカー。まったく無名の一般女性である。

日々、世界で億単位の人間が目を通した二つの日記は、あまりの反響の大きさに、のちに両方とも海外で出版されることになる。

方方はイギリスで『Wuhan Diary: Dispatches from a Quarantined City（武漢日記・隔離された都市からの報告）』として英語版が、郭晶は台湾で『武漢封城日記』として繁体字版が書籍化されるのである。

女性ならではの感性と細かな観察力で武漢封鎖の日々を綴った日記は、事態をウォッチする人間には、必須の〝現地レポート〟となった。

さすがに、当局も一人一人の日記風の発信までは取り締まることができなかったのである。

外国メディアも、さまざまな手法で武漢のありさまを伝えていた。二月七日に、フランスのニュースチャンネル「CNEWS」が看護師たちの顔にくっきりとついた医療用マスクの痛々しい跡を写真で公開した。

彼女たちの踏ん張りを世界に伝えたこのニュースも印象的だった。これに対して私はこうツイートした。

2月9日（日）
コロナウイルスと戦う医療従事者に頭が下がる。体力も気力も限界に近い。免疫力が落ちれば自分も死ぬ。完全なウイルス防御の為に顔も変形。それでも怯《ひる》まない。だが患者は隔離されたら生きて出る事は難しいとされ、強制入院を拒絶。人民から信用されない政府。それが全てだ。

誰もが追い詰められていた。

このまま死んでいくのかという不安、出口がまったく見えない閉塞感、気力・体力とも限界を超えた焦燥……SNSを中心に武漢のようすをウォッチし続けた私には、得体の知れない絶望感が武漢の空全体を覆《おお》っているように感じられた。

この時、武漢の医療の最前線ではどんな治療がおこわれたのかは、第一三章で詳述させていただく。

李文亮「覚悟」の告発

公安当局から厳しい追及を受けた李文亮は前述のように素直に訓戒書にサインしたことから

医療現場へ戻された。だが、あとから考えたら拘束されていた方が彼にとっては幸せだったかもしれない。

武漢市中心医院で診療にあたっていた李は、一月一〇日から咳や発熱が始まった。翌々日には高熱となり、入院を余儀なくされた。

症状はなかなか好転しなかった。やはり、薬が「まったく効かない」のである。高熱が続き、自力での呼吸が困難になり、やがて人工呼吸に。医師である彼は、症状からおそらく自分の「死期」を悟ったに違いない。

一月三一日昼一二時過ぎ、苦しい息の中で、李から決意のSNS発信がなされた。

「皆さんこんにちは。私は武漢市中心医院の眼科医、李文亮です」

自分がサインした訓戒書をアップロードし、李はSNSで直接、人々に文字で語りかけたのである。

「一二月三〇日、私はある患者の臨床検査レポートを見ました。すると信頼度の高いSARSコロナウイルス指標について、陽性反応が検出されていました。そのため、私と同様に臨床医である学生時代のクラスメートたちに、感染防護についての注意を喚起するという観点から、そのSNSグループで、〝七例のSARS感染が出た〟というメッセージを発信しました。発信後の一月三日、私は公安局に訓戒書に署名するよう求められました」

李文亮は、自分が科せられた処分の不当性を覚悟をもって告白したのだ。

「その後、私は通常通り医療の仕事をしていました。新型ウイルス肺炎に感染した患者を診察した後、私は一月一〇日から咳の症状が出始めました。一一日に発熱し、一二日に入院しました。その時には、私はまだ〝なぜ人から人への感染はない、医療機関での感染はないと言っているのか〟と思っていました。

その後、ICU病棟に入るのですが、その前におこなったPCR検査の結果がずっと出ませんでした。治療を継続した後、再度、PCR検査をおこないましたが、結果は陰性だったのです。しかし、呼吸困難は続き、身体を動かすことができません。私の両親も入院中です」

明らかに肺炎症状なのに、なぜかPCR検査が陰性であったことを李は説明している。そしてこう綴った。

「病棟では、多くの友人たちがネット上で私を支持し、激励してくれているのを目にして、私の心も少し楽になっています。皆さんの支持に感謝しています。この場で特に言っておきたいのは、私は医師免許を取り消されてはいない、ということです。皆さん安心してください。私は治療に専念し、一日も早く退院するよう頑張ります！」

どう公安当局に呼び出され、どう質問され、どう答えたか。それは、同時にアップされた「訓戒書」を見て、すべての人が理解しただろう。

社会秩序を著しく攪乱するものとして違法行為を指弾された李。しかし、批判されるようなことは、自分はやっていない。正義感の強い李は、病床から訴えたかったのである。

このSNSには、ほかにも李が実際に医師仲間七人に出したメールのキャプチャ画像も添付されていた。ひと目見たら、本来なら「なんの問題もない」ものであることがわかる。

「私は、なぜ〝人から人への感染はない。医療機関でも感染はない〟とまだ言っているのだろう、と思っていました」

李は、そう綴っている。冷静だが、共産党に対する痛烈な一文である。

結果的に、李文亮の告白は中国国内に留まらず、世界中に「どんな情報隠蔽がおこなわれたのか」を伝える貴重な材料となった。

李の告白には、普段の人柄そのままに、厳しい言葉は全くなかった。それだけに余計、人々の心に突き刺さったのである。

かつての中国では、たとえ覚悟があっても、自分の経験したことや考えを多くの人に伝えることはできなかった。だが、ネット時代は、抑圧されてきた中国人に歴史上、初めてそれを「可能」にさせたのである。

世界は李文亮の闘いを知った。

最初に艾芬が発信したキャプチャ画像から事が動き始めたように、李文亮は自分の言っていることを裏づける証拠として「訓戒書」を世界の人々に公開したのだ。

この時点で「李文亮は死を覚悟している」、いや、「死を予感している」と悟った人もいるだろう。私は「公安当局にこれほどの痛手を与えて李文亮の命は大丈夫なのか」と心配になった。

中国のネットは李文亮への礼讃一色となった。無理もない。たちまち、微博の「コメント」は一〇万を超え、「リツイート」は一七万、「いいね」は一二八万にも達した。凄まじい反響だった。

人民を弾圧することでしか統治できない中国共産党には、言いたいことがあっても誰もが沈黙を余儀なくされてきた。言論の自由も、集会の自由も、先進国で認められている基本的な人権が、中国ではなに一つ認められていない。

だが、そんな中で一人の青年医師が自分たちの命を救うために最初に警鐘を鳴らし、そして、当局の弾圧のありさままで敢然と明らかにしたのである。

英雄――まさに英雄が現われたのだ。「李文亮」という名が、微博でも微信でも、あらゆるSNSで最も取り上げられた。

武漢市中心医院の眼科医である李文亮はネット上で「疫病吹哨人《すいしようにん》」と呼ばれた。「吹哨人」とは笛を吹く人、つまり警鐘を鳴らす人である。

李文亮の件を最も熱心に取り上げたのは、イギリスのBBCだろう。人権問題に特別熱心なBBCは、ウイグル問題でも告発の先頭に立っているのは周知のとおりだ。

同局は、実際のニュースでも、そしてネット記事でも李文亮を取り上げ、中国の情報隠蔽問題を追及しつづけた。

二月四日、BBCのワールドニュースが〈新型ウイルス、早期に警告して口止めされた中国人医師〉と題して長文のレポートを発表した。

〈新型コロナウイルスに関する情報を明らかにし、アウトブレイク（大流行）への警告を敢然と発した若き医師のもとに警察が訪れ、そうした行為をやめるよう指示した。その後、自身も感染し、入院した医師は警告から一か月後、事実を公にし、「英雄」と称賛されている〉

BBCは、中国の公安当局者が「我々は厳粛に警告する。頑なで無礼な振る舞いや、こうした違法行為を続ければ、あなたは処罰を受けるだろう。わかったか？」と居丈高に迫ったさまも報じた。

ＢＢＣが持つ問題意識は、李本人とほとんど同じだった。真実の情報を発信したことが、なぜ「社会の秩序を著しく乱す」、あるいは「虚偽の発言をした」ことになるのか、という根本的な問いである。

重要なのは、ＢＢＣがのちに中国の隠蔽の大きな問題点としてクローズアップされてくる点をいち早く指摘していることだ。

〈年が明けた一月の数週間にわたって武漢市当局は、新型ウイルスに感染した動物に接触した人にのみ感染すると主張していた。人から人への感染がないというのだから、医師への感染を防ぐ指導がなかったのも当然である〉

実際、前述のとおり、武漢では「人から人への感染」を認めなかったため、医療スタッフに十分な感染防止用の医療用防具服やマスクさえも配られなかった。

このＢＢＣ報道は、武漢市当局が〝触れられたくない〟本質を突いていたといえる。

情報発信できなかった理由

初めて湖北省と武漢市のトップが開いた記者会見で、当の武漢市長・周先旺が、自ら「隠蔽」について言及したのは一月二六日のことだった。

内外の注目を集めた会見で、湖北省と武漢市のトップによって、さまざまなことが語られたのである。

特に周市長の次の発言は人々を驚かせた。

「われわれの情報開示については、各方面から不満の声が聞こえてきます。実際にそういう一面があったし、有効な情報を使っての対策が十分ではなかった面もあります。ただ、情報公開が遅れたことについては理解をしていただきたいと思います。

伝染病には伝染病の対処手順があり、情報は法に従って公表することになるからです。地方政府の立場では、情報を得た後、さらに公表の権限が付与されてからでしか公表はできない、ということです。この点が、皆さんに理解してもらえなかったところです」

かなり思い切った発言だった。

もちろん周市長も中国共産党の党員だ。市長であると同時に中国共産党武漢市委員会の副書記でもある。中国では「党の指導に従って」市政は運営されるのである。

この大胆な発言に対して、記者たちはさらに問い質そうと、会場を出た周のあとを追った。周がエレベーターに乗り込む寸前、CCTVの記者がマイクを向けた時だった。周はおもむろにこう言ったのである。

「すぐに武漢から情報を発信できなかったのは、上層部が私にこのことを発表する権限を与えてくれなかったからだ」

さらに大胆な発言だった。

思わず驚きの声を挙げたCCTVの視聴者もいただろう。それは、エレベーターに乗り込む前の慌ただしい中で発するような〝軽い内容〟ではなかったからだ。

上層部が私にこのことを発表する権限を与えてくれなかった――額面どおり受け止めるなら、上層部、すなわち共産党中央が自分に発表の権限を与えず、そのために「隠蔽された状態」が続いたという意味になる。

武漢市が初めて感染者が出たとした日付は「一二月八日」である。記者会見のこの日まで、ほぼ五〇日が経過している。中国が新型コロナウイルスの存在を正式に認めたのは一月九日であり、人から人への感染を認めたのは一月二二日だ。

中国は、それほどの長期にわたって新型コロナウイルスを隠蔽していたのか。

そんな声が巻き起こっても不思議ではない爆弾証言だった。だが、その後、周市長はこの発言を裏づける言葉を発していない。

のちにアメリカを中心に国際社会から厳しい隠蔽への責任を問う声が湧き起こった。仮に周市長の発言が証明されれば、中国にとっては「致命的なこと」になりかねない。湖北省の書記も、武漢市の書記も更迭されるが、幸いに二〇二〇年五月末現在、周先旺はそのままの地位に留まっている。

おそらくその後、習近平執行部に口止めされた可能性は高い。だが万が一、率直な話が聞けるなら、世界のジャーナリストが武漢に赴き、周市長にインタビューをしたいと願っているのは確かである。

いずれにしても、長期間の隠蔽を示唆する言葉が当の武漢市長から発せられたことにより、「隠蔽」という言葉が、より現実味を帯びたといえる。

本来ならあり得ないこの発言は、周市長の立場からすれば、常に下部に責任を取らせていく共産党のやり方を考えると、このままでは武漢市長の自分がなんらかの責任をとらされる可能性が極めて高いだけに頷けるものだった。

私は、この問題に対してこうツイートしている。

1月29日（水）
中国は〝もう隠せない〟とならなければ、自らの失態を発表する国ではない。人命に関わる事でも同じ。人命も、また人権も、鴻毛《こうもう》の如し。中国では武漢市長がおよそ1か月に亘って中央政府から発表を止められていた事を暴露し、話題に。もはや「隠蔽強制」への反発で〝歯止め〟が効かなくなってきたのか。

「人から人への感染は確認されていない」

中国は明らかに間違った情報をWHOに提供し、WHOはまた中国の見解を忠実に踏襲した。その裏に「隠蔽」があったことを私たちはどう考えるべきだろうか。押し寄せる患者たちを見て「感染動物からしか感染しない」などと言えば、子供でも腹を抱えて大笑いするだろう。

しかし、そんな常識さえWHOは持ち合わせていなかったのだ。

ちなみに、この説を信じ続けたのは第二章でも紹介したように日本の厚労省である。私は、BBCのレポートをリツイートしながら、こう発信した。

2月4日（火）

中国では人々を思い、故郷を思う人は処罰される。正確な情報を発信して警鐘を鳴らせば身柄を拘束されるのだ。いち早くウイルスの危険性を情報発信した医師8人も同じ。これがターニングポイントだった。これを〝社会の秩序を著しく乱す〟と処罰する政府にはもはや存在理由なし。

私には、改革派の学者として著名な清華大学法学部の許章潤教授が同じ二月四日に公開した文書のことが念頭にあった。感染拡大を防ぐ機会を逃した政府の対応に対する批判と「言論の自由」を求めるものだ。

さらには、北京大学の張千帆教授や同じく清華大学の郭于華教授、人権派の王宇弁護士らが、全国人民代表大会と常務委員会宛に「言論の自由」を求める書簡を発表した。この書簡に対し、その後、賛同者が増え、四〇〇人近くの大学教授や弁護士などが署名することになる。

李医師の勇気ある行動と死は、人民の怒りと哀しみの矛先を中国共産党独裁体制に向ける重要な働きを果たしたのである。

私は、李文亮が本当に当局から嫌がらせを受けずにきちんとした医療が受けられるかどうかが心配だった。

個人の命を虫けらのように扱ってきた中国。国にとって不都合な情報を流し、これからもさまざまなことを拡散する恐れがある人物を当局が放っておくだろうか。そのことが心配でならなかったのだ。

そして武漢の全市民を悲嘆させるニュースが、ついにやってくる。

力尽きた告発者

李文亮の命の灯は、私がこのツイートをした三日後に消えた。

同僚の死を食い止めようと集中治療室の医療スタッフが総がかりになる中、二月六日午後九時三〇分、心停止。それから約五時間後の二月七日午前二時五八分、武漢市中心医院は李文亮医師の逝去を発表した。享年三三だった。

大袈裟ではなく、中国全土が慟哭《どうこく》に包まれた。

「まさか。信じられない」「嘘だと言ってくれ！」

そんな叫びがSNSには溢れた。

「あなたの命は永遠です。私たちの心の中でずっと生き続けます」

「中国には何千万人もの李文亮医師が必要です」

「李文亮医師は二種類のウイルスによって亡くなった。一つは新型コロナウイルスで、もう一つは共産党ウイルスだ」

恐ろしい数の発信だった。「李文亮」はあっという間に検索ランキングトップとなった。閲覧回数はなんと「一〇億回」を超えた。信じられない数字だった。

それだけではない。夜が明けると、武漢市中心医院の総合玄関前には献花する市民が続々と詰めかけてきた。もう外出禁止も何も関係なかった。

思い思いに花を手向《たむ》け、深く頭《こうべ》を垂れる武漢市民の姿は痛々しかった。長時間黙祷《もくとう》する者もいれば、ただ手を合わせて涙を流し続ける人もいた。遺影の前で深く身をかがめたまま動かなくなった人もいた。

ある女性は、〝不死鳥〟という別名を持つ植物をうずたかく積まれた花の下にそっと置いた。李文亮がこれからも「生き続けること」を祈ったのである。

一人住まいをしながら日記を書き続けた先の郭晶の記述（のちの『武漢封城日記』）は、李医師に対する武漢の人々の素直な気持ちを最も表わしていた。

〈二月七日

誰かが突然、「李文亮が死んだ」と言った。誰かが驚いて「何だって！」と叫んだ。

誰かが言った「これは公正な死ではない。我々がいま生きているのは一種の偶然であり、まぐれなんだ」

ビデオチャットが終わると、私はSNSに目を通した。みな李文亮死亡のニュースがデマであって欲しいと言っている。しかし、私たちは勝手にこのニュースをデマと定義づけることはできない。私たちは信じたくなくとも、事実をデマに変えることはできないのだ。

私はベッドに横たわった。流れる涙をこらえ切れず、しばらくすると声を上げて泣き始めた。頭の中は「なぜ？」という言葉で一杯になった。その後、どうやって眠りについたのか、覚えていない。

朝までに何度も目が覚めたが、寝返りを打って、また寝た。しかし、本当に眠ったわけではなく、ただ起き上がって現実に向き合いたくなかっただけだった。ようやく私は起き上がって携帯電話を開いた。画面は全て李文亮のニュースだった。あるものはマスクを着けて写真を撮り、アップしていた。マスクには「不明白（分からない）」と書いてある。

また涙があふれた。私は、どうやってこんなデタラメな社会で生きていけばいいのだろう？しかし、それでも私は生きる努力をしなければならない。これもまた一つの抵抗なのだ。私はいつものように運動をすることにした。家の中でボーっとしている訳にはいかないので、家を出た。エレベーターの中にはティッシュペーパーの箱が貼り付けてあった。ティッシュペーパーを使って行先階のボタンを押すのだ。

私はみんなに李文亮のことを話さなければいけない。私たちは彼のことを覚えていなければならないと思った。最近、川のほとりを訪れる人が減ったが、私はしょっちゅう行くので、川辺の管理員と顔見知りになった。川のほとりに行って管理員に聞いた。

「李文亮が昨日死んだのを知ってる？」

そう言った途端、いつ李文亮が死んだのかを私がどうして知っているというのかという思いに駆られた。ある者は、彼が昨夜9時半頃に心臓が止まったが、しかしその後ＥＣＭＯ（人工心肺）を着けて蘇生《そせい》したのだという。今日未明の3時48分、武漢中心医院から「微博」に投稿があり、李文亮が今日の未明2時58分にこの世を去ったことを明らかにしたのだ。

管理員は「知ってるよ。携帯のメールで見た。議論の余地はないね」と言った。私はあきらめられず、涙をこらえて言った。「李文亮は一番早くウイルス肺炎の情報を発したの。でもそれをデマだと言われて……。彼が死んでしまったなんて、本当に悲しい」

管理員はどうしようもない、という表情でこう言った。「こんなことはいくらでもあるさ。わしだって、仕事じゃなければ、家でじっとしていて表には出てこないさ」。私はあきらめて「家の中では気が滅入るので、散歩に出てきたの」と話すしかなかった。管理員は「気をつけて」と言い、私は「あなたも」と応えた。

今日の天気は寒い曇り空、川辺の人もいつもに増して少なく、2人しか見かけなかった。素手で鉄棒を振り回すあの老人もいない。家に帰ると、一本の蝋燭《ろうそく》に火を灯して、LWL（李文亮）に哀悼の意を捧げた。入浴の時には「国際歌（インターナショナル）」を繰り返し流し続け、私は声を上げて泣いた。これまで経験したことのない悲憤だった〉

李文亮医師への武漢市民の思いがストレートに伝わる文章なので、長々と引用させてもらった。なぜ肺炎に対して警鐘を鳴らした人間がこの国では罰せられるのか。また、その人物がなぜ「命」を落とさねばならなかったのか。

共産党への直接の非難の言葉こそ避けているが、痛烈な疑問と憤激が文章のそこここに表われていた。

警戒する習近平政権

上海『新民晩報』は二月七日の朝刊一面にマスクをつけている李文亮の顔写真を大きく掲載し、李を「告発者」を意味する「吹哨人」と称賛し、特大の追悼記事を掲げた。

記事は追悼の体裁を取りながら、いかに中国には「情報公開」と「透明性」が必要であるかを訴えた記事だった。

この日午後九時、武漢では室内の照明を点滅させ、「口笛を吹く」という李文亮の追悼行事がおこなわれた。微博などのSNSを通じて呼びかけられたものだ。

これは、武漢にとどまらず中国全土でおこなわれた。

奇跡のようなシーンは実際に起こった。人々は午後九時ちょうどに室内の照明を点滅させて、口笛を泣きながら吹いた。実際の笛やホイッスルで参加した者もいた。中国大陸の寒空に若き医師を惜しむ笛の音が吸い込まれていった。

中国政府にとって予想もしなかった大きな動きだった。李文亮の死がきっかけで、追悼運動が「政府批判」に転化することが懸念されたのも当然だろう。

危機感を抱いた習近平政権は、情報統制に乗り出した。

ネット上の政府の対策に対する批判の声を片っ端から削除し、李文亮の検索ランキング首位をさまざまな手法で潰していく。李文亮に関するテーマは、アップされてもすぐ消された。また新聞やテレビには、追悼行事の報道をしないように、との指導もおこなわれた。

だが、一方では李を〝持ち上げる〟戦術も忘れなかった。

具体的には中国外務省と国家衛生健康委員会が当日（七日）のうちに記者会見で哀悼の意を表明し、李を弔《とむら》う態度を明確にしたのだ。

同時に、国家監察委員会も異例の発表をおこなった。前にも記したとおり、国家監察委員会は公務員の不正を取り締まる、中国では泣く子も黙る組織である。

そこがわざわざ「李医師に処分を科した武漢市当局の側に問題はなかったか調査に乗り出す」と表明したのである。「デマ流布者」として一度は処分を下したはずの李文亮を、今度は必死で持ち上げたのだ。

それだけ政府は民衆の怒りを恐れていた。実際、のちに（筆者注＝四月二日）、政府は李医師を「烈士」に認定することを発表した。烈士とは、献身的な行為で国家に貢献した人民に贈られる最高の称号だ。抗日戦や国共内戦で命を落とした英雄たちが知られている。

李文亮は、〝デマの吹聴者〟から、一転、〝国家の英雄〟となった。当局にとって李文亮の「死」はそれほど大きく、同時に怖いものだったのである。私はこうツイートした。

2月7日（金）

武漢海鮮市場での感染を告発し、新型肺炎に警鐘を鳴らし続けた李文亮医師が亡くなった。ほかの7人の医師と共に「ネットでデマを流す」と反省書を書かされた李医師。若き愛国者

を逆に拘束し、死に追いやる国。李医師は本当に精一杯の手当てを受けられたのか。無念だっただろう。合掌。

私は李文亮が精一杯の治療を受けられたのか。そのことが、まだ気に掛かっていた。当日、翌日、さらに翌々日も、私は李文亮に関して連続してこうツイートしている。

同日
ロイター記者が撮った北京はまるでゴーストタウンだ。一方、封殺された武漢は煙で街全体が淀《よど》む。「火葬場がフル稼働」「あれは人が焼かれる煙だ」との噂も。李文亮医師の死を待つまでもなく新型肺炎は〝まず情報隠蔽〟という共産党の体質が生んだ人災。少しは反省しているのか。

2月8日（土）
李文亮医師の死が検索ランキング首位になり、閲覧回数10億回、コメント数は110万件を超えた。だが、〝操作〟でトレンド上位から消えた。獄中死したノーベル平和賞の劉暁波氏が死去した時と同じだ。この期に及んでも情報統制に必死の中国。世界に共産党独裁政権の怖さを示し続けている。

新型肺炎は「まず情報隠蔽」という共産党の体質が生んだ〝人災〟だと考える人間は多い。

若き愛国者を死に追いやり、それでも隠蔽や情報統制だけは忘れない独裁政党。この体質を改めないかぎり、SARS、新型コロナに次いで、今後も必ず世界の災厄が生まれ続けるだろう。私はそう考えていた。

2月9日（日）
中国が李文亮医師追悼運動が政府批判に転化することを警戒。ツイッター「微博」の呼びかけで口笛を吹く追悼行事が実施されたが、ネット上にはその映像等が表示されない。メディアには「追悼運動を大々的に報道するな」との通達も。どんな時でも情報統制だけは忘れない独裁国家。

こうして武漢にとって、いや中国全体で地獄のような日々が続くのである。

中国人ビジネスマンの証言

私は武漢を訪れたこともあり、その地理的な重要性を知っている。武漢発の肺炎情報が入った時、咄嗟に私が考えたのは「上海が危ない」ということだった。

武漢を揚子江の中流とするなら上海は揚子江の海への出口で最下流に位置する。大河・長江でつながる両都市は、当然ながら密接な関係にある。新幹線ができた現在では、武漢―上海間は、最短四時間五〇分で着く距離にある。

もし、上海がやられたら世界大恐慌が始まる。私はすぐにそんなことを考えた。

上海株式市場は、世界有数のマーケットであり、時価総額が日本円に換算すると五〇〇兆円を超える。あらゆる分野のビジネスが集中する上海は、中国のGDPの四パーセントを生み出す巨大な経済圏なのである。

ここがやられたら、とてつもないことになる。中国経済に少しでも関わった経験のある者なら、そのことはすぐ考えるだろう。

私は本書の執筆にあたり、上海在住の四〇代の中国人ビジネスマンから興味深い話を聞くことができた。

そこからは、なぜ上海が助かり、同時に、情報収集力のない日本の実態とはどんなものだったのかが浮かび上がってくる。参考になる話も含め、あくまで中国人の証言であることを承知の上で、お聞きいただきたい。

「武漢が封鎖される一週間以上前から、上海は事実上〝封鎖〟に近い状態になっていたんですよ。ピリピリした空気に包まれ、居住する街区に居住者以外は入れなくなっていましたし、上海へ入る高速道路も規制が始まっていました」

武漢だけでなく、上海では一月半ばからそんなピリピリした空気だったことをビジネスマンは明かした。

「空港も国際線こそまだ露骨ではなかったですが、国内線では厳しいチェックがありました。検温が実施されて、熱があれば、そこでストップになったんです。上海はSARSの時にかなりやられましたから、その時の経験があったので余計、厳しかったんだと思います」

街区に居住者以外は立ち入れないとは、どういうことか。

「日本の団地のようなものを想像してください。中国ではそういうところには敷地の入口にゲートがあります。そこで身分証明書と居住証明書の提示を求められ、居住者以外は中に立ち入れなくしたんです。外のウイルスを持ち込ませないためです。

中国では身分証明書が必須です。それに加えて地方で生まれてそこに戸籍がない人には居住証明書が必要です。これのない人は大変なことになりました。ほぼ同時期から、コミュニティごとにある自治会〝居民委員会〟と、警察、そして医師の三者が一体になって一戸一戸をまわったんです。

つまり、住民のチェックを始めたわけです。住民の健康状態を把握し、同時に不正な居住者を見つけていきました。武漢が封鎖される前から、上海では武漢の事態が大変であることは認識し、こういう行動に出ていました。これは春節中も続きました」

長年逃亡していた指名手配犯が逮捕されたり、自首したりするケースが中国で相次いだニュースを覚えている人もいるだろう。まさにこれの影響である。

「上海の虹橋《こうきょう》地区には、多くの台湾人が住んでいます。彼らから当然、情報が入ったでしょうから、台湾のこの病気への危機感の強さはそういうところも影響しているはずです。日本も上海に総領事館を置いていますから、本来は大変な事態であることはわかったと思いますよ。でも、日本の政策にそれは生かされませんでしたね。情報が日本に伝わらなかったのか、それとも伝わっても上が何とも思わなかったのか、そこのところは私たちにはわかりません。

ただ、上海でも日本は大丈夫か、という声はありました。春節の時、すでにお金も払い込んでいるし、日本には行きたいわけだから、日本への旅行がキャンセルにならないで欲しいと友人の多くが願っていましたね。幸いに日本政府が何もしなかったために旅行への影響はありませんでした。

そのうち中国が一月二七日に団体旅行禁止となり、旅行者は個人単位になりました。それにも、日本は何もしなかったですね。さすがに、これには驚きました。日本はＳＡＲＳの時に上海のような経験をしていないからだろう、という話になりました」

いくら総領事館があっても有益な情報が本国に上がらないなら、それはそもそもそこに「公館を置いておく必要があるのか」という類いの話である。

その後、感染爆発となった中国――だが、上海はこの〝初動〟が功を奏して、なんとか持ちこたえたという。

「徹底して防疫に努めたからです。どんな状態かというと、簡単にいえば〝給料をもらって家にいる〟ということです。日本とは財政出動のケタが違います。〝従業員を解雇してはいけない〟〝給料は全額肩代わりする〟〝医療費もすべて無料〟というのを国と上海市がずっと続けたんですよ。これで感染を収束に向かわせました。罰則も厳しかったですよ。違反者は懲役一年半だとか、二年だとか、そういう話になっていました」

さすが全体主義国である。「私権の制限」など当り前で、強権によって感染症を下方に向かわせたというのだ。

では、それほどの国がなぜ「初期段階」での防疫に失敗したのか。このビジネスマンの解説ではこういうことになる。

「日本の方は誤解していると思いますが、これは中央政府の責任ではなく地方、つまり湖北省に責任があることなんです。湖北省は、どうもこれを普通のインフルエンザと考えていたフシがあります。その本当の怖さを知った時は、もう遅かったわけです。ご存知のとおり、中国のシステムは共産党の書記が権力を握っています。共産党が支配しているわけですから、たとえば武漢市長より書記の方に力があるわけです。

しかし、今回、湖北省の書記がたまたま銀行出身のエリートで、単に金融の専門家だった。〝平時〟の時にはそれでもいいんですが、金融の専門家に〝非常時〟の対策は打てません。それで対策が遅れ、しかも中央への報告が遅れてしまったのです。情報が中央に伝わった時には、もう感染拡大を止めるのが不可能な状態になっていたと私は聞いています。

この書記は更迭されましたよ。代わりに書記となって乗り込んでいったのは、以前、上海市長をやっていた〝叩き上げ〟です。やはり、非常時に金融エリートが指揮を執って何かができるとは思えませんからね。私は、現場から叩き上げて上海市長まで昇り詰めた人間が湖北省に乗り込んだので、今後は湖北省でも、あらゆることが変わっていくと思っています」

あくまで中国人の参考意見として聞くだけだが、興味深いポイントがいくつもある。上海市がいち早く防疫に動き始めて、そのために持ちこたえることができたこと、あるいは、せっかくの上海の事前の動きや情報が日本の在外公館を通じて本国に上がっていたとは思えないこと、たとえ情報が入ってきても、日本のエリート官僚にその情報が生かせるとも考えられないことなど、私には腑《ふ》に落ちる点があった。

少なくとも、日本は、国民の命を救う体制にまるで「ない」ことだけは理解できる話である。

第五章　怒号飛び交う会議

〝怒り〟爆発の議員たち

厚労省に比べ、切実感を持っていたのは、政府与党の自由民主党だった。

国会議員は国民の投票によってその地位を得ている選良だ。週末には選挙区に戻り、有権者から直接、話を聞いている存在であり、いわば「現場の人間」といえる。

その自民党の議員たちの中には、さすがに感染国・中国からの入国をストップしようとしない政府のあり方が我慢ならない人たちが数多くいた。

一月二七日、自民党本部には「新型コロナウイルス関連肺炎対策本部」が立ち上げられた。春節が始まって三日目のことである。

新型コロナウイルス問題を議論するため、岸田文雄政調会長の下、自民党の国会議員であるなら「誰でも参加できる」オープンな会議が設けられたのだ。

会場は九〇一号室。九階建て自民党本部の最上階にある会議室である。

九階には九〇一号室と食堂しかない。八階には、これまで数々の歴史的ドラマを生んできた両院議員総会などをおこなう「大ホール」があるが、それを除けば自民党本部で最も広い部屋である。

新型コロナウイルスへの脅威が増す中、第一回会合には続々、議員たちが集まってきた。

対策本部の本部長には、衆院厚生労働委員会委員長や厚生労働政務官、そして厚生労働大臣を歴任した「厚労族」を代表する田村憲久が就いた。

田村本部長の隣には、岸田政調会長がどっかりと座り、各議員は机を挟んで向かい合う形で縦にずらりと並んだ。会議はこの第一回を皮切りに、五回、一〇回、一五回……と断続的に続けられる。国民の命がかかっている大問題だけに毎回、議員が叫び合うような迫力満点の「対策会議」となったのである。

取材に当たった政治部記者によれば、

「ドアを開けると左側の奥に田村本部長や岸田政調会長が議員たちの方を向いて座っています。会議の前に右の奥にマスコミが入れてもらって撮影をするんですが、毎回、緊張感がありました。会議が始まるとマスコミは外に出ます。ドアの近くに立っていると〝壁耳〟をしなくても中の声がガンガン響いてくるんです。すごい迫力のやりとりの連続でした」

本部長から見て右側の壁側には、議員の質問に答えるためにオブザーバーとして各省の政務官や審議官クラスが並んでいる。厚労省、法務省、外務省、経産省といった新型コロナウイルス問題になんらかの形で関わると思われる省庁の人間たちである。

「彼らに向かって議員たちが激しい声を飛ばしていました。この会議ではいつも、佐藤正久、青山繁晴、山田宏、長尾敬……といった面々が大声で発言していました。政府の危機感のなさいいと言っていいだろう。

それは、中国全土からの入国禁止をなぜしないのか、ということに尽きていたと言っていいだろう。

「このままでは日本は感染大国になる。なぜ中国全土からの入国禁止にしないのか！」

「なぜ中国に遠慮しているのか！　オリンピックがおこなわれなくなってもいいのか」

そんな怒号、いや〝意見〟が絶えず飛び交った。別の平河クラブ記者も、

「毎回、白熱でしたね。しかし、各省庁から来ているオブザーバーたちは、〝検討させていただきます〟とか〝諸般の事情を検討した結果、このようになっています〟とか、そんなことしか言わない。たまに専門的な解説をする人間もいますが、たちまち反論されて、大声にかき消されていました。

実は、議員たちは、いくら訴えても無駄であることがわかっているんです。というのも総理の偉大なる〝イエスマン〟である岸田政調会長が総理の方針を変える気などハナからないし、そもそも自分たちの意見を総理に伝えるつもりもないことを皆が知っているからです。彼らの怒りも当然だったと思います」

国会議員たちは、自分たちの意見が反映されないことを承知の上で、会議に参加していたのだ。虚しいかぎりである。

一月三一日の同会議では、厚労省から〈新型コロナウイルスに関する対応状況等について〉という全九ページの資料があらかじめ配られた。

毎回のように怒号が飛ぶ会議である。罵声を浴びせられる前に「私たちはこれだけのことを

やっています」というために、この時点での政府の対策が網羅されたのだ。

そこには、〈各国の感染状況〉として国別の患者数、死者数が表として示されていた。

中国が断然トップで「患者七七一一名、死亡者一七〇名」。日本は「患者一二名、死亡者〇名」、台湾は「患者八名、死亡者〇名」、韓国「患者四名、死亡者〇名」、タイが「患者一四名、死亡者〇名」等で、欧米もアメリカが「患者五名、死亡者〇名」、フランス「患者五名、死亡者〇名」ドイツ「患者四名、死亡者〇名」……世界全体では患者の総計が七七九七名になっていた。死亡者総計は一七〇名で、すべてが中国だった。

まだ国際社会に世界的感染への危機感はほとんどなかったと言っていいだろう。しかし、中国からの観光客が押し寄せている日本では、中国の現状を〝他人事〟にはできないと考えるべきだった。しかし、

「明らかに〝世界もこのとおりです〟と主張するためにつくられた資料でしたね。要するにこの病気はたいしたことはないということを厚労省は言いたかったわけです。そんな空気をひしひしと感じました。この会議自体が大袈裟すぎるというのが役人の本音だったでしょうね。

資料の四ページ目に〝新型コロナウイルス感染症の指定感染症等への指定について〟というページがありましてね。新型コロナウイルスについて、感染症法に基づく指定感染症と検疫法の検疫感染症に指定することが説明してありました。そこに一月二八日に公布されているから、公布の日から起算して一〇日を経た二月七日から施行予定だと書いてあるわけです。

なぜ一〇日も必要なのかという質問が出たら、厚労省は、周知期間が必要だと定められていてそれが一〇日なんです、というふうに答えていました。なんで一〇日も必要なんだ、そんな

ことしていたら、急激な感染の場合は間に合わないじゃないか、という声も上がりましたね。要は、なんの危機感もなかったわけです」

参加していた議員の一人は、そう述懐する。

あとでわかることだが、一月最後のこの日で締め切られた訪日外国人統計で、中国人は一月として史上最多の九二万人を記録する。過去一月に、これほど中国人が押し寄せたことはないという数の中国人を受け入れ、以後、日本は絶望的な戦いを展開することになるのである。

後手になったとはいえ、日本が仮にこの日から中国全土からの入国禁止措置を採っていれば、春以降、経済活動やスポーツ、文化活動まで〝すべてがストップ〟するような異常な事態は免れていたかもしれない。

ただの〝ガス抜き〟の場

世界と日本の差が出始めるのは、まさにこの日からだった。

二月初めより世界一三四か国が次々と中国全土からの入国禁止措置を実施していくのである。議員たちの怒りは、当然ながらさらに強くなっていった。

二月一日、日本政府はやっと「武漢を含む湖北省からの入国を当分の間、拒否する」と発表。しかし、その中途半端な制限に対して「なぜ中国全土じゃないんだ」という声が逆に一層、党内に満ちていく。

「誰が考えたって、ウイルスの発生国であり、最大の感染大国からの入国を禁止しないのはおかしい。なぜ湖北省、そして浙江省に限るんだ、とか怒声に近い会合の連続でしたね」

取材を続ける記者はそう語った。当然だろう。武漢市長自身が「五〇〇万人が封鎖前に武漢から脱出した」と認めているのである。すでに感染は中国全土に広がっていたのだ。

参加していた自民党の中堅議員の一人もこう嘆いた。

「二月五日の会議に政調会が政府への提言案を持ってきたのですが、そこにはまだ中国全土からの入国禁止が書かれていませんでした。俺たちの意見を聞いていなかったのか、と本当に怒りましたよ。

安倍政権は党内の最前線で国民世論と向き合っている私たちの声が届かないシステムなんです。安倍さん本人が信頼した、一部の政権内の側近以外の声は反映されません。その欠陥が今回、もろに露呈しました。

官邸は元経産官僚の今井尚哉《たかや》補佐官中心の経産官僚に牛耳られているし、その人物の意見にあまりに重きが置かれている。そのほかでは、今回どの派閥が一番影響が大きかったかというと〝親中〟の平成研（竹下派）ですね。ずっと叫びつづけた私たちの意見は全く無視で、一部の側近政治がまかり通っているわけです。それが安倍政権であり、安倍さんの限界です」

二月二一日、BSフジテレビの「プライムニュース」では、中国全土からの入国禁止を当初から訴えつづける佐藤正久議員がこんな発言をおこなった。

「最初、私のような声は自民党の中で小さかったんです。〝また過激なことを言っているな〟ぐらいの感じでした。ところが今は、やっと〝禁止すべきだ〟という声が高まってきている。このままだと、これからピークが来ますからね。

高いピークが、治療薬ができる前に来てしまったら、おそらく医療現場も対応できません。治療薬がないんですからね。また、疫学的な情報も集まっていないから、未だに厚生労働省は現場に治療や診療のガイドラインを出せていないんですからね。

高いピークが来てしまって大変なことが起きたら、もう日本がレッドゾーンで、世界から見ると〝何やっているんだ〟と、中国と同じように見られますし、そういう意味でも、大きな目で見れば、とりあえず治療薬ができるまで〝止める〟ということが大事なんです。

アメリカもシンガポールも、経済的な損失を覚悟の上でやっているんですよ。だから、私が言っているのは、日本人はまだ止めなくても中国人、少なくとも観光客とかそういう部分を制限しないと本当ダメだということなんです」

まさに、仰るとおりである。画面からは佐藤議員の歯がゆさが伝わってくるかのようだった。

しかし、それでも官邸は中国全土からの入国禁止措置には出なかった。

二月二七日の九〇一号室での対策会議は、出席議員たちの怒りが特に凄まじかった。この日、午後一時前から始まった議論は、実に四時間近くに及んだのだ。

「この日も騒然となりましたよ。怒りが限界にきているという感じでしょうか。会議の冒頭から、なぜ入国禁止ができないんだ！　という怒号から始まりました。最前線で有権者と接している議員たちにとっては、支持率が目の前で急落していることと、その理由がはっきりわかっているわけですからね」

とは、先の政治部記者である。もはや議員たちも〝我慢の限界〟が来ていたのである。

この日のやりとりは殊に印象的だった、と明かすのは参加議員のひとりだ。

「延々と議論が続いたのですが、四時間近く続いた会議の最後に、ひな壇から田村憲久本部長が〝先生方はそう言うかもしれないが、違うご意見もありますので……〟と発言したんですよ。その瞬間、〝なに言ってんだ！　一体、どこに違う意見があったんだ！　全然なかったじゃないか〟とか、あるいは〝ちゃんと私たちの意見は（官邸に）伝わっているのか！〟と騒然となったんです。会議は、そのまま罵声が飛び合う中で終わったんですよ。あれは四時半頃でしたか。とにかく、ひな壇にいる田村本部長のバックにいる人たちがすべてを決めているんです。腹立たしかったですね」

別の議員もこう語る。

「中国全土から入国禁止をしろという意見がほとんどなのに、結局、（党の提言には）まったく組み入れられませんでしたね。意見と常識が通じない世界ですよ。もともと厚生官僚はこの病気をたいしたものじゃないと思っている。致命傷になるようなウイルスなんて、全然、思っていなかったですね。だから入国制限など、全く考えていなかった。

自民党の医療族である武見敬三議員をはじめ、そういう人たちも同じ意見でした。結局、総理はその人たちの意見しか聞いていないから、総理自身に危機感などなかったんですよ。厚生族や厚生官僚は、〝医療崩壊さえしなければ大丈夫だ〟という捉え方ですからね。国民の命を守るべき厚労省が事態を深刻に受け止めていなかったんですから信じ難いことです。総理もそれに乗っかっていたわけです」

それに、と言葉を接《つ》いでこの議員はこんなことを語る。

「もともと総理は、私たち党内の声に耳を傾けるつもりはありませんよ。〝政高党低〟とよく言われますが、〝安倍一強〟というのは、野党に対してだけを言っているのではなくて、党内でもそうなんですよ。そもそも幹事長に二階さん、政調会長に岸田さんを置いて、〝よく党内を抑えてくれよ〟ということなんですから。党が政策で官邸を動かすなんてことは、最初からないんです。議員たちも叫んではいましたが、どうせ無理だろうなあ、とはわかっていたわけです」

〝現場〟の自民党議員たちは、厚労省とは違って大いなる危機感を持っていた。しかし、その声は官邸には届かないし、まったく反映されることもなかったのだ。

この会議自体が単なる〝ガス抜き〟の場にしか過ぎなかったわけである。好き放題いわせて、結論は最初から決まっている。それが「安倍方式」だった。

この悪しきシステムは、のちに緊急経済対策を決める際も、さらに露骨な形で浮き彫りになるが、それは後述する。こうして現役議員たちのフラストレーションは溜まる一方だった。

〝史上初〟の邦人救出劇

ここで安倍政権のおこなった武漢からの邦人救出劇も触れておきたい。新型コロナウイルスの一連の日本政府の対応の中で、これだけは素晴らしいものだったからだ。

救出を待つ在外邦人を実際に帰国させた初めてのケースであり、日本にとって歴史的な出来事となった。

二〇一五年に出版した拙著『日本、遥かなり』（ＰＨＰ研究所）は、これまでの邦人救出の迷走ぶりと、その過程で闘った人々の姿を著したものだ。それら過去の事例と比較しても、武漢からの邦人救出にかかわった人々の連携と使命感は見事だったと思う。

日本からは二月一七日までにチャーター機計五便が派遣され、武漢在住邦人や中国人の配偶者、そして子供も含め、八〇〇人あまりが無事帰国したのである。

医療崩壊し、ウイルスが蔓延して都市封鎖された武漢から取り残された自国の人間をどう帰国させるかは、各国の重要課題だった。

一月二六日の日曜日夕刻、官邸に姿を現わした安倍首相は、武漢から帰国を希望する邦人を全員連れ帰ることを宣言し、政権を挙げての大プロジェクトが組まれた。武漢封鎖の三日後のことだ。

イチかバチかの〝宣言先行〟のプロジェクトである。慌てたのは、前日の土曜日から動き出したばかりの北京の日本大使館だっただろう。

武漢は大都市だが、日本の公館はない。つまり、日本大使館の館員は一人もいなかった。プロジェクトを成功させるには当然、現地に館員を送らなければならない。

だが、武漢は都市封鎖されるほどウイルスが蔓延しており、行くこと自体が〝命がけ〟だ。まず館員が武漢に行き、そこで帰国希望の邦人を集めて空港に運び、搭乗させなければならなかった。気の遠くなるような作業である。

とても少人数で可能なプロジェクトではない。関係者によれば、

「当初、大使館員が北京から高速電車に飛び乗って武漢に向かったのですが、肝心の武漢で電車が停まらず、結局、北京から車で行くことになったのです。大使館員八人と運転手二人の計

一〇名が一七時間かけて夜通し走り、朝、武漢に着いたのです」

北京─武漢間およそ一二〇〇キロ。日本でいえば、直線距離にして青森から博多までという気の遠くなるような距離である。

茂木敏充外相が記者たちに明かした一月二六日当夜の王毅外相との電話会談は興味深い。

「日本政府ができることは何でもやらせていただく。必要な支援物資があれば教えて欲しい」

茂木がそう言えば、意外にも王毅外相は「申し出に感謝する」と答えている。そしてマスクと医療用防護服を具体的に挙げたというのだ。

普通なら「申し出に感謝する」という言葉の次に具体的な支援物資の名前が中国側から出ることなどあり得ない。よほど物資が不足していたことを物語っている。

ここで茂木が「武漢から帰国を希望する邦人を連れ帰りたい。その際のご協力をお願いしたい」と述べ、王毅外相から事実上の了解を取りつけたというのである。

茂木外相自ら中国側から了承をとりつけた──そんな情報がマスコミに流れた。だが、

「自衛隊機は困る」

「日本の政府専用機は自衛隊機にあたる」

「目立たない夜間の飛行をお願いしたい」

……等々、中国側からさまざまな要求が出され、ぎりぎりの交渉が続いた。

結果的に日本は世界で最初の「武漢からの救出便」となる。白昼、武漢から去っていく航空機の姿を見せたくないという中国側の意向もあり、早朝か深夜か、という選択肢になっていく。

マスクや医療用防護服などを満載した政府チャーターの全日空機が武漢の天河国際空港に着

陸したのは一月二九日午前〇時二九分のことである。ただちに支援物資が中国側に引き渡されたことは言うまでもない。

一方、決死の覚悟で武漢入りを果たした日本大使館員たちは精力的に動いた。各企業や日本人会、あるいは個人的な横のつながりなど、ありとあらゆるルートを通じて武漢在住の邦人の隅々に連絡を行きわたらせた。

そして当日、あらかじめ決められた場所で帰国希望者の邦人をバスでピックアップし、空港まで無事、運んだのである。

「バスを提供したのは、日産自動車とホンダでした。日本の自動車メーカーとして武漢の漢陽で工場を運営する二社がジェトロの協力で従業員バスを出してくれたのです。武漢市内の三〇か所に帰国希望者を集め、そこを順次、廻って空港に運びました」(関係者)

こうして武漢からの邦人救出は成功するのである。

「滞在先」確保のドタバタ劇

しかし、帰国者の受け入れ側は迷走を重ねた。

羽田空港に無事到着した武漢からの帰国者たちは、新宿区内の国立国際医療研究センターで検査を受け、無症状の人間は千葉県の「勝浦ホテル三日月」に向かった。

これは信じられないようなドタバタ劇の末の決定だった。担当の厚労省が直前まで滞在先を見つけられなかったのだ。

第二章でも記したように新型コロナウイルスに対して危機感のない厚労省は、症状のない帰国者をそのまま「自宅に帰らせる」つもりだった。

（まさか都市封鎖までされた武漢からの帰国者を〝経過観察〟もしないまま自宅に帰すのか）

官邸のスタッフの中からもさすがに異論が上がった。

しかし、厚労省の大坪寛子・厚労省大臣官房審議官が、「帰国者をとどめておく法的根拠がありません」と頑強に抵抗した。もともと大坪審議官は、官邸で「この病気に過剰な心配は必要ありません」と言い続けた人物である。

危機感が皆無だった厚労省の先頭に立っていた審議官だ。おまけに厚労省には、帰国者の滞在先を探し出すノウハウもなかった。

取材にあたった記者が言う。

「厚労省があちこちのホテルにあたりましたが、どこも首を縦に振ってくれなかったんです。結局、自民党が乗り出してきて幹事長室が動いたようです。最後は千葉県選出の林幹雄《もとお》幹事長代理が自分の選挙区に近い勝浦の『ホテル三日月』に頼み込んで快諾してもらったと聞きました。しかし、厚労省は帰ってくる人の数さえきちんと把握できないままで、帰国者の一部は相部屋になるという大失態を犯してしまいました。もう厚労省には任せておれないと、第二便以降は、杉田和博官房副長官や北村滋国家安全保障局長といった警察出身の官僚たちが前面に出てきて、警察や政府関係の施設を使って帰国者を滞在させるようになったんです」

ここでも厚労省は、「まともな仕事ができなかった」ことになる。

のちに読売新聞はこの時のありさまをこう報じている。

〈翌日、無症状者の中から陽性反応が確認され、官邸の不安は的中した。安倍は、「厚労省は何をやっているんだ」と不満を漏らした〉（連載「政治の現場」新型コロナ①　四月九日付）

安倍首相は、ここで本来は厚労省の能力や情報力、見識、洞察力について疑問を持ち、対処の方法を考え直すべきだっただろう。

しかし、これから後も加藤厚労相や大坪審議官を通じた厚労省の意向は大きく、首相を縛りつづけることになる。首相本人にも、その「あたりまえの常識」が備わっていなかったということだろう。

いずれにしても、こうした騒動の中で武漢からの邦人救出は成功するのである。

私は帰国を希望する現地在住の邦人を無事「全員」連れ帰ったことは本当に素晴らしかったと思う。ツイッターでは、以下のような発信をおこなった。

1月26日（日）

「中国政府との調整が整い次第、チャーター機などあらゆる手段を追求して希望者全員を帰国させる」と安倍首相が発表。もっと早くできなかったのか、という声もあるかもしれない。だが中国との交渉は困難を伴う。多くの国民の願いが官邸を突き動かしたのだ。本当によかった。

1月27日（月）

すでに武漢から〝500万人脱出〟情報が流れている。中国では「上に政策あれば下に対策あり」が常識。政府を信じるほど中国人は甘くない。〝自己申告〟という安倍政権が採った対策のお粗末さは性善説を信じる日本人の現実離れを表わしている。今度は日本人が武漢脱出を果せるか否か。安倍総理の手腕に期待。

1月28日（火）

紆余曲折はあったが今晩武漢に救援機が飛ぶ。いつも取り残される日本人が遂に自国の力で〝救出〟されるのだ。感慨深い。これを機に憲法13条にもあるように国民の生命、自由、幸福追求の権利が最も尊重されるべき事を政治家には認識して頂きたい。そして国会で延々と〝桜〟追求の野党。いい加減にしなさい。

1月29日（水）

「本当に飛んできてくれた。感謝しかない」武漢からの救出日本人の言葉に万感込み上げた。丁度「そこまで言って委員会」で拙著『日本、遥かなり』で描いたイランからの邦人救出が取り上げられたばかり。最も大切な国民の命を蔑ろにしてきた戦後日本の転機とする事ができるか。

まさに日本の自国民救出史に画期的な一頁が記されたのである。日本政府の政策のもどかしさに怒りと焦りさえ感じていた私は、この邦人救出劇には、心から感謝の言葉を伝えたい。

帰国者の二週間の隔離生活に対して、日本人の思いやりが溢れた。ホテル三日月から一歩も外へ出られない帰国者を励ますために、地元の人が「おつかれさまです」「がんばろう」と砂浜に大きく字を書いたのだ。それを見た帰国者が部屋の窓から写真に撮り、SNSに感謝の言葉をアップした。私はこうツイートした。

2月8日（土）

武漢から帰国の人々を受け入れた勝浦のホテルも立派なら、隔離された方々を懸命に励まそうとする人にも頭が下がる。砂浜に書かれた「おつかれさまです」「がんばろう」は日本人全員の気持ち。困難な時ほど力を発揮してきたのが日本人の歴史。今回も励まし合いながら全員の力で新型肺炎禍を乗り切ろう。

第六章　中国依存企業の衝撃

自動車産業の中国依存

なぜ中国全土からの入国禁止ができないのか——国民から、そして自民党内からも、

「安倍政権は国民の命を蔑ろにするな」

という痛烈な攻撃がつづく中、まことしやかに囁かれた〝噂〟がある。

「トヨタ自動車がサプライチェーン（供給網）を維持するため中国全土からの入国禁止を阻止すべく官邸に働きかけた」

「総理の信頼厚い今井尚哉首相補佐官に直接、掛け合った。さすがトヨタだ」

「トヨタは新型コロナの情報をいち早くキャッチしていて、一月半ばまでに中国駐在の社員をほとんど帰国させていた」

……等々、さまざまな噂が飛び交った。さすが連結で純利益二兆円を誇る日本を代表するグローバル企業である。

実際にトヨタは代々の政権に太いパイプを持ってきた。折々の政権への影響力は、他の大企

業を圧している。

噂が事実であるかのように一人歩きするのも、トヨタならではだ。しかし、業界の受け止め方はまったく違う。

「そもそもトヨタは武漢に工場がありません。日産とホンダは揚子江のほとりの武漢の漢陽地区に工場を持っていますが、トヨタは天津に四か所、成都に一か所、長春に一か所、広州に二か所、江蘇省の常熟《じょうじゅく》に二か所、計一〇か所工場を持っています。今回の直撃を受けたのは日産とホンダで、トヨタはそうでもないんです」

トヨタ系列企業の幹部はそう明かす。

しかし、中国での生産台数は、トヨタ、ホンダはほぼ拮抗《きっこう》しており、依存度の面ではトヨタも負けていない。部品も他国と比べて中国からの調達比率が圧倒的だ。

「サプライチェーンがずたずたにされたくないから官邸に働きかけたというその話は、うがちすぎでしょう。すでに武漢が都市封鎖になり、中国の各都市が同じように活動を止めていった段階でサプライチェーンは止まっていますから、それを理由に〝全土からの入国禁止をやめて欲しい〟というのは、そもそも実情と合っていません。

それに、サプライチェーンはことあるごとに影響を受けるもので、その度に右往左往することは自動車産業にはなかなかありませんよ。いわば〝慣れっこ〟ですから」

業界は、東日本大震災の時の貴重な経験もあり、サプライチェーンがどうなるかは状況に応じて全部わかっているのだそうだ。

「いつどこでどう部品が切れて、代替生産をどこでやるかなど、全部事前に決めています。私たちの業界は物流がストップしたら、慌てても仕方ないんですよ。少なくとも、サプライチェーンを理由に、時の政権に中国人の入国問題を陳情することなど、あり得ないですよ」

一方、事前になんらかの情報をキャッチして、駐在の社員にできるだけ早期の日本への帰国を勧めていたのは事実だと、こう語る。

「トヨタ系が、〝(日本に)帰れる奴は帰ってこい〟という話をしていたのはその通りです。今年は一月二四日から春節休みでした。毎年、駐在の日本人は春節の前にはかなりの人がこの時期を利用して日本に帰ってくる。しかし、今回は〝できるだけ帰ってこい〟という指令が早い段階から出ていました。

その判断は明らかに日産やホンダより早かったと思います。すでにウイルスの情報をキャッチしていたんでしょうね。だから今年は、日本に帰国していた人数は例年より多かったですよ。少なくとも駐在の七割が帰ってきていました。春節が終わって中国へ帰る際も、日本にいる人間は二月半ばまで日本にいるように、という指示が出ていましたね」

日中関係は、政治的な状況によって、何かある度に必ずデモの試練を受けてきた。それでも日本企業が中国への進出をやめない理由は何だろうか。

「やっぱり中国はGDPがアメリカに次ぐ世界第二位ですからね。人口も多いし、市場としての魅力が多いのはたしかです。購買力が高い上に、やはり労働の質ですよね。たとえばインドと比較しても、インドにはカースト制度があるので、生まれてからの環境の関係もあるんでしょうが、教育やモラルのレベルが階層によって明確に分かれている。何かあるとすぐストが起きるし、〝工場長がこんなことを言った！〟というようなレベルで、インドではストが起きたりするんですよ。

それに階層が同じ者同士を組にしておかないと、身分が違うと〝なぜこいつと一緒に掃除しなきゃいけないんだ〟とか、トラブルになってしまうんです。平等に採用しても、名前と出身地で彼らには、たちどころにわかるらしいですよ。不良品率も高いし、稼働率もなかなか上がりません。やはり中国の方がいい、と皆、言いますよ。まあ、中国でなければ、ベトナムか、ミャンマーでしょうか。いくら中国で反日デモが起こっても、やはり中国に進出するのは、そういう事情もあるからですよ」

一般の国民からみれば、「なぜ中国に進出するのか」と腹立たしいが、企業にとってはそれなりの理由が存在するのである。

中国とトヨタ自動車の蜜月

「トヨタが日本政府を動かしたというのは事実ではないと思いますが、そういう噂が出るのもわかります。実際に、リーマンショックの時には、トヨタが政府系金融機関を動かしたことがありましたからね」

そう語るのは、自動車業界に詳しい経済ジャーナリストの井上久男である。

「日銀の理事を辞めた後に、トヨタファイナンシャルサービスという会社の会長になった人物がいましてね。当時、小泉改革によって国際協力銀行など政府系金融機関が海外での融資はしないことになっていました。それは困る、ということでこの人物が動いたんです。

トヨタ本体はリーマンショックでも持ちこたえられますが、下請け企業はそういきません。その人物が政府に働きかけて、海外進出しているトヨタの下請け企業にも融資をしてもらえるよう変えさせたんです」

さすがトヨタである。政府に働きかけて政策を動かす「力」をトヨタは実際に持っているのである。

「そういうパワーが現にあるから、トヨタが安倍政権を動かしたというような話が出てくるんでしょう。ただし、トヨタは武漢には拠点がないですし、すでにウイルスは広まっていたわけですから、そんな働きかけを政府にしても意味がないはずですよ」

だが、トヨタが中国に強い思い入れを持ち、多大な投資をおこなっているのもまた事実である。当初、トヨタがライバル他社に比べ中国進出が遅れていたことで、余計、中国との関係が深まった経緯もある。

「もともとトヨタは鄧小平時代に中国に来るように言われていたんですが、躊躇《ちゅうちょ》してなかなか行かなかった。ちょうどアメリカを一生懸命トヨタが〝攻めていた〟時期でしたからね。とても中国にまで手を伸ばす余裕がなかったんです。そのため面子を重んじる中国には、こちらから頭を下げたのに来てくれなかったと思われて、意地悪をされた時期がありました。でも、奥田碩《ひろし》社長時代の一九九〇年代半ば以降、最大課題を〝中国攻略〟に据え、毎週のように奥田社長が中国に行って〝扉〟をこじ開けたんです。今では業界の中でも、中国とは最も蜜月と言えます。

今、中国がトヨタから何が欲しいかというと、燃料電池なんです。特に小型の燃料電池は、世界的に見てもトヨタの技術が圧倒的に進んでいる。李克強首相が訪日した時もトヨタの工場にわざわざ安倍首相と一緒に行って、豊田章男社長が出迎えていますよね。ここで李克強首相が〝燃料電池のプロジェクトを中国で一緒にやろう〟と直々に誘ったほどです。中国はトヨタの燃料電池の技術をどうしても欲しいんです」

それはなぜなのか。

「ドローンです。これをドローンに応用できれば、ものすごい武器になるからです。燃料電池を小型化し、ドローンに乗せれば航続距離も飛躍的に延びるし、武器としての性能、偵察機としての性能も格段に上がります。だから中国は絶対にトヨタの燃料電池の技術が欲しい。しかし、トヨタはアメリカのことも怖い。板挟みになって苦しんでいましたよ。

結局、トヨタは〝合弁〟を断わり、習近平国家主席の母校である中国の清華大学と〝共同研究〟をやるという形に縮小させて、こっそり目立たないようにやっているんです。しかし、米中冷戦が激化して経済と安全保障が一体化される流れの中で、国際的な産学連携を通じて日本の技術が中国に流出することを問題視する考えもあります。トヨタの動きは今後、米国から睨まれる可能性もあると思いますよ」

レクサスの中国での販売も絶好調のトヨタ。政治力抜群のトヨタが中国からの入国禁止に「抵抗した」という噂が流れたのも無理はあるまい。

「さらにトヨタは今年二月に約一四〇〇億円を投資して中国・天津に電気自動車（ＥＶ）の工場を建設する方針を固めました。中国では今後、ＥＶが増えていくという市場性だけではなく、二〇一九年に福建省寧徳《ねいとく》にある世界最大の電池メーカー、寧徳時代新能源科技（ＣＡＴＬ）と提携して電池の現地調達に道筋をつけたことが背景にあると思います。

　この寧徳は、習近平が若い頃に勤務していた地区で、ＣＡＴＬには特別の思い入れがあると言われています。習氏と蜜月関係にあるトヨタがさらに関係を強化しようと提携したとの見方もあるくらいです」

　国家の最高権力者のご機嫌を伺い、事業を拡大させるのがトヨタのしたたかさだ、と井上は語る。

「ご機嫌伺いはこれだけではありませんよ。仮に、四月に習近平が来日していた場合には、トヨタのハイブリッド車の技術を中国に渡そうという動きもありました。これは日本政府も絡んだ動きでしたが、なにか〝お土産〟がいるので、今や特許の公開も進みつつあるハイブリッドの技術なら米国に睨まれなくて済む、といった考えがあったようです」

　まるで属国が宗主国の皇帝を招き、懸命に尽くすような図式である。

　前述のように武漢に工場を持っているのは、トヨタではなく、日産自動車とホンダであり、当然、両社の損失は膨大なものとなった。

　だが、中国市場は急速に回復しており、トヨタの下請け企業幹部によれば、「中国はフル操業に戻りつつある」ともいう。

　中国自動車工業協会は、中国の二月の新車販売台数は三一万台で、前年同月比で七九・一％減という記録的落ち込みを記録したことを発表。三月も四三・三％のマイナスとなったが、なんと四月は一転、四・四％増に転じた。驚異の回復ぶりである。

　井上はこうつけ加える。

「中国の〝焼け太り〟に警戒する必要があります。先に回復した中国企業がこれまで蓄積した豊富な中国マネーを武器に、体力の弱った日本企業買収に乗り出すかもしれません。そのターゲットとなりそうなのが日産です。日産は、ゴーン経営の負の遺産の影響に今回のコロナ危機による追い打ちで巨額赤字に陥り、今後の資金繰りが危ぶまれています。

焦った内田誠社長が中国系の財務担当役員と二人で密かに、中国の国有企業『東風《とうふう》汽車』に出資を打診しました。しかし、そんなことをしたら米中冷戦の最中に米国に睨まれて、米国市場で日産車を売れなくなる、と社内で猛反発を食らったと聞きました。

日産以外にも中国から狙われる企業があるでしょう。政府は急遽、外為法を改正して外資からの出資受け入れを規制する企業をリストアップしていますが、明らかに中国資本の攻勢を意識していますね」

新型コロナウイルスで世界を恐怖と絶望のどん底に突き落としながら、それを利用して自国企業の繁栄を目論むとは、やはり〝中国、恐るべし〟である。

最後に、井上はこう予測した。

「新型コロナウイルスが世界の自動車産業の再編を誘発する可能性は大いにありますよ。中国での大減産だけでなく、北米、欧州、東南アジアで生産が一時的に止まったわけですから、落ち込み具合はリーマンショック以上となるのは間違いない状況です。

ホンダは武漢に三つの工場があり、米国工場も止まってしまったので、四輪事業が赤字になるかもしれません。米国のGMやフォード、ドイツのフォルクスワーゲンですら安泰ではありません。群雄割拠する中国のメーカーも弱い会社は淘汰の対象となるでしょうね」

新型コロナウイルスは、世界を代表する巨大企業を経営危機に追い込むほどの力を持っていたのである。

「すべてが止まった」

「中国がやられたら、ここまで日本が止まるとは……」

新型コロナウイルスが中国全土を覆うにつれ、そんな声があらゆる日本の産業で聞かれるようになった。どの業種でも想像以上の中国依存が炙り出され、日本企業がいかに「中国なし」では生きていけないのかが露呈されたのである。

例えば不動産業界では、こんな具合だ。

「新築物件も、中古物件も、ともに大打撃を受けました。というのも、トイレやキッチン、ユニットバスなどを生産する設備メーカーは、主な部品の輸入を中国に頼っているからです」

準大手の不動産会社幹部はそう語る。

「不動産物件は、さまざまなもので成り立っていますが、それらがすべてストップしてしまいましたね。TOTOはトイレ、キッチン、洗面化粧台、水栓金具などの供給のかなりの部分を中国に頼っていたので大規模な納期遅延が発生してしまったんです。LIXILも同じようにトイレ、システムキッチン、ユニットバス……等々がすべて供給ストップになりました。

そのため新築マンションでは〝最後の仕上げ〟ができずに、お客さまへの引き渡しに至らなかった。中古物件も、不動産会社が購入して〝リフォーム〟し、物件の付加価値を上げて根づけを高くして売りに出しますが、それも部材の供給が中国からストップしたためにリフォームそのものができなくなってしまいました。不動産物件の売買そのものが止まっている原因も、そこにあるんですよ」

コロナによって消毒液の需要が爆発的に増加し、大量生産に入ったものの消毒液自体はできたが、先っぽにつけるノズルが中国から入ってこないから商品として出せない――などという冗談みたいな話も飛び交った。あらゆる業種が中国に頼っている日本ならではの笑い話である。

ちなみに、想像以上の中国依存に危機感を強めた安倍政権は、三月五日午後五時、首相を議長として「未来投資会議」を開いている。

世界的なサプライチェーン改革について議論するためである。課題は、ずばり、「中国依存からの脱却」である。

中国で生産されている付加価値の高い部品などの生産拠点を日本に回帰させること、そして一国依存度が高い製品について東南アジア諸国連合（ＡＳＥＡＮ）諸国などに生産拠点を分散すること、この二点をどう進めるかを検討することになったのである。

主要先進国の中で、中間財の輸出入における対中依存度が圧倒的に高い日本にとっては、〝遅すぎた検討〟ともいえるだろう。

「それでも企業のマインドは、あまり変わっていませんね。政府の危機感は強くて中国依存から脱却するために二〇二〇年度補正予算案に、サプライチェーン再編支援として計二四三五億円を盛り込みました。二二〇〇億円を中国から日本にＵターンする企業に、残りは東南アジアなどの第三国に生産拠点を分散化する企業を支援するために投じるというのです」

取材にあたった経済ジャーナリストは、そう語る。

「しかし、肝心の企業側は、四月中にジェトロがおこなった各種アンケートなどでも、ほぼ九割がサプライチェーンや拠点の変更をおこなう計画が〝ない〟と答えています。やはり、中国の市場としての魅力が大きく、政府がたとえ音頭をとっても、巨額の投資と労力で〝新たな道〟を探ろうという動きは、小さいと言わざるをえません」

サッカーアジアカップの反日行為に端を発し、翌二〇〇五年に成都、北京、上海などで起こった反日デモ、また尖閣の国有化を端緒とする二〇一二年の反日暴動もあった。これは、暴徒によって日本企業の工場や販売店などが破壊・放火され、日系のスーパーやコンビニエンスストアも略奪を受け、見さかいなく日本料理店が壊されるなど、日本でも反中意識が一気に高まったものである。

しかし、それでも日本企業の中国進出は止まらなかった。

日本の多くの企業経営者が中国の経済規模が拡大するにつれ、「リスクは覚悟の上」と以前にも増して中国に引き寄せられていったのである。

二度までも反日デモや暴徒の破壊などの試練を受けても、それでも中国進出をやめなかった日本企業。今回の新型コロナウイルスは、三度目ということになる。これほど警鐘を鳴らされ続けても懲《こ》りないのなら、今後、同情など受ける資格がないことは当然かもしれない。

国際ジャーナリストの古森義久は、特に安全保障面についてこう警鐘を鳴らす。

「アメリカには議会に米中経済安保調査委員会があります。アメリカにとって中国との経済関係が国家安全保障にどう影響するかということを主題に二〇年ほど恒常的に活動を続けている諮問機関です。仮に、中国の軍事技術に転用できるような技術支援や資金支援といったことを日本の企業がしていることがわかれば、この委員会が動き出す可能性があります。

かつて日本でも、一流企業がアメリカの法律に違反して、その会社の幹部がアメリカに入国できなくなるという事例がありました。安全保障に関して言えば、東芝機械ココム違反事件もありましたね。日本企業はそういう安全保障に関して感覚が鈍い面がありますが、アメリカは今、中国を軍事的に利する、あるいは経済的にでも正面から中国の利益に資するようなことはさせない方向に動いています。

トランプ政権全体の傾向として、そういうやり方に同調してくれない、あるいは正面から違反するような第三国の企業なり、政府があればそれに対して制裁を加える方向であることは、はっきりしています。安全保障がらみの軍事転用可能な技術は、中国との間では一帯一路でもやらせませんし、最近では、理系の中国人学生にはビザを出さないという動きもあります。

ファーウェイに対しては全面禁輸という方向に走っていますし、無人機については、中国製を買わないという強い措置もとりつつある。日本企業も自分たちのリスクで中国に投資してやりたいというのであれば、企業の責任でやればいいんです。しかし、そういうアメリカの動きは、見誤らない方がいいでしょうね」

中国で活動する日本企業は、同時に「とてつもないリスクを負っている」ことを肝に銘じることをお勧めする。

第七章　迷走する「官邸」「厚労省」

事態はさらに悪化

二月に入っても安倍政権の姿勢に変化はなかった。

武漢からは、市民、あるいはジャーナリストたちが危険を冒してＳＮＳでの映像発信を続けていた。私は連日、「日本がこうなったらどうするのか」との思いで彼らの発信をチェックしていた。

力なく壁にもたれかかって茫然となった患者の視線は忘れられない。

廊下に座り込み、自分の膝《ひざ》の間に頭を突っ込んで動かない者もいれば、寝転がったまま目をまったく開けない患者の姿も映し出されていた。

その横では、看護師たちが無言で走りまわっている。白い医療用防護服にすっぽり身を包んだスタッフも映っていた。患者が何かを訴えているようだが、それに耳を貸すようすもない無表情なマスク姿も印象的だった。

悲惨な映像が全世界に発信されていた。病気の恐ろしさを余すところなく伝える映像は迫力に満ち、観る者を押し黙らせた。

「これが世界に広がったら一体、どうなるんだ」

中国共産党の統制下で生きる中国人は、情報発信がいかに危険な行動であるかを知っている。それでも武漢の窮状を訴え、同時に国際社会に警鐘を鳴らしたい中国人たちの〝命がけ〟の行動が続いていたのである。

実際にひと月後、ふた月後、国際社会はそれを体験することになるとは想像もしていなかっただろう。

私は、それらSNSの動画を引用しながら、こうツイートした。

2月1日（土）
武漢の事態は想像以上だ。この流出動画の和訳は正しい。医療従事者を始め看病の家族も体力が奪われれば免疫力が落ちる。感染は際限なく広がっていくだろう。遺体がただ袋に入れられ、積み上げられる状況に言葉もない。世界が武漢を支援しなければ同様の事態になる都市が続出する。習近平体制は危機に。

習近平体制にとって、間違いなく最大の危機だった。

感染がこのまま際限なく広がれば、いかに強権の独裁体制でも崩壊は確実だ。歴代の王朝が疫病で滅んでいったのと同じく、建国七〇年の共産党王朝も終焉を迎えるかもしれなかった。

実際、中国の友人からは、すでに湖北省では「処分」が始まっていることが私のもとに伝えられていた。

防疫に失敗した責任が、早くも「共産党内部で問われている」というのである。湖北省で大量の共産党幹部たちに処分が下された、というニュースが国際面で報じられ始めたのもこの頃である。

一方、日本では国民の命を守らなければならないはずの政府に危機感は薄かった。相変わらず中国全土からの入国を止めることができず、しかも、国会でそのことは問題にもならなかった。日本の国権の最高機関では、延々と「桜を見る会」のことだけが取り上げられていた。私は、これらの情けない事態にこうツイートした。

2月2日（日）
湖北省黄岡市で〝感染拡大を防げなかった〟と共産党地元幹部ら337人を大量処分。いつもの尻尾切り。市民のガス抜きが目的だが、発生して1か月も隠蔽した中央政府への怒りが爆発寸前。春節明けから中国経済はガタガタ。バブル崩壊がこんな形で始まるとは誰も予想しなかっただろう。

ちょうど日曜のこの日、テレビをつけるとNHKで「日曜討論」をやっていた。何気なく画面を観ていると、野党議員が新型コロナへの「対策が遅い」と与党を詰《なじ》っていた。これには驚いた。ならば、なぜそのことを国会で取り上げないのか。私は即座にこんなツイートをした。

同日

今朝のＮＨＫ日曜討論の野党の言い分に驚いた。質問時間の殆どを〝桜〟に費やした各党が政府の新型肺炎対策の遅れを口々に非難。確かに政府の危機管理の甘さは1月22日の当欄で「これでは原発事故時の民主党政権と同じだ」とツイートした通り。しかし、政治家の劣化と恥知らずぶりには逆に感心させられる。

ツイートの矛先は、ＷＨＯのテドロス事務局長にも向かった。二〇〇七年から一〇年間も中国のマーガレット・チャンがＷＨＯの事務局長を務め、この時期に中国はＷＨＯを完全掌握した。世界一の拠出金を出しているアメリカよりも遥かに強大な影響力を獲得していたのだ。

テドロスは、エチオピアの外務大臣や保健大臣を務めた政治家である。だが、医師ではない。中国の強力な推しによって、ＷＨＯ史上初の〝医師以外〟で事務局長となった人物だった。

一月二二日、二三日に開催されたＷＨＯの緊急委員会で「緊急事態宣言」は見送られていた。一週間後に同宣言を発出するものの、「春節」が終わってからのものであり、これが「致命的な遅れになる」という批判は、もうこの時点で噴出していた。

一月二八日に北京に赴いたテドロス事務局長は習近平国家主席と会談し、

「中国は時宜《じぎ》にかなった有力な措置を講じている」

と持ち上げた。また、一月三〇日の緊急事態宣言の際には、

「ＷＨＯは新型肺炎を制御する中国の能力を確信している」

と褒《ほ》めたたえた。あまりにあからさまな中国讃辞には、さすがにWHO内部からでさえ疑問の声が上がり始めていた。

私は、テドロス事務局長について相次いでツイートした。

2月2日（日）

〝中国の言いなり〟で世界へ感染拡大させたWHOテドロス事務局長。さらに中国の感染症対応を称賛した事で台湾外相が「この人たちは〝異空間〟に暮らしているのか」と非難した。台湾は中国の嫌がらせで未だ武漢に救援機も出せず。命を軽んじる共産党独裁政権の正体に世界が息を呑む。

この時点で早め早めの防疫対策を講じ、世界に先がけて新型肺炎を克服しつつあった台湾から見れば、本当に「この人たちは〝異空間〟に暮らしているのか」というのが正直な気持ちだっただろう。

私は、中国の息のかかった人物が国際機関のトップをやることの意味を考えざるを得なかった。アフリカ諸国や、ほかの発展途上国などの人材を国際機関のトップに据え、少ない拠出金でいかに中国が大きな果実を得ているかは、折にふれて話題になってきた。

しかし、それがために緊急事態宣言が恣意的に遅らされるのは許されることではない。人命がかかっていることを何と心得ているのか、と叫びたい向きも多いだろう。私は、こんなツイートをした。

2月4日（火）

WHOのテドロス事務局長は中国の息のかかった人物が国際機関のトップをやるといかなる事になるかを証明してくれた。1月23日のWHOの緊急事態宣言回避が世界にいかなる惨禍をもたらしたか、未だ自覚がないらしい。中国がアフリカ代表を使って何をやろうとしているのか、自覚せよ。

中国のWHO支配は、逆にいえば、これまでとってきた彼らの国際戦略の「有効性」を示すものでもあった。地道にアフリカ諸国を支援し、留学生などを積極的に中国の資金で受け入れ、エリート教育を施した上で帰国させる。そして、帰国後も面倒を見て、長いスパンでエリートを〝育てていく〟のである。

国際機関での将来的な利用価値の大きさを考えれば、中国にとってそれは安い投資だったに違いない。

だが、中国が国内においては「弾圧」という名の苛烈な情報統制を政策の基本に据えているのは周知のとおりだ。

最初に謎の肺炎について告発した李文亮医師が即座に警察（公安）によって情報発信をやめるよう指示されたように、湖北省の当局者たちはウイルスに関する情報をできるだけ秘密にしようと、取り締まりを続けていた。

それでも、李医師のような勇気ある告発者はあとを絶たなかった。なかには一度拘束されても、それでも怯まなかった人間もいたし、一方で、そのまま発信が途絶えてしまった者もいた。

私は、ツイートでそういう人の映像や情報も引きつづき取り上げた。

2月2日（日）

香港の戦いがSNSで世界の共感と支持を得たように、武漢の現状を伝えた方斌という市民はSNSでの反響の大きさによって釈放された。北京政府の〝情報統制〟が勝つのか、それとも市民の〝勇気〟が勝つのか。新型肺炎は共産党の独裁支配に大きな転機をもたらす可能性が出てきた。あらゆる意味で人民よ、加油！


方斌という武漢市民は、一度は拘束されたが、警察に抗議の電話が殺到して釈放された（筆者注＝その後、再度逮捕され、姿を消した）。

前述のようにWHOがやっと「緊急事態宣言」を発したのは一月三〇日である。遅きに失した宣言だったが、日本の厚労省はここに至って、ついに、

「国内でも人から人への感染が起きている」

と発表した。春節が終了したこの日に合わせたかのような発表であり、インバウンドに邁《まい》進《しん》した安倍政権らしい発表時期といえた。

春節も終わり、ここから国際社会は一斉に「中国からの入国拒否」に入っていった。主なものを挙げてみよう。

一月三一日

・ベトナム　中国全土入国拒否
・フィリピン 武漢市含む湖北省からの旅行客の入国を禁止
・アメリカ「公衆衛生緊急事態」を宣言
・イタリア　イタリア―中国航空便運航停止
・フランス　エールフランス 中国発着便を全便欠航

二月一日

・オーストラリア　中国全土入国拒否
・モンゴル　中国全土入国拒否
・シンガポール　中国全土入国拒否

二月二日

・アメリカ　中国全土入国拒否
・インドネシア　中国全土入国拒否

二月三日

・ニュージーランド　中国全土入国拒否

……

中国からの入国制限の流れは世界に広がっていった。二月中にその数は実に一三四か国となったのである。

世界に乗り遅れる日本

そんな中、日本は極めて限定的な入国制限をおこなった。二月一日、湖北省への渡航歴のある外国人の入国拒否を発表したのだ。

各国が雪崩を打つように中国全土からの入国禁止を採っていった時、日本は極めて限られた制限に入ったのである。

「そこまでインバウンドのカネが欲しいのか」

「国民の命とお金とどっちが大事なんだ」

保守層を中心に大きな非難が巻き起こった。船が浸水した時、これを止めるには「まず船底に空いた穴を塞《ふさ》ぐこと」が最も大切だ。それを放ったらかしにしたまま、水を掻《か》き出しても笑われるだけだろう。しかし、日本はその方式を続けたのである。

この方針は、習近平・中国国家主席が国賓として来日することが正式に延期になる三月五日まで堅持された。

中国自身が一月二七日、大小にかかわらず、すべての海外への団体旅行を禁じたため日本への中国人の入国は「個人単位」になった。しかし、入ってくる中国人を「止めない」という意味では、中国からの門戸は開かれたままになっていたのだ。

「総理はWHOからの情報をもとにした厚労省や専門医からの〝このウイルスは重症化しない〟という説明を鵜呑みにしていました。そのあとは、武漢在住の邦人をチャーター機で帰す、ということで頭の中が一杯だったんです」

この理解しがたい政策について、官邸の関係者がこんな解説をしてくれたので紹介しよう。

「専門家から〝重症化しない。年配の人にとってはちょっと重症化する可能性もあるが若い人は大丈夫〟ということで、官邸は、入国禁止を全土まで広げる必要はないんじゃないかという意識でした。武漢市民のうち五〇〇万人も武漢を脱出していたんだから、全土を禁止にするというのがあたり前だと言われたら、たしかにそのとおりです。

しかし、国会では重箱の隅をつついて揚げ足をとるような〝桜を見る会〟の質問ばかりで総理のフラストレーションが溜まっていました。中国全土に日本への入国禁止の対象を広げる、というようなことを考える余地も余裕もまったくなかったというのが正直なところです」

国民の命がかかっているという「意識」そのものがなかったのか。

「もちろんありますが、そこに繋がるということに頭がまわらなかったというほうが正しいでしょうね。というのも、アメリカは二月二日に中国全土からの入国禁止に入るんですが、日本はその前日に、まず危ない湖北省からの入国を止めることができた、と総理は考えています。アメリカよりも早くやれた、と。

あの時は武漢在住邦人をチャーター機で帰国させるというプロジェクトが続いていたので、

中国を刺激するのはよくないという空気がありました。そっちで一杯いっぱいだったという見方もできますが……。

厚労省の考えはこの段階でも依然、新型コロナはたいした病気ではない、というものでした。総理が信頼を置いていて個人的にも親しい加藤厚労相から直接そう聞いていたし、ほかのルートでも、厚労省の意見は、大坪寛子・厚労省大臣官房審議官から和泉洋人・首相補佐官へ、そして菅官房長官へ、というルートでも上がってきます。いずれの情報も、ウイルスはたいしたものではない、人から人への感染も、それほどのものではないという見解に基づくものでした」

武漢のありさまを見て、「たいしたものではない」と言える専門家とは、一体、どんな人たちなのだろうか。

そんな〝専門家〟の話しか上がってこない首相官邸は、完全に「情報過疎地帯」と化していたと言える。しかし、新型肺炎を舐めきっていた厚労省の頭を叩き割るような事態が勃発する。この感染症が持つ怖さをまざまざと見せつける出来事である。

それ以降、厚労省は考え方を一変することになるのである。

〝眠り〟を覚ます大事件

厚労省が恐怖に陥る大事件の第一報が入ってくるのは二月一日のことである。

香港で下船した豪華客船「ダイヤモンド・プリンセス号」の乗客が新型コロナウイルスに罹患していたことが発覚したのである。

ダイヤモンド・プリンセス号は全長二九〇メートル、客室のあるデッキだけでも八層もある巨大船で、乗客二六六六人、乗員一〇四五人、計三七一一人が乗っていた。船籍はイギリス、運営会社はアメリカ、船長はイタリア人だ。

二日後の二月三日、同船は横浜港に入港してきた。しかし、日本政府は同船に対し、乗員・乗客の下船を許可しなかった。

四〇〇〇人近い乗員・乗客が下船し、万一に市中感染が広がったら大変な事態になる。政府は、中国からの入国よりも、ダイヤモンド・プリンセス号の乗員・乗客の上陸に対して危機感を抱いたのである。

厚労省には、この時、船内感染を阻止しながら乗員と乗客を検査し、それぞれ隔離や入院措置、あるいは健康な人は下船させて、というプロジェクトを神奈川県と共におこなっていくことが課せられた。

これまで詳しく書いてきたとおり、厚労省はもともと新型コロナウイルスへの危機感が薄かった当事者である。というより、日本の水際対策の失敗は、厚労省の危機意識の欠如から来ていた。

しかし、ここからの二五日間、厚労省は新型コロナウイルスの本当の怖さと、防疫の重要性をこれでもかと思い知らされることになる。

また連日、テレビのワイドショーをはじめとするマスコミ対応にも神経をすり減らし、さらには、世界各国からの批判にも晒されるのである。

その意味で、ダイヤモンド・プリンセス号は、緩み切っていた厚労省の「目を覚まさせる」極めて重要な役割を果たした。

当初、厚労省は、早く全員に検査をおこない、症状がなければ順番に下船して帰ってもらおうという基本方針で臨んでいた。

だが、二月五日、最初の検査で「三一人中、一〇人が陽性」という衝撃的な結果が出て、計画はその時点で破綻する。

検査した内の「三分の一が陽性」というのは、単純計算すれば同船で一〇〇〇人以上が新型コロナに感染していることを意味する。

とんでもない事態に、大規模災害に対応するために作られている災害派遣医療チーム（DMAT）も派遣要請され、自衛隊にも出動要請が来るのである。

大変な事態だった。

だが、全体を仕切る厚労省にその能力はない。感染症対策には、専門的な知識と日頃からの訓練が不可欠だからだ。

情けないことに、そもそも厚労省は、そのノウハウを持ち合わせていなかった。

これができるのは、日本では、日頃から生物テロへの対策訓練をおこなっている自衛隊か、あるいは感染症学会などの専門医師たちに限られる。

本来ならここで指揮を自衛隊に譲っていたなら、その後の悲劇がある程度は回避できたかもしれない。しかし、官僚には、自己の権限だけは「守り通そうとする」習性がある。そのため厚労省指揮のプロジェクトは変わらなかった。

「やはり、感染症対策は、厚労省にとっては一丁目一番地の仕事ですので、そこを自衛隊に任せることはできません。面子はもちろん、自己否定にもつながりかねませんからね。厚労省の人たちに〝自分たちが仕切る〟という気持ちは強かったですよ」

そう語るのは、現場で取材にあたった社会部記者である。

「厚労省の意欲は満々で七日目の二月一〇日には、わざわざ橋本岳・厚労副大臣が乗り込んできたほどです。厚労省は、市中感染に繋がったら大変だとか、外国の人が多いから国際問題になるのはまずい、と官邸からかなりプレッシャーを受けているようでした。相当、あたふたしてしまいました。

結局、自衛隊は厚労省が仕切る中で活動をおこなうことになったんですが、主に船内消毒、診療、薬品の仕分けと配布、陽性患者の搬送が任されました。しかし、全体の指揮を自衛隊がとらなかったのがさまざまな面で禍根を残すことになりましたね」

どういうことだろうか。

「まず、最初に重要なのは、現地対策本部です。これは感染症対策の常識として、当該のダイヤモンド・プリンセス号の〝外〟に置かなければならないはずなのに、本部機能を船の中においてしまった。このことについては、陣頭指揮をとった橋本副大臣も後に、〝本部機能を船の中に置くこと自体がリスクだった〟と、述べています。この時点で、厚労省には感染症に対する知識がないことが露呈しました」

たしかに感染症対策をする船の中に「現地対策本部」を置いてしまったら、本部自体が感染症に侵されてしまう危険性がある。「厚労省は素人集団」ということが早々にバレてしまったことになる。

それだけではない。自分たちの身を守る装備も、厳しい感染症に立ち向かうものでは、とてもなかったというのだ。

「感染症の対応をする際に一番大事なことは、なんといってもまず自分たちの身を守るということですよね。実はこれもお粗末だったんです。例えば、汚染された場所（レッドゾーン）とそうではない安全な場所（グリーンゾーン）を明確に分けることができず、分離が曖昧《あいまい》でした。

また、発熱している乗客が歩いて医務室に行くなどして感染を広げてしまったということもありました。さらに作業している人間のマスクや防護服の着用が徹底されていないということもあったんですよ」

そのお粗末さは、防衛省のホームページに載った写真にも表れていた。連日のように自衛隊員が懸命に船内で活動しているようすがアップされていたのだ。

その中に、防護して薬の仕分け作業をしている自衛隊員の横を、手袋もせずマスクだけの無防備な職員が平気で歩いているものがあった。

これには「船の中は大丈夫なのか」と一般の人も驚いた。私のもとにもダイヤモンド・プリンセス号に関してさまざまな情報提供や要望がもたらされていた。

最も多かったのは、「自衛隊の人たちを助けてあげてください」というものである。それらの写真を見て、このままでは遠からず自衛隊にも感染が広がってしまう、こんな杜撰な管理のところに自衛隊を行かせるべきではない……私のもとにそんな声が寄せられていたのだ。

しかし、そのとんでもない状況を打ち破った人物がいた。

アフリカのエボラ出血熱や中国のＳＡＲＳなどの感染症に対応した経験を持つ医師の岩田健太郎・神戸大学病院感染症内科教授が二月一八日にダイヤモンド・プリンセス号に入ったので

ある。

岩田は、そのとき感じた危機感を動画で説明し、ネットにアップした。およそ一四分間にわたる告白動画である。

岩田によれば、やはり船内はグリーンゾーンとレッドゾーンの区別がなく、どこが危なくてどこが危なくないのかもわからないような状況だったという。

しかも、船内を歩きまわる乗員がマスクをきちんとつけていなかったり、発熱している人が自室を出たり入ったりするような状況だったのだ。

一番の驚きは、船内で活動する厚労省の職員たちが感染防止対策をきちんと取っていないことだった。数時間しか滞在しなかったが、岩田は動画の中で、

「感染症のプロだったらあんな環境に行ったら、ものすごく怖くてしょうがない。僕も怖かったです。今は(場所を)言えない部屋にいますけど、自分自身も隔離して診療も休んで家族とも会わずにいないとヤバいんじゃないかと、個人的にはすごく思っています」

と、切実な不安を口にしている。

二日後に橋本岳・厚労副大臣がアップした船内の写真は、まさに岩田教授が指摘したグリーンゾーンとレッドゾーンの区別や動線も曖昧であることを証明していた。

実際、このオペレーションで厚労省は職員や検疫官などの中から一〇名近い感染者を出している。その原因について厚労省は、船内で活動している従事者向けに出した通知の中で、

「基本的な感染防護策が徹底されていなかった」

と述べている。岩田教授の告発を受けて、私は、即座にこんなツイートを出した。

2月19日（水）

エボラやSARSと闘った感染症の岩田健太郎神戸大教授がダイヤモンド・プリンセス号の驚愕事態をYouTubeにアップ。感染症専門家が一人もおらず厚労省の役人がふんぞり返り、レッド（危険）ゾーンとグリーン（安全）ゾーンの区別もなし。まるでこれからの日本。厚労省が日本を滅ぼす。

このツイートの「厚労省が日本を滅ぼす」の意味は、ここまで書いてきた内容を理解してもらえば納得いただけると思う。

自衛隊の奮闘

生物テロへの対策のノウハウを持つ自衛隊は、ダイヤモンド・プリンセス号に延べ二七〇〇人の隊員を派遣したが、「一人」の感染者も出さなかった。一〇〇人近い感染者を出した厚労省とは、力量の違いを見せつけたともいえる。

生物テロや生物攻撃を想定して日頃訓練している組織にとって、それは「あたりまえ」のことだろう。どこが厚労省とは違っていたのか。簡単に触れておこう。

同船では前述のように二月一日に香港で下船した乗客の感染が確認されたが、五日朝まで船内の自由行動が許され、ショーやブュッフェでの食事なども通常通りにおこなわれていた。これが船内感染を拡大させる要因となった。

災害派遣命令に基づき自衛隊に支援要請が来たのは、二月六日のことだ。そこから三月一日までの二五日間の活動で、自衛隊は災害派遣のプロとしての力を遺憾なく発揮した。最前線での活動には、「補給」が最も大切であることはいうまでもない。災害だろうと戦争だろうと基本中の基本である。特に、目に見えないウイルスとの戦いは、長時間の緊張を強いられる。いかにその「神経を休ませる」ための〝補給〟があるかがポイントになる。

私がさすがと思ったのは、後述する「装備」と「教育」より前にその「休息」について、である。私は今回、自衛隊が延べ二七〇〇人の中で一人の感染者も出さなかった大きな理由に、「休息を重んじたこと」があると思っているので、先にそのことについて説明したい。

人間にとって張り詰めた緊張の持続は難しい。一般人とは比較にならないものの、いかに訓練を受けた自衛隊員でも、それには限界がある。

つまり、疲労で集中力が途切れれば、自衛隊員でも「油断による感染」が待っているという意味である。

今回の災害派遣にあたって、自衛隊は宿泊施設、すなわち「拠点」に「はくおう」と「シルバークイーン」という二隻の船を使った。

「はくおう」は高速マリン・トランスポートが保有し、総トン数一万七三四五トンの貨客船。一方、「シルバークイーン」は川崎近海汽船が保有するフェリーで総トン数は七〇〇五トンだ。防衛省がこの二隻を「借り上げた」のである。両船は、ダイヤモンド・プリンセス号で活動する自衛隊の拠点となり、同時に貴重な休息の場となった。

日頃、災害派遣で実績を積み上げている自衛隊は、最初からダイヤモンド・プリンセス号での作業の「感染リスク」に応じて分散宿泊の方式をとった。同じリスクの作業をおこなっている隊員同士にして宿泊を分けたのだ。

さらに、それぞれのリスクに応じて完全に隊員の「生活動線」を分けた。そのうえで、この二船で隊員たちの張り詰めた神経を開放し、リラックスさせることを目的に完全休養の場としたのである。

具体的にいえば「睡眠」「休養」「栄養補給」という三点で、隊員たちに英気を養ってもらったのだ。栄養価の高い美味《おい》しい食事はもちろん、貨客船であるため風呂や息抜きのリラックススペースも充実していた。

完全に神経を緩ませ、次の緊張感のある作業に挑んでもらったわけである。

「はくおう」は、西日本豪雨の際、被災者を収容し、宿泊や入浴の施設として積極運用された経験も持っている。今回は、自衛隊員そのものの〝支援〟に役立った。

これらの十分な補給の上で、自衛隊はダイヤモンド・プリンセス号内で力を発揮した。

見えないウイルスという敵に対して、なにより重要なのは「正しく恐れ」、絶対に「侮《あなど》らない」ことである。現場では、「恐れず、侮らず」を合言葉に、感染防護を徹底しながら活動が展開された。

徹底した防護のありさまがＮＨＫ「政治マガジン」（二〇二〇年三月一八日号）の「クルーズ船　自衛隊は何をした？」には、こう綴られている。

〈自衛隊は防護服を着た上で、手袋も万が一破れてもよいように2重にし、防護服とのつなぎ目を粘着テープでふさいだ。そして、靴カバーをはき、飛まつが目に入って感染しないようゴーグルを付けるという、重装備にした。

さらに7日に、船内での活動を始める前、感染症対策の知識がある東北方面衛生隊の看護官が、防護服の着用のしかたや脱ぎ方を説明。防護服の着用に慣れた隊員のアドバイスは、特に効果的だったという。

厚生労働省の検疫官の感染が判明したことも踏まえ、河野防衛大臣は周辺に対し、「自衛隊からは1人も感染者を出さない」と述べ、対策の強化を指示。薬の仕分けをする際にも、防護対策として、ガウンやヘアキャップを付けるようにした。

乗客との接触がない場所でも防護対策を強化したのは、なぜなのか。

「厚生労働省は、保健衛生をつかさどっているので、どういうことが防護につながるかなど、基礎的知識も高いと思う。しかしわれわれの大多数は、そういったことに無縁な世界で生きているので『きちんとした防護』しか頼るものがない」

「集団で活動するわれわれにとって、1人の感染は全体の感染になってしまう。何かを触ったらすぐに消毒するとか、マスクの鼻にあたる部分を抑えて少しでもウイルスが入らないようにするとか、基本の徹底だった。〝救いに行く立場〟で感染してしまったら、任務を果たせないと考えた」〉

高い緊張感と心構えで任務に臨んでいることがよくわかる描写である。さらには、自衛隊は

「特殊部隊」を投入している。

〈10日に、乗客全員にPCR検査を受けてもらうという方針が出た。そこで追加で投入されたのが、「対特殊武器衛生隊」である。ウイルスや細菌を使った生物兵器への対応に訓練を重ねた部隊だ。

検査は高齢者を優先し、段階的に年齢を下げて行われ、感染の有無を確認していった。医療支援に当たる隊員は当初の17人から、最終的に51人にまで増えた。

自衛隊の活動は、クルーズ船の外にも及んだ。輸送支援だ。感染が確認されたものの、症状が出ていない乗客や乗員を、受け入れ先となった静岡や福島などの医療機関へ運んだ。使われた自衛隊の救急車4台の走行距離は、合計1万キロに及んだ。

自衛隊が使う救急車の仕様は、自治体消防が保有する高規格救急車と比べ、シンプルなものだ。このため、運転席や助手席と、ベッドなどがある後部座席との間には応急の仕切りを設けて、テープで目張りを施した。隊員は、防護服の袖やすそをテープで巻き、ゴーグルを着用したまま、運転していたという。

ただこんな問題もあった。トイレだ。長距離を走行することになるが、隊員は往復で運転にあたらなければならないうえ、途中で防護服を脱着するのも難しい。このため、遠くの医療機関に向かう隊員の中には、おむつを着けて対応したケースもあったという〉

こうした工夫で自衛隊は、活動に伴う感染者「ゼロ」で任務を成し遂げた。厚労省を讃えながら「私たちには〝きちんとした防護〟しか頼るものがなかった」と謙遜《けんそん》するが、そもそものレベルが「まったく違う」ことに気づくだろう。

ちなみに東京・世田谷区にある自衛隊中央病院はダイヤモンド・プリンセス号の感染者を一二八人受け入れ、その後も新型コロナウイルスとの戦いを展開しているが、五月末現在でも一人の院内感染者も出していない。

これが「専門家」である。

しかし、日本ではこういう本当の意味の専門家が重く扱われない。そもそも為政者サイドにその感覚が欠如しているのだ。

政府が発足させた「新型コロナウイルス感染症対策本部」に当初、防衛省が入っていなかったことでもわかる。自衛隊出身の佐藤正久・前外務副大臣の指摘により、防衛省が加えられることになったが、政府にはその程度の認識しかないのである。

生物テロへの対策のみならず、危機管理の専門家である防衛省・自衛隊を重視していなかった点が水際対策の「致命的な失敗」の要因だったことを指摘しておきたい。

スキャンダル直撃をものともせず

ダイヤモンド・プリンセス号事件が厚労省をいかに変えたか。

簡単にいえば、新型コロナウイルスの凄まじい威力と恐ろしさを、日本の公衆衛生・防疫を司る厚労省が「やっと認識した」のである。

その意味では、この豪華客船が日本に与えた影響は極めて大きかった。

厚労省だけではない。官邸そのものがこれに気づかされたのである。それまで、閣僚の口から出ていた「あんなのたいしたことないから」というオフレコの言葉も、以後、ぴたりと消えた。一一〇〇万人という東京に近い人口を誇る武漢市をあの事態にしたウイルスを日本政府はやっと「正しく認識」したのである。

武漢から発信されるSNSで現地の情報を見てきた私からは、とても信じがたいことだった。

それは、大坪寛子・厚労省大臣官房審議官の記者会見でもわかった。二月六日、大坪は厚労省でのダイヤモンド・プリンセス号についての会見で、一時間近くにわたって記者の質問に答えた。

船内の状況について冷静に説明する姿に記者たちは感心した。というのも、『週刊文春』が大坪と和泉首相補佐官が山中伸弥教授が所長を務める京都大学iPS細胞研究所への予算削減を通告するなどした行動と、あわせて京都での二人の〝親密〟な行動ぶりを写真入りで暴露し、〝話題の人〟になっていたからだ。

もともと慈恵医大出身の大坪は、同大付属病院の勤務を経て二〇〇八年に厚労省入りした医系技官である。そのため、省内のキャリア官僚とは異なる道を歩んだ人物だ。

しかし、二〇一五年に内閣へと籍が代わり、内閣官房健康・医療戦略室参事官として急速に力を持った。官邸から厚労省を政策指揮する立場になったことで政治家、そして官邸内の官僚の力をバックに存在感を増大させたのだ。

二〇一九年七月の人事で厚労省大臣官房審議官として古巣には戻ったが、内閣官房健康・医療戦略室次長を兼任するという異例の人事が話題になった。

週刊文春が告発した和泉補佐官との近さが〝力の根源〟だが、ちょうどこの騒動の渦中に新型コロナウイルスの直撃を受けたのである。

大坪はダイヤモンド・プリンセス号にも乗り込み、その目で状況を確認している。しかし、国会では野党から海外出張した際に和泉補佐官とホテルの「コネクティングルーム」に宿泊していたという新たな週刊文春の報道が国会追及の材料となっていた。

それでも大坪は記者会見や国会への答弁など、堂々と業務を遂行していった。

タイミングとしては最悪だったが、それでも大きな意味があった、と厚労省の担当記者はこう振り返る。

「和泉さんは、国交省出身ですが、官邸の『健康・医療戦略室』のトップ（室長）なんです。だから大坪審議官を頼りにしていました。和泉さんと大坪さんが〝一体化〟しているというのは、官邸の中では周知ですから、両者の間には意見の相違や齟齬《そご》はありません。

そんな大きな力を持っている肝心の大坪審議官がダイヤモンド・プリンセス号でウイルスの怖さを目の当たりにした。これは大きかったです。それまでウイルスは〝たいしたものではない〟という考え方の人々が〝転換〟したんですからね。厚労省は二月一九日に乗客五〇〇人が下船するまで忙殺されましたが、本省が動き出して、さまざまな対策がとられていったんです」

政府は二月一四日、「新型コロナウイルス感染症対策専門家会議」を設置した。座長には、国立感染症研究所の脇田隆字所長、副座長には地域医療機能推進機構の尾身茂理事長が就いた。

ここから、日本のウイルスとの戦いは本格的にスタートしたと考えていいだろう。

厚労省が、ついに〝目覚めた〟のである。

一月一五日に台湾から帰国し、次章で述べるようにその戦いのありさまを知る私にとっては、この「一か月」の致命的な「差」が悔しくてならなかった。

この時点でなお、〝蛇口〟を開けたままの日本は、本当に国民の命を守れるのか。私は暗澹たる思いに捉われていた。私はこうツイートした。

2月16日（日）
都内で確認された感染者は計14人に。やっとNHKで専門家が「いつどこで感染が起きてもおかしくない状態」「多くの人が医療機関に集中して混乱する恐れがある。重症化する前に適切な治療を」と訴え始めた。中国への配慮で事態を過小評価していた専門家達の〝突然の変貌〟に驚く。

2月17日（月）
イベントが次々中止に。政府も「不要不急の外出は控えて」と。通勤、通学、買物のどれを止めよというのか。ならば各国と同じように中国からの入国禁止措置をなぜ採らなかったのか。危機管理意識が民主党政権と同じレベルだった事を露呈した安倍政権。情けないし、腹立たしい。

「クラスター班」トップの本音

その間も国内では、感染者が増え続けた。

すでに〝武漢由来〟だけでなく、欧州からの入国者にも無症状感染者が出始めていた。ここでも入国禁止措置という「蛇口」を締める施策に背を向けた日本は、のちに大変な報いを受けることになる。

発足した専門家会議は二月二四日に、

「これから一、二週間が感染が急速に進むか収束できるかの瀬戸際となる」

との見解を公表した。感染拡大のスピードを抑制し、可能な限り重症者の発生と死者数を減らすことを今後の対策の「最大目標」とするよう求めたのである。

事態は風雲急を告げていた。

さらに厚労省は二月二五日、新たに「クラスター対策班」を発足させた。集団感染の連鎖を防ぐための対策班である。

「過剰な心配は要りません、などと悠長なことを言っていられる状態ではなくなったんです。しかし、専門家会議に名を連ねたのは、まさに〝心配しなくていいですよ〟と言っていた面々でした。なんとも不安な布陣でしたね」

そう解説してくれるのは、大手紙科学部のデスクである。

「クラスター対策班は、ＳＡＲＳの感染が拡大した二〇〇三年に、ＷＨＯの西太平洋地域事務局感染症対策アドバイザーとして対応にあたった東北大学の押谷仁教授や、数学を駆使して感染者の増減を予測し、感染拡大を防ぐ対策を立てる北海道大学理論疫学の西浦博教授など三〇名で構成されました。

新型コロナウイルスとの本格的な戦いが始まりました。感染クラスターとしては、日本は一月一八日に屋形船でやった新年会での感染者が最初です。この感染者が台東区の永寿《えいじゅ》総合病院に入院し、そこで医療スタッフや患者に拡大して、さらにクラスターが発生しました。永寿からは慶応大学病院にも患者が転院して感染が広がったとされています。結局、永寿関連では一〇〇人以上が感染し、七人死亡という悲劇になってしまいました」

ウイルスが恐ろしいまでの感染力を持っていることは確かだった。「過剰な心配は要りません」などという見方がいかに常識外れだったか。ダイヤモンド・プリンセス号に続き、厚労省は、そのことを嫌というほど思い知らされたのである。

テレビのワイドショーでは、「ＰＣＲ検査をもっとやれ」「ドライブスルーでもＰＣＲ検査をやっている韓国を見習え」……等々の意見が乱れ飛んでいた。

このことでも厚労省は矢面《やおもて》に立たされた。デスクが続ける。

「中国人の訪日客が特に多かった北海道は、中国人観光客と接触した道内の日本人が各地に散らばったことで感染が拡大しました。感染源がわからない患者も多かったですよ。

無症状感染者が想像以上に多いのではないかと感じていました。クラスター対策班をつくったのは、国民の非難をかわすという目的もあっただろうし、もちろん、厚労省が追い詰められていたという面もあったと思いますよ」

すでに日本国内の無症状感染者は、とてつもない数になっていたとの見方が妥当だろう。

クラスター対策班の押谷教授は、のちに（四月一一日）放映されたNHKスペシャル〈新型コロナウイルス瀬戸際の攻防―感染拡大阻止最前線からの報告〉の中で「PCR検査をもっとやった方がいい」という意見が大きかったことについて、こんな話をしている。

「われわれが活動を始めた二月二五日の時点で、国内ではすでに一五〇例以上の感染者が出ていました。北海道だけではなく、かなり広範に感染者が見られていて、いわゆる孤発例《こはつ》、感染源がわからない感染者もその中には相当数含まれていました。つまりこの時点で、もうシンガポールや韓国で行われていたPCR検査を徹底的にやるということだけでは感染連鎖をすべて見つけることはできないような状況にありました。

そうなると、そういう状況を政府に説明して、このウイルスは症状がない、あるいは非常に軽症の人も多いので、その状況で本当にすべての感染者を見つけようと思うと、日本に住む全員を一斉にPCRにかけないといけないことになる。それは到底できないので、戦略としては、クラスターを見つけて、そのクラスターの周りに存在する孤発例を見つけていく。そしてその孤発例の多さから流行規模を推計して、それによって対策の強弱を判断していく、という戦略になります」

この発言は、実に正直なものである。厚労省の役人には、とてもここまで思い切ったことは言えない。

つまり、日本はすでにPCR検査を徹底的にやるというだけでは「感染連鎖をすべて見つけることはできない状況」であり、感染者を全員見つけるつもりなら、日本に住む「すべての人間をPCRにかけなければならない」段階に陥っていたのである。

しかも、孤発例の多さから流行規模を推計し、そこから「対策の強弱を判断していく」というのだ。ウイルスと闘うどころか、そのための「基礎資料をとっていくしかない」という意味である。

日本は、ウイルスを可能な限り追い、それを潰していくという台湾のような戦略は到底採れない状況になっていたことがわかる。

日本の最大武器とは

しかし、日本には頼るべきものもあった。

まず、私たち日本人が世界で最も衛生観念が発達した民族であるということだ。手洗い・うがいは、小さい時から家庭で、あるいは学校で、教育を受けてきており、さらに欧米のような身体を接するような挨拶もしない。

おまけに「風邪にはマスク」というのが一般化している国である。

他人に自分の風邪を感染《うつ》してはいけない。そんな迷惑はやめよう——日本人には、他者を思いやるそんなモラルが自然に身についている。ほかの国ではなかなか考えられないものだ。

さらには、世界トップクラスの清潔な社会インフラがある。街にゴミはほとんどなく、川に不衛生なものが浮かんだり、流れたりはしていない。これらはどこの国にも負けない。

日本は、代々、受け継いできたこの日本人の衛生観念を「武器」に戦うしかなかったのである。

そして、最も大きな武器を忘れてはならない。日本には、世界に誇るべき医療従事者たちがいる。使命感と責任感に溢れ、高いモラルを有する人々である。

しかも、国民すべてがなんらかの医療保険制度に加入する仕組みをとっており、医療費負担は基本的に三割だ。高額な医療にも対応してくれる高額療養費制度もあり、それらの制度に支えられた先進医療設備もある。

これらをバックにした日本が誇る〝現場力〟は、医療の最前線でも揺るぎはなかった。これをもとに日本は国難を突破するしかなかったのだ。

そして、医療従事者たちは期待をはるかに超える踏ん張りを見せ、医療崩壊ぎりぎりのところで持ちこたえていくのである。

先のNHKの番組で、押谷氏はこんな注目すべき発言もおこなっている。

「あってはいけないのは、医師が検査を必要と判断しても〝検査ができない〟というような状況です。当初は、クラスター戦略を支えるのに十分な、さらに重症者を見つけるのにも十分な、PCR検査がなされていたというふうに判断しています。一部に本当に検査が必要で、検査がされていない例があったということも承知していますが、しかし、クラスターさえ起きなければ感染は（爆発的には）広がらない。

さらに、多くの感染者が軽症例、もしくは症状のない人だということを考えると、すべての感染者を見つけなくてもいいということになります。インフルエンザとかSARSといったウイルスとまったく違うのは、この多くの感染連鎖が〝自然に消滅していく〟というウイルスだということです。明らかに肺炎症状があるような重症例についてはかなりの割合でPCR検査がされていたとわれわれは考えています。

しかし、感染者が急増している状況の中で、PCR検査が増えていかないという状況にあるのは明らかに大きな問題です。このことは専門家会議でもくり返し提言をしてきて、基本的対処方針にも記載されていることです。いくつかの地域では自治体、医師会、病院などが連携して検査や患者の受け入れ体制が急速に整備されているという状況です。そのような地域では事態は好転していくと私は信じています」

感染症のエキスパートである押谷の率直な発言は、ウイルスと戦う日本の現状と国民が持つべき覚悟に対して、多くの示唆を含んでいる。

前出の科学部デスクはこの発言についてこう語る。

「やはり、と思わせる話が多かったですね。一月に中国からの訪日客が九二万人も入ってきたわけですから、それはもう無症状感染者が国内に蔓延していると考えた方が自然なわけです。そんな状態で、やみくもにPCR検査をやったって擬陽性や擬陰性が出る割合が二割とか三割もあるのですから、もしやっても医療現場を疲弊させるばかりで〝益〟は少なかったと思います。押谷教授は、率直に〝すべての感染者を見つけるのが目的なら日本に住むすべての人をPCRにかけなくてはならなくなる〟と言っていますが、その通りだと思います。

注目されるのは、このウイルスは多くの感染者が無症状か軽症であり、感染連鎖が〝自然に消滅していく〟と押谷教授は見ていることです。これは、ワクチンができるまでには時間がかかるとはいえ、アビガンやイベルメクチン、オルベスコ……等々の既存の薬で当面、凌《しの》いでいくしかないという意味だと思います。要は、重症化させないこと。そこに全力を傾注すべきであることがよくわかりました」

無症状感染者の蔓延――蛇口を当初から開けっ放しにしてきた政策のツケであることは間違いないが、日本はもはやそれを〝前提〟に戦うしかなかったのだ。

しかし、そのツケは、日本全体が文化、イベント、スポーツ……等も含め、「中止」という無情、かつ無惨な形で払わなければならないことになる。

私は、二月二〇日にこんなツイートを三本連続で発信している。したたかな中国と、これからの日本に対して、憂慮を隠さない痛烈な発信だった。

2月20日（木）

現時点で中国人が行ける国は日本、韓国、マレーシアの3ヵ国。そこで2週間過ごせば〝目的国〟に行ける。しかも日本で新型肺炎発症なら日本政府が面倒を見てくれる。至れり尽くせりだ。中国人ビジネスマンが日本を目指す筈。次第に遠のく東京五輪。治療薬の報道が出始めているがそこに賭けるしかないのか。

同日

すでに中国では豪州に第三国経由で入るパッケージが旅行代理店から発売されているそうだ。さすが「上に政策あれば下に対策あり」の国。したたかで日本人が太刀打ちできるようなものではない。日本は中国人の〝渡航ロンダリング〟の地に。各国の日本からの入国禁止措置も秒読み。信用失墜《しっつい》は計り知れない。

同日

米食品医薬品局（FDA）のスコット・ゴットリーブ元長官の「日本は感染急拡大の瀬戸際。大規模流行に発展するか否か」との警告に頷く。中国以外での大規模感染は「極めて厄介で〝国際的制御〟ができなくなる」とも。ザルで水を汲《く》むような日本のお粗末な防疫体制は本当に恥ずかしい。

「次第に遠のく東京五輪」という言葉が虚しい。入国禁止措置をおこなわない日本は、まさに「ザルで水を汲むようなお粗末な防疫体制」となっていた。次章で詳述する「国民の命を守るために」あらゆる方策を採った台湾との違いを感じていただきたい。

官僚に好き放題させている国民やマスコミに対しても、私は厳しいツイートを続けた。

2月21日（金）

官僚は〝お上〟を有り難がる国民に胡座《あぐら》をかき、天下りと保身の中で生きてきた。厚労省もエイズ事件を始め散々、命を蔑ろにする姿を晒してきたのに国民は怒らない。これ程〝日本人全体〟が彼らの〝不作為〟で危機に晒されているのに、なぜ誰も責任を問われないのか。記者達の問題意識欠如にも呆れる。

同日

遂に中国からの入国禁止措置の請願が始まった。国民の声が安倍政権を動かせるか注目。天下りと保身だけの厚労省の官僚達に「日本人の命」が危機に晒されたままでいいのか。今や中国からの入国禁止措置を採っていないのは日本、韓国、マレーシア3か国だけ。日本人、目覚めよ。

中国政府が一月二七日に「海外への団体旅行の禁止」を打ち出し、訪日中国人の数は、数次の個人ビザを持っている中国人に限られるようになったことは前にも記したとおりだ。数的には、訪日中国人はかなり減少した。しかし、世界一三四か国が実施した中国全土からの入国禁止措置に背を向け、〝蛇口を締めない政策〟を貫いたのは、異様というほかなかった。結果的に、新型コロナウイルスの〝蔓延状態〟をつくり上げた日本。危機管理ができない政府と、ただ手を拱く政治家、そしてそれを許す国民。戦後七〇有余年にわたるこの平和ボケ国家に、より深刻な事態は刻一刻と迫っていた。

第八章　台湾の完全制御作戦

成果上げる〝水際対策〟

日本の迷走とは対照的に一七年前のＳＡＲＳの経験を生かしたのは台湾である。私が帰国した以後も、台湾は有効な対策を展開した。

武漢が閉鎖される前日の一月二二日に台湾と武漢間の旅行を禁止した台湾は、中国が武漢を閉鎖した当日には「疫病情況」をレベル２に引き上げ、同時に蘇貞昌《そていしょう》行政院長（筆者注＝日本の首相に相当）が中国へのマスク輸出を全面禁止にした。

注目されるのは、日本では自治体を中心に中国にマスクを寄付する動きが活発化する〝この時期に〟マスクの輸出を封じたことだろう。

「中国人は必ずマスクを大量購入し、高値で売る」

長年の台湾の友人はその理由を聞く私に「中国人がそういう特性を持っていることを台湾人はわかっているので、これは当然の判断だよ」と事もなげに言った。

覇権国家であり、謀略国家である中国と長期にわたって台湾海峡を挟んで対峙してきた台湾。

その台湾自身も、かつては中国共産党を恐れさせた国民党特務によって、激しい大陸工作を展開した歴史がある。お人好しの日本とは、そもそも中国に対する認識と対応が「まるで違う」のである。

武漢封鎖の翌一月二四日には、台湾は中国大陸への団体旅行を全面禁止した。そして、台湾に滞在していた数千人の中国人観光客をホテルに隔離し、「徐々に帰国させる」という方式を採った。

蛇口を締めることなくインバウンド収入欲しさに中国人の流入を止めなかった日本とは正反対の政策である。そして、ひと月後、ふた月後、その「差」は恐るべきものとなって現われてくる。

そもそも台湾には、おもしろい譬《たと》え話がある。中国人の訪問客について、自分たち台湾を大いに卑下《ひげ》しながら、こう表現するものだ。

「中国人は、一流の人たちはヨーロッパへ行って大量にブランド品を買う。二流の観光客は日本に行ってウォシュレットの便座と、薄型のコンドームを買う。三流の観光客は台湾に来る。台湾では一個五〇円のパイナップルケーキを土産に買う。それも大いに値引きさせたあとでね」

大手紙の台北特派員によれば、それが幸運にも防疫に役立ったという。

「国民党に政権を奪回させるために台湾経済に打撃を与え、蔡英文政権の継続を阻止することは中国の至上命題でした。そこで中国は昨年八月から文化観光省が台湾への個人旅行を禁止したんです。台湾にお金を落とさせないためです。一人平均およそ約一四万円の消費額と言われていますが、中国の観光客は実際には台湾にあまり経済効果をもたらしません。

というのも、彼らは中国の航空会社でやってきて、中国資本のバスを使い、中国資本のホテルに泊まって、買い物用の免税店も中国資本のところに行きます。だから台湾人は儲からない。日本でも同じですよ。中国資本のものしか使わないですからね。人数のわりには、儲からないのが中国人観光客なんです」

中国が蔡英文政権にプレッシャーをかけるために訪台の人数を絞っていたのは、台湾にとって、むしろ「ありがたかった」のである。

いずれにしても、当初から取った厳しい防疫措置は、台湾の人々の生活に著しい変化を起こした。〝手洗い〟や〝うがい〟の徹底はもちろん、建物に入るのも簡単ではなくなった。ビルのセキュリティが発達している台湾では、ビル入口には警備員が常駐している場合が多い。来訪者は、そこでいちいち非接触型の体温計で体温チェックを受けることがあたりまえになった。三七・五度を超えていれば入館を拒否される。

病院に入ることはさらに厳しい。入口での検温だけでなく、マスクをしていない人間は、そもそも病院内の立ち入りが許されないのだ。

総合病院では、薬をとりに来るだけの人も院内には入れてもらえない。病院玄関の横に掲げられている案内に従って移動し、外に面している薬専門の窓口でやりとりし、処方箋《せん》もそこで受け取らなければならなかった。一七年前の和平医院の悲劇をきっかけに台湾全島の病院で起こった〝院内感染の恐怖〟が忘れられないのである。

「まず実行」し、「あとで修正」

二月初めに台湾を訪れた日本人は、驚きの体験をした。年に何度も訪台するこの人物は、常宿のホテルで初めてこんなことを言われた。

「台北の中山北路にある国賓大飯店にいつものように入ろうとするとドアボーイに〝マスクを必ずお願いします〟と言われ、玄関で手の消毒もするように言われたんです。街を歩いている人でマスクをしてない人は一人もいなかった。まだ日本ではそれほどの危機感がなかったので、私はうっかりマスクをつけ忘れていました。驚きましたよ」

レストランも同じだったという。

「もちろん、レストランも、マスクなしでは入ることができませんでした。入口に必ず消毒液が置いてあって、これで手を消毒してから入ります。二月初めは、まだレストランでは検温をするところが少なかったですが、すぐに検温するところが増えました。ビルに入る時もマスクは必須ですよ。手の消毒は、どこに行ってもやらされました。日本から行ったので、あまりの危機意識の違いに驚かされました」

台湾は、学校の休校措置も早かった。二月二日、中央感染症指揮センターは二月一一日の春節明けの学校始業日を「二週間延期する」と発表した。

台湾で取材に当たった日台交流・国際経営アドバイザーの藤重太はこう語る。

「二月二日の発表の数日前には、立法院でも始業延期に伴うトラブルについて活発な議論が行われていました。内容はインターネットの国会チャンネルで一般にも公開され、どんな議論がなされているか知ることができました。一二歳までの子供の父親と母親、養父母、祖父祖母などで、子供の世話をしていれば、始業延期期間中に防疫世話休暇という名目で休みをとることができるようにしたんです」

これは、台湾ならではのスピーディなやり方だ。

「台湾ではよくあるんですが、法的に問題なければ、いわゆる〝先決め・後修正〟方式が取られます。まず大きな方向性を決めて先に対応してから、修正や補償などについてはあとからゆっくり決めるというやり方です。日本とはまったく違います。とにかくスピーディ。台湾市民も、こういうやり方に慣れていますから、誰もガタガタ騒がないんですよ。また、政府の情報公開もしっかりしていて、どういう状態なのか台湾人も理解していましたから、二週間の始業延期も市民が自助努力で乗り切って、大きな問題にはならなかったのです」

つまり、台湾では「まず実行」し、「あとで修正」し、人々がそれに「従う」のである。なにより重視されるのがスピードなのだ。日本との決定的違いがそこにある。

ああでもない、こうでもない、と議論し、日本では与野党でお互いが足を引っ張り合い、さらにお金を出し渋る官僚が悪知恵を吹き込み、結局、何も決まらない。生活や事業に窮した国民の声は、親方日の丸の人々には届かず、わずか一〇万円の支給さえ何か月も滞るのだ。

仮に台湾でそんなことをやっていたら、たちまち国民の怒りが爆発し、政権が吹っ飛ぶだろう。「国民のため」という明確な目標があれば、そのために先に策を講じ、あとで同意や修正を求める――実に合理的で、同時に当然の仕組みといえる。そうでなければ、緊急時に国民を

郵便はがき

1 0 0 - 8 0 7 7

63円切手を
お貼りください

東京都千代田区大手町1–7–2

産経新聞出版　行

お名前《フリガナ》	
性別　男・女	年齢　10代　20代　30代　40代　50代　60代　70代　80代以上
ご住所　〒 (TEL.	
ご職業　1.会社員・公務員・団体職員　2.会社役員　3.アルバイト・パート 4.農工商自営業　5.自由業　6.主婦　7.学生　8.無職 9.その他(　　　　　)	
・定期購読新聞 ・よく読む雑誌	
読みたい本の著者やテーマがありましたら、お書きください	

書名　疫病2020

このたびは産経新聞出版の出版物をお買い求めいただき、ありがとうございました。今後の参考にするために以下の質問にお答えいただければ幸いです。抽選で図書券をさしあげます。

●本書を何でお知りになりましたか？

□紹介記事や書評を読んで・・・新聞・雑誌・インターネット・テレビ

媒体名(　　　　　　　　　　　　　)

□宣伝を見て・・・新聞・雑誌・弊社出版案内・その他(　　　　　)

媒体名(　　　　　　　　　　　　　)

□知人からのすすめで　□店頭で見て

□インターネットなどの書籍検索を通じて

●お買い求めの動機をおきかせください

□著者のファンだから　□作品のジャンルに興味がある

□装丁がよかった　□タイトルがよかった

その他(　　　　　　　　　　　　　)

●購入書店名

●ご意見・ご感想がありましたらお聞かせください

（ご回答いただいたご意見・ご感想は広告等で使用させていただく場合があります。）

助けられるわけがないからだ。

台湾では、民進党（緑）と国民党（青）は常に戦っている。互いに政権担当能力があり、人々もどちらがいいか、考える癖がついている。

支持者は「青か、緑か」で色分けされ、変な政策を打ち出そうものなら、互いの支持者の口角泡を飛ばす議論に発展する。台湾の政治は政権交代と〝隣り合わせ〟だから、政治には緊張感があり、日本のような信じがたい緩さは通用しないのである。

支持者を納得させる政策がいつも求められる台湾。国民の命を守るという大前提さえ政治家も官僚も忘れ果て、すべてが後手後手にまわる日本――人々が満足する政策を打ち出せなければ、退陣につながっていく国とそうでない国とは、そもそも比較にならないのだ。

官僚機構の上に、ただ乗っかって胡坐《あぐら》をかいていられる日本の政治家がいかに幸せな存在であるか、ご理解いただけるだろうか。

「作秀」という言葉の意味

藤重太は、〝作秀〟という言葉を用いて、台湾の政治家を説明する。

「作秀とは、〝ジョー〟をしているという意味です。政治はショーであってパフォーマンスなんです。政治は国民を満足させなければならないというのが台湾では徹底されていて、日本のように当選したらそれで終わりというわけにはいきません。

国民に自分たちの政策や行政サービス、そして成果を見てもらって、それを支持してもらうわけです。だから、台湾の政治家は、いつも〝見られている〟という意識が強いんです。政府の政策と行政サービスの質が投票に直につながりますから、真剣です。選挙の投票率も高い台湾では、日本みたいに特定の団体に便宜を図ったら当選できるほど甘くはないんです。そのため行政を握っている時に何ができるかがすべてであり、政治家はパフォーマーなんです」

市民にどれだけわかりやすく、いいことをしているかを訴えかけないと台湾では通用しない。その意味では、コロナはわかりやすかった、と藤は語る。

「政治家の仕事は国民の命を守ることだからです。どう自分たちの命を守ってくれるか。マスコミも政治家の〝作秀〟を意識していますからね。何かいいことをする時に、あからさまにやると、それは〝作秀〟、つまりショーをしているとバレてしまう。国民も、マスコミも、これは政治家の本音か、それとも作秀なのかということをいつも見極めようとするわけです。だから、今回の国民本位、本気、本音で取り組んだ蔡英文政権の防疫への評価が高かったのです」

そして、決定的な日本との違いが「閣僚にある」と藤は断言する。

「台湾では、閣僚は立法委員（筆者注＝国会議員のこと）である必要がありません。逆に立法委員は、内閣に入れないのです。だから、総統や行政院長は、自由に、そして広範囲に有能な人物を集めることができます。日本では、内閣ができる時に、どの国会議員が入閣するのかが話題になって、そんなニュースばかりになりますよね。日本では憲法で大臣の過半数を国会議員から選ぶことが定められているので、当然ではあるんですが、それが論功行賞だったり、派閥の論理だったり、そういうことが重視されて、本人の適性や能力ではなかったりします。

日本人は、それをあたり前だと思っていますが、台湾では違うわけです。台湾では、〝日本は三権分立なのになぜ立法府の人間が行政府を兼任していいの？〃と日本のシステムについて逆に質問されます。〃それで正しい監督、正しい監査ができるのか〃という意味です。もちろん、台湾は半大統領制に近い〃総統内閣制〃ですから日本と比較はできませんが、台湾では能力のある人が閣僚として抜擢されるのです。有能な人間が存分に力を発揮できる秘密がそこにあるわけです」

最も顕著だったのは、マスクをめぐる日台の対処の違いだろう。

「日本ではマスクが店頭から完全に消えましたよね。台湾でも、マスク不足が発生しましたが、すぐに対策を打ちました。マスクの輸出禁止とマスクの増産、そして実名販売制です。個人それぞれが持っている健康保険カードを使って、マスクの公平販売を完全管理したのです。当初は番号の下一桁が偶数の人は火曜・木曜・土曜、奇数の人は月曜・水曜・金曜にマスクを買うことができ、枚数も一週間に一人二枚までと決められていました。枚数はともかく必ずマスクが公平に一枚一八円という安価で手に入る安心感は大きかったでしょう。時間の経過とともにこの枚数もだんだん増えていくんですが、ここで最も有名になったＩＴ担当大臣が出てくるわけです」

「異色のＩＴ大臣」がやったこと

オードリー・タンこと唐鳳・ＩＴ担当大臣の剛腕は、世界から注目された。たしかに、この大臣がやってのけたことは「日本では考えられない」ことだった。

薬局のマスク在庫の一覧システムを作るための情報を民間ＩＴ企業に公開し、政府の情報を国民に効率よく伝える「マスク在庫管理アプリ」を開発させたのである。これで台湾の人間は、マスクが欲しければ、どこに行けばどう購入できるのか、瞬時にわかるようになった。

世界中がマスク不足に陥っていたその時に唐鳳がやってのけた離れ業は、たしかに特筆されるものだった。私はこうツイートした。

2月27日（木）
台湾のマスク在庫マップに驚く。政府が主導し民間も地図アプリを提供。在庫の更新頻度は何と30秒だそうだ。いち早く身分証明書番号の偶数と奇数でマスクの購入曜日を分け「1人2枚」の制限も設けていた台湾。危機意識と対応力とはこういうものだろう。

唐鳳は別の顔も持っている。男性から性転換した女性でもあり、世界初の〝トランスジェンダー閣僚〟としても知られている。

「唐鳳氏はずば抜けた知能の持ち主で、八歳からコンピュータープログラミングに興味を持ち、一般の学校教育になじめずに一四歳で中学校を中退しているんです。高校にも大学にも進学しないまま、独学でプログラミングを学び、一六歳で液晶ディスプレイやプロジェクターの世界的大手『台湾明基公司』の顧問になりました。天才ですね。三三歳の時には、一度、アーリー・リタイアを宣言しています。

その後、政府の顧問に就いた彼は、デジタル社会での国家の役割や可能性などについて政府にアドバイスをしていくことになります。そして三五歳で行政院の政務委員に就きました。これは内閣の無任所大臣のことで、特定の省庁のトップでこそないですが、台湾のIT・デジタル社会を構築する政策を立案するにふさわしい人物の抜擢でした。余人をもって代えがたい才能の持ち主だと、国家（筆者注＝任命したのは行政院長）が判断したわけです。台湾では、間違ってもパソコンに触ったこともない人がIT担当になったりはしません」

唐鳳について、藤はそう語る。

日本では二月上旬、国内での感染拡大の懸念が広がる中、兵庫県が一〇〇万枚のマスクを中国に送ったり、二月一八日以降、東京都が三度に分けて医療用防護服を二〇万着も中国に送るという信じ難い動きが続いていた。

しかし、台湾では「先」がどうなるかを予測できない政権では、国民の支持は得られない。唐鳳の剛腕は、その象徴といえるものだっただろう。

先にも記したように、陳建仁・副総統も、一七年前にSARS対策が暗礁に乗り上げた際、衛生署長として乗り込んで、SARS抑え込みの陣頭指揮をとった人物だ。陳は、公衆衛生の分野で世界トップの米国のジョンズ・ホプキンス大学の公衆衛生大学院で博士号を取得した、ばりばりのエキスパートだ。

国民を納得させた防疫体制は、蔡英文総統、蘇貞昌行政院長がつくりあげたこれら能力重視の内閣によって「見事に形となった」ことが理解できるだろう。

なかでも衛生福利部長にして中央伝染病指揮センター長として、新型コロナウイルスと最前線で闘い、台湾人の九〇パーセント以上の支持を得た陳時中（六七）を説明せずして、台湾の成功は語れまい。

台湾人がひとつになった「瞬間」

台湾では、防疫に向かって国民の団結力が発揮されるきっかけになった出来事があった。武漢からチャーター機で帰国した台湾人のうち、「一人が感染していた」ことが確認された時のことだ。

台湾は中国から嫌がらせを受け、チャーター機の武漢入りをなかなか中国に認めてもらえなかった。しかし、日本やアメリカなどの第一便から遅れること五日、二月三日にやっと迎えることができたのだ。

チャーター機の第一便は三日深夜に桃園国際空港に到着し、台湾人二四七人が無事、帰国を果たした。このうち三人に発熱や喉の違和感などの症状があり、そのまま入院している。

翌四日午後八時、記者会見で陳時中・衛生福利部長の口から三人のうち一人が「陽性」であったことが告げられた。陳は、帰国便到着以来一睡もせず、検査結果を待っていた。その残念な結果を国民に報告した時の言葉がその後の語り草となったのだ。

「皆さん、残念ながら陽性者が一人増えてしまいました。皆さんも心配だと思います。しかし、私はこの結果をよかった、と思っています。なぜならこの人の命を私たちは救うことができるからです。私たちが一生懸命、同胞を武漢から連れ帰そうとしたのは、ほかでもありません。陽性となって、本当なら武漢で死んでしまったかもしれない同胞を連れ帰ることによって、その命を助けることができるかもしれないからです」

そう語りながら、陳は涙をティッシュで拭った。堪えきれず、溢れ出した涙だった。

「たしかに感染者が増えるということは望ましくないことです。しかし、それは台湾に帰すことでこの人の命を救える可能性が高くなったということです。私たち医療界が全力を尽くして、この人を助けます。患者の命を救うことができるとしたら、これほど素晴らしいことはありません。私たちはそのためにチャーター機で同胞を台湾に連れ帰ったのです。皆さん、そのことをどうか喜んでください」

説明の途中で何度も声を詰まらせ、マイクを別の登壇者に渡したりしながら、陳は会見を終えた。ずっと起き続けだっただけに、目が充血し、憔悴《しょうすい》しきった陳の表情が台湾人の瞼《まぶた》に焼きついた。

（そうだ。私たちは、これで〝失われるかもしれない命〟を助けられるんだ）

そのことをダイレクトに伝える陳の言葉だった。

反響は大きかった。衛生福利部の中央感染症指揮センターのフェイスブックに応援と感動のメッセージが殺到した。

あっという間に「いいね！」が二〇万件を超え、コメントも一〇万件以上寄せられた。そこには、自分の気持ちを吐露する台湾人のコメントが数多くあった。

「私も泣いてしまいました。陳さん、ありがとう」

「皆にただ健康でいて欲しいと私も祈っていました。会見を見て泣きました」

「〝泣いた罰〟として、どうか休んでください！」

二四時間一睡もせずに検査結果を見届け、そのまま国民への報告の会見に臨み、思わず涙をこぼした大臣。それは、台湾人が〝防疫〟に向かってひとつになった瞬間だった。

私はこうツイートした。

2月5日（水）
武漢から同胞を無事帰還させた台湾。一睡もせず検査結果を見守った厚労大臣の涙は国民の為に必死で動くことの責務の重さを教えてくれる。中国を「民主主義国家」と言ってみたり、自党に有利な新聞だけ「評価」してみたりする政治家とは全く違う。日本の政治家は原点を思い起こし新型肺炎と全力で闘え。

ちょうど国民民主党の原口一博議員が中国のことを「中国も民主主義国家です。彼らにも人権を守る姿勢があります」とツイートして炎上したり、立憲民主党の安住淳国対委員長が衆議院会派の控室のドアに、新聞各紙を批評し、蛍光ペンで「くず0点」や、「出入り禁止」などと書き込んで貼り出し、顰蹙《ひんしゅく》を買った時期と重なっていた。

（一人の国民も死なせてたまるか）

陳時中の凄まじい気迫と思いは、確実に台湾人に伝わった。武漢便から感染者が出た時の涙の会見で語られた中身を、私は日本の政治家に頭に叩き込んで欲しいと思う。それが「命を守る責務を負った人間」の姿だからだ。

陳もまた立法委員ではなく、本来は歯科医師である。

四一歳で歯科医師会全国連合会の理事長になった陳は、台湾の歯科治療の「保険制度」の推進・確立に尽力した人物だ。

その後、行政院衛生署副署長、総統府国策顧問などを経て、二〇一七年二月に衛生福利部長として入閣した。閣僚になった以上は政治家だが、日本とはまったく質の違う政治家なのである。

陳の父親は、台湾で有名な法学者だった。日本統治時代の台湾で〝リップンチェンシン（日本精神）〟を身につけ、「公」に対する意識が非常に強い人物だったという。

父のことについて、陳はインタビューでこう語っている。

「私はかつて結果論者でした。結果こそすべてである、と思っていました。しかし、父は違いました。そこまでいかに地道に歩んできたのか、という〝過程〟のほうを重んじたのです。私が父から教えられたのは〝誠実〟ということの大切さでした」

人々から「鉄人大臣」という呼び名を得た台湾の英雄が、日本統治時代の父の生きざまを胸に生きていることは、台湾でのかつての日本人の凄さを伝えてくれるものかもしれない。

台湾総督府の民政局長として台湾での「公衆衛生」を確立させた後藤新平の偉業を説明するまでもなく、日本人から清潔さと勤勉性を学んだ台湾の人々は、今ではその日本より遥かに上をいく防疫体制をつくり上げたのである。

これからは、日本が「台湾から学ぶ時代」なのだ。私は、そのことに深い感慨を覚えざるを得なかった。

「国民を守る国」と「守れない国」

一月から台湾と日本との差を見せつけられてきた私は、「先」「先」を読んで、事態の悪化に備える危機管理の鉄則の重要性を改めて感じた。

前述のように台湾のマスクの在庫管理・販売方法や積極的な情報公開に、私は「日本ではなぜできないのか」と感じた。

感染が発生すれば、その感染国からの入国を禁止する、つまり、まず〝蛇口〟を締めるのは当たり前だ。そのうえで、台湾では、キメ細かで合理的な対処法が次々と打ち出された。

しかし、日本では、指揮をとる政治家の側に、防疫のための常識もなければ国民の命を守るという使命感も欠落していた。

私は、どうしても、台湾が台湾海峡を挟んで中国共産党と向き合う国であることを考えてしまう。つまり、アメリカの核の傘の下で、最初から日米安保体制で国家の安全を他国に委《ゆだ》ねてきた日本のように、台湾は〝平和ボケ〟していないのである。

命を守るにはどうしたらいいか。そのことに対する高い意識が、世界に冠たるコロナ対策を打ち出したことは間違いない。

台湾には、先の唐鳳・IT大臣だけでなく、マスクの輸出禁止を断行し、増産体制を整え、たったひと月で六〇本のマスクの製造ラインをつくり上げた大臣もいる。

沈栄津・経済部部長（筆者注＝日本の「経産大臣」に相当）である。多くの組合や団体、マスク生産業者などをまとめあげ、台湾を一日一三〇〇万枚もの生産量を誇る世界第二位のマスク生産大国にのし上げた人物だ。

普通の国なら一年はかかる難題を短期間でまとめ上げた沈大臣は、民間人ではなく経済部の元官僚だ。業界を知り尽くした担当の官僚だったからこそ、すべての調整をあっという間にやってのけられたのである。

台湾は、彼ら卓越した閣僚のお蔭で、イタリア・スペインなどのヨーロッパ、そしてアメリカ等々にマスクを提供することを早い段階で表明した。WHOに加盟していない台湾は、「いざという時、誰も助けてくれない。自分の身は自分で守る」という〝緊張感〟もあるだろうが、何か月経ってもマスク製造に目処が立たなかった日本とは、気構えからしてそもそも比較にならないのである。

万全の備えをしていたという点では、薬品のことについても触れなくてはなるまい。

新型コロナの有力な治療薬候補に、安倍首相が「早期の承認を目指す」「なんとか五月中の承認を」と熱心に説き続けた「アビガン」がある。

感染したタレント石田純一やプロ野球解説者の片岡篤史をはじめ、著名人が抜群の効果だったことを明かし、夢の治療薬として期待されている薬だ。

三月には、中国科技部（筆者注＝日本の文部科学省に相当）が記者会見でアビガンの後発薬「法维拉韦」が治療に効果があることをわざわざ公表。「早く日本でも承認を」との声が高まっていた。

開発したのが製薬企業ではない富士フイルムだったため、厚労省からさまざまな嫌がらせを受けてきたとされる。日本ではまだ未承認の段階で、安倍首相が新型コロナに困っている国々への同薬の提供を申し出て〝アビガン外交〟を展開していることも話題になった。

実は、台湾では二〇一五年に富士フイルムとアビガンの特例輸入契約を結び、「在庫を確保していた」ことは知る人ぞ知る。

感染症対策をおこなう台湾衛生福利部の「疾病管制署」は早くからアビガンに注目し、人への感染の危険性が高まっていた鳥・豚インフルエンザや新型インフルエンザの治療薬として特例輸入を進めていたのである。

インフルエンザウイルスは、感染した細胞内で遺伝子を〝複製〟し、増殖・放出することでほかの細胞へと感染を拡大する「メカニズム」を持っている。

既存の薬品は、この増殖したウイルスの〝放出〟を阻害して感染拡大を防ぐ仕組みだったが、アビガンは、その前段階である細胞内での遺伝子の〝複製〟を阻害することで増殖を防ぐ仕組みの薬品だった。台湾の衛生福利部は、そこに注目したのである。

すでに衛生福利部は、鳥・豚インフルエンザウイルスが、ほとんどの場合、人には感染しないが、通常の季節性インフルエンザウイルスと混ざり合った時に、人への感染力を持つ「新型インフルエンザウイルス」へと変異するとの知見を持っていたという。

アビガンのメカニズムが有効であることを確認した衛生福利部は「パンデミックに繫がることが懸念される際に、アビガンは有効性を発揮する」と分析し、直接、富士フイルムと交渉して供給を要請し、「備蓄体制」に入ったのである。

二〇一五年段階で、そのメカニズムに注目して備蓄体制を採ったのは、もちろん台湾が〝世界初〟だった。

日本では、厚労省が新型コロナへのアビガン承認に難色を示し、患者からの希望があった場合にのみ現場で投与されるなど、さまざまな混乱が生じたことは周知のとおりだ。

福岡県医師会は五月一一日、国の承認を待たずに医療現場の判断でアビガン使用をおこなう方針を決めた。台湾の衛生福利部から見れば、これらの日本の事態は本当に信じがたい現象にしか見えないだろう。

国民の「命」を守るためには何をするべきか。

日頃、製薬業界への天下りしか考えていない日本の役所の行動形態とは、まったく異なる理想が「台湾にはある」と指摘したら言い過ぎになるだろうか。

私は、二月二六日にこんなツイートをした。

2月26日（水）
1月初旬〝人人感染〟を前提に対策を始めた台湾当局。武漢での感染が〝噂〟程度だった1月2日、すでに専門家会議で検疫や医療機関からの通報を強化。SARSの2003年、私は見舞客も隔離された台北中華路の和平医院の騒動を取材した。台湾はあの時の教訓を見事に生かした。それが国家。

防疫を成功させた法律

あらゆる面で異なる日本と台湾。その「差」がこれほど浮き彫りになったのは、かつてないことだ。一九八〇年代に台湾に移住し、日本と台湾の違いを目撃してきたジャーナリストの早田健文は、そもそも法制度からして違いますよ、とこう語る。

「日本と台湾とは、法制度が大きく異なります。台湾に暮らしていて感じることは、感染症に対応するうえで、強制力を持っているか持っていないか、ということもやはり感じますね」

具体的には、どういう点だろうか。

「台湾には感染症防止法という法律があります。この法律には、伝染病が発生した時の対応方法が明記されていて、強制力を持っているのです。違反した場合の罰金の金額も定められています。伝染病が発生すると、伝染病の監視や必要な対策を担う〝中央指揮センター〟が設置されて、行政機関は、その指示に従わなくてはなりません。中央指揮センターが設置されると、強力な法的措置を実施できるわけです。日本のような自粛要請ではなく、直接、命令や強制することが可能なんです」

つまり、最も大切な「命」を守るために非常時に際して国民に対して命令をすることができる、すなわち強制力を有する「公の機関」が設立されるのである。違反すれば、かなりの額の罰金が徴収される。もちろん場合によっては、身柄の拘束がおこなわれる場合もある。

それだけではない。

「台湾には、これよりもっと強力な〝緊急命令〟というのもあります。今回はこの緊急命令は発令されていませんが、憲法には書かれていて、憲法の一部を停止できる超法規的な内容で、自然災害や伝染病、経済危機の時に発令することができます。近年では一九九九年の台湾中部大地震の時に発令されているんですよ」

憲法自体に「憲法の一部を停止できる」という条項があるというのが面白い。

「緊急命令は、台湾の専制体制の名残《なご》りです。悪名高い台湾の戒厳令は戦後長期にわたって敷かれ、政治的迫害、人権抑圧、言論統制がおこなわれたのですが、その法的根拠となったのが、この緊急命令です。使いようによっては、専制的な政権を誕生させる危険性があります」

一九九九年の台湾中部大地震の際には、実際にこれが発令され、政府に財源調達や関係法令の制限緩和等の権限が付与された。それによって政府は迅速で思い切った対策を打つことができたのである。

「今回は、感染拡大を受けて、さらに『厳重特殊伝染性肺炎防治及紓困振興特別条例』、つまりコロナ対策特別法が急遽、制定されました。この第七条には、この緊急命令に似た権限を中央指揮センターの指揮官に与えています。

蔡英文総統は、野党などから緊急命令の発令を求められたことに対して、一般の法令で対処できるため、発令は考えていない、と答えています。確かに蔡総統の言うとおり、感染症防止法とコロナ対策特別法にはそれだけの法的な力があります。今回、台湾の防疫がこれまでうまくいっているのは、そういう日本にない制度があったことは否定できません」

日本でそんな条項をつくろうとしたら、いつものように「戦争の足音が聞こえる」「次は徴兵制か」「国民の自由と権利を侵すな」といった〝大合唱〟が巻き起こるに違いない。

「五月二七日の段階で台湾では、感染が確認された人は空港で見つかった人を除いて四五日間連続でゼロになりました。抑え込みにほぼ成功したといえるようです。台湾の皆さんの間に、これで少し先が見えてきたかなあ、というホッとした雰囲気が生まれています。

六月以降は台湾内での感染防止のための制限が相次いで緩和され、経済再建に向けた動きが本格化するようです。ただ、海外との往来禁止措置の解禁は、海外での感染状況によりますので、もう少し先になりそうです」

だが、台湾がそれで安心かといえば、決してそうではないという。

「四月半ばには、海軍の軍艦での集団感染が明らかになりましたからね。三一人の感染が確認されていて、台湾で発生した最大のクラスターになったんです。軍人さんや実習生たちが船から降りた後に帰省したり、彼女に会いに行ったりと、あちこち出歩いていたことから、一気に台湾中に緊張が走りました。

結局、市中感染は発生しませんでしたが、こうした事態が発生することがあるので、決して気を抜いてはいけないというのが現状です。感染症は、そこが怖いですね。この人たちは船を降りてから感染が確認されていますから」

覚悟を伴った「防疫」

これだけの防疫をやってのけた台湾政府と台湾人。極めて優れた衛生観念と順法精神を世界に見せつけたといえるだろう。

「今回の新型コロナウイルスに関する台湾の状況ですが、実際に住んでいると緊張感は並大抵のものではありません。一般の外国人は台湾に入ることが禁止されています。私は在留許可を持っているので台湾にいることができますが、いったん海外に出て台湾に戻ると、台湾の人も外国人も問わず、一四日間の自宅待機が求められます。勝手に出歩くと最高三六〇万円の罰金がとられるのです」

早田はそう指摘する。実際に効果を上げている徹底した隔離政策は、これを守る側にも「覚悟」が求められるのである。

「感染が確認された人だけではなくて、感染者と接触があった人にも自宅待機が求められますし、また、電車などの公共交通機関も、マスクをせずに利用すると罰金です。大半の人がこうした指示を守っていますので、感染経路が不明な感染者が非常に少ないのが台湾の特徴です。やはり、SARSの時の教訓が大きいのです。台湾の人から最近、〝一七年前のSARSの時の怖さを覚えているか〟とよく聞かれます。あの時、非常に深刻な犠牲を払いましたから、台湾の人たちが感染症に対して大変な恐怖感を持っていることを感じますよね」

そこに今回の防疫成功の秘密があるのだろうか。

「少々強引な対策を打ち出しても大部分の人たちが受け入れている要因の一つにはそれが考えられますね。ですから、多少の不便はありますが、とりあえず普通の生活が続けられていますし、ロックダウンもしていないし、非常事態宣言も出ていません。東京のようすを聞くと、台湾は対策がうまく機能していることを感じますね。五月二七日時点で感染が確認された人は四四一人、死者は七人です。検査の比率や方法が違うため、日本と単純な比較はできませんが、台湾の人口は二三〇〇万人余りで、日本はほぼその六倍ですから、この数字を六倍しても、やはり圧倒的に少ないようですね」

防疫に成功しているからといって、台湾の経済がまったく影響を受けていないわけではないという。やはり、外国との定期便が封鎖され、台湾経済にも深刻な影響が出ているというのである。

「台湾の輸出品では農産物も有名ですよね。台湾はフルーツの生産が盛んで、日本にも多くのものが輸出されています。古くから台湾バナナが日本人には知られていますが、最近人気のマンゴーやライチ、パパイヤ、グアバ、パイナップルなどもかなりの量が日本に輸出されていたんです。こういう輸出品の中で、打撃を受けたものに花があるんですよ」

花とは意外である。なぜ打撃を受けたのか。

「台湾は花の栽培も盛んなところで、付加価値が高く、台湾の重要な輸出農産物の一つになっています。実は、花の最大の輸出先が日本で全体の三五％パーセントを占めています。特に蘭の花などが日本の需要は大きいわけです。こういうものが打撃を受けてしまいました」

日本では、卒業式、入学式、入社式などで花を飾ったり贈ったりするため、特に需要が多いのが毎年三月と四月なのである。

「この花の需要時期が最大に打撃を受けてしまいましたね。日本では学校が休みになったり、卒業式や入学式などが縮小されるなど、多くのイベントが自粛となり、花の需要がなくなったり、減ってしまったのです。日本の生産者も大変だと思いますが、台湾の場合、海外との人の往来が制限されているため、日本との間の航空便が激減していて、空輸まで困難になってしまいました。

花の輸出は空輸で行われることが多いのですが、便が少なくなって運賃も高騰したわけです。このため台湾から日本への花の輸出は通常の三割から四割ほどにまで減ってしまい、価格も大きく下落しています。そこで、台湾の農業行政当局が、台湾の航空会社の飛行機をチャーターして、輸送費の一部を補助しながら台湾産の花を日本に輸送することになりました。まずは六月までの予定で一週間に二便。一便で三〇トンずつを輸送するそうです。これから台湾では日本で人気の高いライチやマンゴーの生産時期を迎えますからね。こうした果物についてもチャーター機で輸送することを検討しているそうです。一刻も早く新型コロナを克服して通常に復帰して欲しいですね」

私は台湾の防疫の成果について、たびたびツイートした。日本とはまったく異なるスピード感あふれる対策や立法が理想的なものだったからだ。

たとえば、二月も終わりに近づく頃、私はこんなツイートを発信した。

2月25日（火）
中国からの入国禁止をいち早く実施している台湾の立法院は本日、新型コロナ感染防止特別法案を通過させ、蔡英文総統が即日署名。全力で感染と闘う気迫を国民に示した蔡総統は「台湾は必ず難関を越えられる」と。台湾にできて何故日本はできないのか。リーダーの使命とは何か。

先に述べたようにさまざまな法律をすでに持っているにもかかわらず、台湾はさらに新型コロナ感染防止特別法案を通過させ、蔡英文総統が即日署名して発効させた。

国民の命を守るためなら「どんなことでも」、そして「即座に」やるという姿勢を台湾の人々に示すためでもあった。そして、それは実際に国民への世論調査の結果にも如実に表われた。

2月26日（水）
新型コロナ対応で毅然とした姿勢を貫く台湾の蔡英文総統の支持率が急上昇。再選された1月から更に12ポイント上がり「68・5%」と過去最高に近づく。早期に中国からの入境制限を実施し、感染拡大を食い止めていると評価された。中国への配慮ばかりで支持率急落の安倍首相とは対照的だ。

日本と台湾、双方の動きをずっと見てきた私には正直、複雑な思いがこみ上げていた。なぜ日本はこうなのか、と。そして、この時点での両国の差は、時間の経過とともに、さらに大きく開いていった。

日本では経済が滞り、機能マヒに陥っていったが、台湾ではそれも最小限に食い止められたのである。

スポーツも同じだ。台湾では四月一二日から、まず無観客でプロ野球もサッカーリーグもスタートした。五月八日からは、観客を入れてのプロ野球公式戦も復活した。

素早く対策を立て、早期に防疫を始めれば、つまり、先に苦しくても対策を実施すれば、通常の経済が「いかに早く戻ってくるか」を、台湾は事実として世界に示したのだ。

日本を含め、世界中がコロナ禍を抜け出せず、人、モノの移動は禁じられたままで国民がいかに苦しみ抜いたかは周知のとおりだ。

だが、五月一八日、WHOは、欧米の強力な要請にもかかわらず、WHO年次総会への台湾のオブザーバー参加を認めなかった。猛烈な中国の圧力に「屈した」のである。

どのような防疫措置で台湾が成功したのか、その秘密はどこにあったのか。

これによって、国際社会は台湾の知見を聞くことができなかった。

それと共に中国の異常性は、民主国家・台湾との比較でますます浮き彫りになっていったと言える。

それにしても、日本と台湾との「国民の命を守る」意識と体制の違い、そして結果の差には、ただ溜息しか出てこない。

第九章　リアリストたちの反乱

始まった〝現実派〟の批判

中国全土からの入国禁止に踏み切らない安倍政権に対する非難は大きかった。中心となったのは、高須克弥、百田尚樹、有本香、石平ら〝保守陣営〟とされる発信力のある面々である。日頃、安倍政権に好意的な姿勢をとると見做《みな》されていた論客たちが、実は、「是々非々」で物事を論評していることが図らずも証明されたと言える。

彼らは、中国全土からの入国を禁止しない安倍政権に対して、それぞれが自身のツイッターで「入国禁止措置」を訴えていったのである。

ＡＦＰなども伝え始めているが、武漢肺炎について防疫専門家からは、発症者が１７００人超の可能性があるという推定も出ている。アメリカの主要空港は検疫体制の強化を発表しているが、日本はどうか。来週の春節大移動を前に、通常にちょっと＋α程度でよいのか。（有本香・一月一八日）

中国からの観光客は一時ストップするべきと思う。国と国民の命を守るとはそういうこと。経済的には打撃で、一部の業者は悲鳴を上げるだろうが、もし病気が大流行したら、国の打撃のほうがはるかに大きい。（百田尚樹・一月二二日）

何で日本の政治家はのんびりしてるんだよ。国会でなにやってるんだ。桜なんかどうでもいいじゃんか。（高須克弥・一月二二日）

日本もコロナウイルス肺炎が終息するまで中国人の入国を遮断すべきだと思います。観光客収入が減っても国は滅びません。（高須克弥・一月二四日）

武漢が発生源だと知りながら、一体なぜ、武漢在住の人を日本に入国させたのか。日本政府のこのずさんな対応こそは問題だ。万が一新型肺炎が日本で拡散してしまった場合、政府の重大責任は逃れられない。（石平太郎・一月二五日）

百田は一月二八日のネット番組「虎ノ門ニュース」で、

「これ、言いたくないけど、マスク、なくなります」

そんな発言もしている。実際にマスクが日本の店頭から消えたのは、それから一週間後のことである。

国民の命を守ることに対して、「現実派」の論客たちは、大量に日本に中国人がやって来ていることに、安倍政権に警鐘を鳴らし続けたのだ。

だが、二月が来ても安倍政権の緩さは変わらなかった。

「政府はそんなに怖い病気とは思っていないから、何を言っても無駄ですよ」

政治部の記者たちから私のもとにはそんな声が届いていた。日本政府の〝不作為の罪〟に対して私は、以前にも増して厳しいツイートを発信していった。

2月11日（火）
中国本土での新型肺炎死者が千人を超え、習近平は「人民戦争を勝ち抜け」と号令し情報統制を強化。この上、バブルが崩壊すれば政権はもたない。疫病で倒れた歴代王朝同様、共産党王朝も同じ道を辿るか。一方、日本は未だ2週間以内の湖北省滞在を聞くだけで〝ザル入国〟を続行。安倍政権も中国と運命を共に。

2月12日（水）
台風、集中豪雨、消費増税、新型肺炎…「これでもか」と襲いかかる不況要因に中小企業は青息吐息。あの大反対の中、増税に踏み切り、財務省に屈した安倍政権。報いは自分自身と国民全てが受ける事に。前回の東京五輪後を襲った昭和40年不況の悪夢再来か。選挙どころではない。

「安倍さんって、こんな人だったの？」

私のまわりには、そんなことを口にする人が増えてきた。なぜ、こんな当たり前のことがわからないのか、という素朴な疑問である。歴史上、国政選挙に六度も連続勝利した初の総理であり、史上最長政権の主でもある。

少なくとも国民の命を守るという政治家としての最大使命を知らない政治家であるはずがなかった。しかし、やっていることは、国民の命より経済が大切で、さらには中国の面子を立てることしか考えていないのではないか、という根本的な疑問を呈されるようなことだった。

何をやっても反対の〝アベガー〟や〝アベノセイダーズ〟とは異なる「コアな支持層が離れ始めている」ことを私は感じていた。

もはや国民も多くの無症状感染者が巷《ちまた》に溢れているのではないか、と考え始めていたのだろう。

2月13日（木）

〝泥縄〟対策を続けてきた厚労省も、遅ればせながら無症状感染者を強制入院の対象にする方針を固めた。新型肺炎が厄介なのは症状が出ないまま感染を広げ、気がついたら武漢のように〝医療崩壊〟がもたらされる点にある。そうならないように中国全土からの入国禁止の素早い実施を。

私は、もう遅きに失したとはいえ、中国全土からの入国禁止を実施しなければ、安倍政権が「倒れてしまう」と考えていた。

しかし、知り合いの議員からは、

「官邸にも、自民党幹部にも、そういう危機感は感じられません。〝このウイルスは危ない。早く入国禁止をしてください〟と言うと、逆に〝あんた、自分がこの病気に罹るのが怖いからそんなことを言っているのか〟と窘《たしな》められました」

そんな話も届いていた。基本となるべき危機感がまるでないのである。

まず船底の穴を塞げ――そんな声が現実派の安倍支持層には満ちていたのに、日本を率いるリーダーたちは、そのレベルだったのだ。

支持率急落の衝撃

だが、ウイルスには、遠慮も容赦もなかった。

「どうせコロナだ。インフルエンザと変わりはない」

ダイヤモンド・プリンセス号事件は、そんな政権内の楽観論を完全に吹き飛ばした。海外の感染拡大もあって、日本の無策ぶりはウイルスの感染力と破壊力の凄まじさが明らかになるにつれ、浮き彫りになっていった。

私は、ツイートでさらに厳しい論評をつづけた。危機感に満ちた内容には、安倍首相への問いかけもあった。

2月14日（金）

国家としての危機管理がまるでできない安倍政権からコアな支持層が離れつつある。消費増税と新型コロナウイルスへの泥縄対策には、〝現実派〟の支持層が呆れ果てた。不況に喘ぐ中小企業を尻目に、両陛下と習近平氏との乾杯という〝中国外交の勝利〟を国際発信させる「国賓来日」はその決定打となるだろう。

同日

子を持つ全ての親の思いを石平氏が代弁。「家族を持つ一国民として安倍政権にお願いしたい。即、中国全土からの入国禁止を断行して下さい。さもなければあなた達は日本国民の敵、歴史の罪人となる」。今回は常に是々非々で安倍政権を論評する現実派の人々の安倍批判が凄まじい。首相、早く目を覚ませ。

中国全土からの入国禁止を断行して下さい。さもなければあなた達は日本国民の敵、歴史の罪人となる――これ以上の言葉、これ以上のお願いはほかに存在しないだろう。「首相、早く目を覚ませ」とは、もはや悲痛な叫びというほかない。

この時から二か月も経たず、安倍政権は「緊急事態宣言」を出し、全国民に外出や経済活動の自粛を要請することになる。そんなことなど夢にも思わず、安倍官邸はまったく動く気配を見せなかった。私は「国民の命を守れない政権に明日がある筈がない」と発信した。

2月15日（土）

豪州は通告なしの留学生ビザキャンセルを実施。一方、日本は中国との往来禁止に未だ踏み切れない。春節が終わって中国に戻る日本人駐在員が「政府が渡航禁止を決めてくれたら私達も行かなくて済んだんですが……」と語っていたニュースが頭から離れない。「国民の命を守れない」政権に明日がある筈がない。

やがて、予想された事態が訪れた。各国が日本を感染国として「渡航禁止措置」の対象に入れ始めたのである。

同日

日本に危機管理はない。例えばドイツは武漢から軍用機でドイツ人を連れ帰り、防護服姿で出迎え、そのまま軍の施設へ。勿論ルフトハンザ機は中国便を直ちに止めた。日本は春節明けの中国渡航も止めず、推定12万人の邦人が中国にいる。今から各国は日本への渡航禁止措置に入る。世界を唖然とさせる日本。

それでも国会では、「桜を見る会」、そして首相が辻元清美議員の予算委員会での質問が終わったあと「意味のない質問だよ」と呟いたものをマイクが拾った件で、糾弾審議がおこなわれることになっていた。私は危機感なき国会に対して、こうツイートした。

2月16日（日）

新型肺炎という国難に瀕している日本で、明日から国会はやじ問題が審議されるそうだ。特措法も議論せず海自を中東に派遣し、感染症対策や入国規制の国家としての不備も話し合われない国権の最高機関。危機管理のない政府に常識と節度が欠如した野党。もう勝手にやりなさい。

もう勝手にやりなさい——とは随分投げやりな言葉である。これだけの国難に、主要野党は、「やじ問題」を国会でやるというのだから無理もない。

二〇一九年秋以降、海上自衛隊を中東に派遣するための特措法についての議論もしないまま放置したことにも驚かされたが、「中国からの入国規制」も議題にならず、新型コロナウイルスに対する特措法の話もまったく俎上に上ってこないことに「もう勝手にやりなさい」という言葉しか正直、頭に浮かばなかった。

そして、ついに内閣支持率が急落した。

日頃、〝親安倍〟と呼ばれるメディアも、〝反安倍〟とされるメディアも、等しく前月比で大きく支持率が下落したことを報じた。さすがに政権内でも「これはいつもの下落とは違う」という声が挙がった。

各社の支持率は、こんな具合だった。

共同通信（2月15、16日調査）
支持する　41・0％（マイナス8・3ポイント）
支持しない　46・1％（プラス9・4ポイント）

テレビ朝日（2月15、16日調査）
支持する　39・8％（マイナス5・6ポイント）
支持しない　42・2％（プラス6・5ポイント）

産経・FNN（2月22、23日調査）
支持する　36・2％（マイナス8・4ポイント）
支持しない　46・7％（プラス7・8ポイント）

まさに「急落」である。安倍政権のコロナ対策への不満が噴き出したのは間違いなかった。

「支持率低下は明らかに岩盤の支持層が離れつつあることを示していました。本来は安倍政権を支持する側の保守層を中心に、コロナ対策に関して厳しい安倍批判が展開されていましたからね」

あるメディアの官邸クラブキャップはこう解説する。

「中国からの入国禁止措置をとらず、大変な事態に突き進んでいることを多くの保守系言論人が発信していました。今はSNSの時代ですから、彼らが発信するツイッターや映像がガンガン流れてきました。国民の間にも〝安倍政権はどうなっているんだ〟という怒りが醸成されましたね。やっと総理や、その周辺にもわかってきたような感じがありました。

支持率急落のことを聞いても、側近は無言だし、総理自身も疲労の色が濃くて言葉がない。やはり、万難を排して中国からの入国を止めるべきだったんだ、という話が、この頃になって聞こえてくるようになりましたよ。経済界からの要請だけでなく、習近平の国賓来日もあったし、動きにくかったのはわかります。でも、そこを乗り超えるのが国家のリーダー。総理には、それができなかったのです」

そんな官邸のありさまを具体的に記事にしたのは、時事通信だった。二月一九日、〈政府、広がる批判に焦り「水際で失敗」、支持率に影―新型肺炎〉という見出しを掲げ、官邸に走る動揺をこう詳報した。

〈新型コロナウイルスによる肺炎への政府対応に批判が広がっている。安倍晋三首相が先頭に立って取り組んだ水際対策は奏功せず、国内で感染が拡大。横浜港に停泊中のクルーズ船「ダイヤモンド・プリンセス」に対する措置でも、乗客乗員を船内にとどめ置いた判断が「かえって集団感染を悪化させた」と指摘された。

「未知の感染症」への国民の不安は内閣支持率にも影を落とし、政府・与党は危機感を強めている。（略）政府は当初、発熱症状や中国・武漢市への渡航歴、武漢滞在者との接触がある人らをウイルス検査の対象にしていた。ところが2月に入り、感染経路の分からない感染例が続出。首相側近は「1月時点で中国人全ての入国を止めるしかなかったが、もう遅い」と頭を抱えた。

政府関係者によると、習近平国家主席の国賓来日を控えて中国側から「大ごとにしないでほしい」と要請があったといい、これも後手に回った要因だとみられる。ダイヤモンド・プリンセス号への対応に関し、政府高官は「最初から3700人を下船させたらパニックになっていた」と批判に反論する。ただ、ある閣僚は「本当は早く下ろして隔離すべきだったが、全員を収容できる施設がなかった」と内情を明かした〉

〝1月時点で中国人全ての入国を止めるしかなかったが、もう遅い〞、そして、〝中国側から「大ごとにしないでほしい」と要請があった〞と記事は伝えている。私はこの報道について、次のように発信した。

2月19日（水）
時事が習近平国賓来日を控え中国から「大ごとにしないで欲しい」と要請があり、それが新型肺炎対策失敗の要因になったと配信。「1月時点で中国人全ての入国を止めるしかなかったが、もう遅い」と首相側近。国民の命より中国の面子を重んじればコアな支持層が離れるのは自明。

官邸の動揺と迷走ぶりは確かだった。この記事は、私自身が耳にしている情報とほぼ一致していた。

安倍政権への注文と批判

一向に中国からの〝蛇口〟を締めようとしない日本に現実派の勢力は苛立ちを強めていた。作家の百田尚樹から「対談に出て欲しい」との依頼を受け、この問題を話し合ったのは、二月一七日のことだった。

「百田尚樹チャンネル」というネット番組である。お互い安倍政権のコロナ対策に厳しい論評を続けていた。対談は安倍政権に対する注文と批判で白熱した。

百田　日本でも騒がれだしたのは一月から。一月の初旬から、〝どうも怪しい〟と。門田さんは割と早くて、一月の初旬から〝これは何とかすべきだ〟と言っていましたね。

門田　いや、初旬ではないです。一月一八日に、〝このままじゃヤバいぞ〟ということで、春節の前に徹底的にやれ、ということは発信しています。初旬の時は、ずっと台湾に行っていて台湾の総統選の取材をしているんですよ。翌週帰ってきていますから。帰ってきてからですよ。

百田　僕もいつから言ったのかはっきり覚えていないんだけれども、一度ツイートを辿ってみたら、僕の場合は、〝中国の観光客を全面ストップしろ〟とツイートしたのは一月二二日やね。それ以前もなんか言っとったと思うけど、そこらへんは面倒くさいから辿ってないけど。

中国政府が武漢封鎖を発表したのは二三日なんです。だから自慢じゃないけど、武漢封鎖の一日前に、中国からの観光客を全面ストップすべきだと言っているんです。門田さんもそのあたりには、何とかすべきや、と言うてましたよね。

門田　二二日というのは、実はポイントの日なんですよ。アメリカが渡航者の入国を五つの空港に制限していますから。それで一六日か一七日ぐらいからCDCが乗り出していっています。もちろん、武漢便は乗客をそのまま別室に通して、聞き取りと検査をやるという体制になっていました。北朝鮮が一月二二日に、すでに中国からの入国を全面停止にしています。台湾も団体旅行を停止しました。だから二二日はすごく大きな日なんです。

百田　なるほど、僕はその日に言うたわけやな。

門田　たぶん、どれかのニュースが百田さんの耳に入ったんじゃないですか。それで即座に〝入国を止めろ〟と言ったんでしょう。実をいうと、一番早いのは北朝鮮なんですけれど、全部が中国からの入国拒否ということで、バーッとやったわけです。その中で日本と韓国だけがやらないわけですから。

百田　信じられないですよ。その時に、立憲民主党の福山哲郎は〝中国からの観光客をストップしたら経済的に大きなダメージを被る。そんなことは考えられない〟と……。アホでしょう？

門田　だから、国民の命を守らなければ……。要するに、（入国を止めておけば）発生国が収まってきたら全部が収まるわけだから。ここ（感染国）からの入国を禁止しないと世界に拡散していきますよね。医療が発達していない発展途上国だってありますから、ここで止めないといけないんです。これは常識なんです。

百田　そう、これが基本ですよ。一番最初の基本や。朝日新聞なんかも、〝中国を排除できない〟とか、〝手洗い、うがいで何とかなる〟とか、わけのわからんことを言うてたけど。でも、いま門田さんが仰ったように、まず止める、ということですよね。

門田　これが根本です。

百田　ところが、日本政府は全く動かなかったね。何にも動かなかったね。いよいよ春節の季節でどんどんやってくるというのに、日本政府は一切動かずに。まあ、入ってきた、入ってきた。毎日、毎日入ってきた。

じゃあ、どうしてくれるの？　と言うたら、日本政府は〝水際作戦で止める〟と。どうやって止めるのかと聞いたら、「中国から入ってきた人で、武漢出身の人で、なおかつ発熱のある人は申告してください。その人は別室で調べますから」と言うてる。誰が申告しますか？と。

門田　その時点で、「武漢便に、発熱、咳、体調についての質問票を配布するのが対策です」と。自己申告しませんよ。誰が申告しますか？　そうしたら、たちまち中国のＳＮＳで、「解熱剤を飲んで、（日本では）入国パスをしろ」と。それから、「二週間以内に湖北省で滞在しましたか？」に「ノー」と言えば素通りです。ですから、全く何もしていないのと同じなんです。

皆さん、解熱剤を飲んで〝フリーパス〟ということです。ほかの国々が何を思っているかと言うと、感染者が日本を経由して入ってこられる。せっかく自分は中国を止めているのに、日本を経由して入ってくる。日本が抜け穴になっているということで、今ものすごい批判が高まっているわけです。

日本が世界の常識から外れたことをやっている。〝じゃあ、経済はどうするんだ？〟と言う人がいますけれども、経済は、これからこの失策のツケが来ますよ。余計大きな損害になります。最初に短期間の苦しみだけれども、このストップによって損害が出たかもしれないけれども、その後、ピークを前に持ってくることができますから。

対策とは言えないような、このザルの方式でしたから、どんどん日本での新型コロナウイルスのピークがオリンピックに近づいて行っているわけです。その結果どうなるかということを……。最初に国民の命というものを考えて、その時に経済がどうこうって、違うでしょう。経済はもっと大きなものになりますよ。そのことを安倍政権の中で誰も言わないし……。

百田　そうそう。

門田　加藤厚労大臣のような、官僚の言いなりの人が、なんの指導力も発揮しない。官僚は、前例主義だ、規則はこうです、としか言わないですよ。それを、政治家の決断で「国民の命が危ないから、これを断行するんだ」と言うことでやらなければいけないのに、それを失したがために、もう大変な状態になっています。まだ入ってきていますからね。

百田　まだ止めてませんからね。世界が見たらアホですよ。

門田　アホです。

百田　言いたいことは山のようにあるんですけれども、金と命を比べたら当然、命が大事ですよね。ところが今回は金をとったということなんですけれども、実は金もとっていないんですよね。

日本政府が気にしたのは、「これから春節の季節でどんどん入ってくる。そうすると銀座とか大阪の難波とかのデパートとか、ホテルなどの観光業界はみんなガタガタになる」ということだけれども、インバウンドのＧＤＰというのは日本全体のＧＤＰの一パーセントなんですよ。

額としては五兆円ですから、確かに大きいですけれども、日本全体の一パーセントです。その一パーセントを惜しんで、もし日本でパンデミックが広がったらＧＤＰが何十パーセントなくなるかわかりませんよね。

門田　去年の一〇月の消費増税がありましたよね。これをみんながあれだけ反対したにもかかわらず断行した。それで消費不況に陥った。陥ってきたところにコロナがきたわけです。そうすると経済に影響があるからといって、命を危険に晒して、もっと大きな経済的損失になったわけです。

今になって言い始める人がいるんだけれども、百田さんもそうだけど、私も含めて当初から、安倍政権の危機管理に対して、〝何をやっているんだ。民主党政権と同じじゃないか。これはダメだ〟と言いましたよ。そうしたら私はものすごい批判を受けました。百田さんも思い切りやられているけれども。

百田　そうですよ。〝恐怖を煽るな〟とか〝危険を煽ってばっかりだ〟とか〝デマを飛ばすな〟とか〝専門家でもないのにいい加減なことを言うな〟とか言われましたよ。

門田　そうすると、安倍政権の支持率が今になって、国民の命を危険に晒したということで支持率が急落してきたわけです。共同通信が八ポイント落ちたということですよね。それはそうですよ。何かというと、安倍政権を支えていたのはリアリストなんです。現実派の人達が支えていて、その現実派の人達は事実、ファクトを見ますから。

これは日本人の命を危険に晒す、危機管理能力のない政権であるということに気がつくと支持をやめますからね。これがリアリストの良いところであり、怖いところでもありますよね。完全にそういうことになってきたわけです。

百田　最初は僕もツイッターで政府、安倍政権、安倍総理に対してバンバン批判したんです。でもそのあとじっくり考えてみた。あの当時をもう一回振り返ってみると、「何とかせい！」と大声でどなったのは、僕、門田さん、有本香さん、あとは一色正春さん、高須（克弥）院長とか。有名なところでは一〇人もいなかったんです。

大半は「そんなたいしたことにならんやろ」とかいうんです。「中国は衛生環境がすごく悪いから広まったけど、日本は衛生環境が抜群にいいから中国と同じようにはならん」とか「中国の医療施設というのは、日本と比べてすごく脆弱なので、日本のように医療体制がしっかりしている国は大丈夫」とか、そういうことばかり言うんです。

「仮に入ってきたとしても、インフルエンザというのは暖かくなってきたら鎮静するから、春までには終わりや」とか。それでも僕らは「止めろ、止めろ」と言うた。中には、「過去のデータから見ると、渡航をストップしてもピークが二、三週間遅れるから一緒や」とか言う人がいるんです。もう信じられない。

門田　私が受けた批判で一番多かったのは、「野党を利するのか？　なんでそこまで政権を攻撃するんだ？　その意図は何だ？」というのです。でも、リアリストは、みんな是々非々で批判してますからね。

百田　そうやね。宗教的な信者じゃないからね。

門田　安倍さんの良いところは褒めるし、悪いところは攻撃しますから。いつも是々非々でやっていますので。でも、今回ものすごい批判を浴びたんですけれども、なんでそこまで無条件に安倍政権を支持しているのですか？　悪いところは悪いので直してもらわないといけないから、むしろ応援してくださいよ、と思いますけれども。

百田　本当に、安倍信者からは叩かれる。自民党信者からも叩かれる。笑うのは、野党の支持者からは、〝百田、俺たちの言うことがようやくわかったか〟と。アホかと。安倍政権は確かに今回、大失敗したけれども、それでも野党に比べたら百倍ええやん。これは極端な言い方ですけれども、平時、戦争でもない、経済的な大飢饉《ききん》でもない、そういう普通の時は誰がやってもできるんです。

一部だけを紹介させてもらったが、「なんでも安倍のやることには反対」という人々が多い中で、日頃、安倍政権のよい部分を数多く発信している百田の批判は、多くのリアリストを代弁しているように私には感じられた。

発表された受診の「目安」

安倍官邸がこれほど情けない状態に陥っていることを嘆く人は増えていた。おまけに国会では、相変わらず立憲民主党、共産党、社民党らによって連日、「桜を見る会」のことが追及されていた。コロナに全力を傾注したくても、とてもできる状態でなかったことは、国家のあり方として今後の大きな課題となった。
支持率急落を私はこうツイートで発信している。

2月16日（日）
国会で野党があれだけ国民を呆れさせているのに、内閣支持率が8ポイント急落。新型肺炎での〝泥縄対策〟と中国への度が過ぎた〝忖度《そんたく》〟が安倍政権を支えてきたリアリストたちを失望させてしまった。今からでも遅くない。まず加藤勝信厚労相を更迭し、中国からの入国禁止措置より始めよ。

政府がようやく第一回新型コロナウイルス感染症対策専門家会議を開いたのは、二月一六日のことだ。医学的な知見を踏まえたコロナ対策を進めていくため、安倍首相の号令で二日前に感染症専門家を構成員として発足したばかりである。

座長の脇田隆字・国立感染症研究所所長、副座長の尾身茂・地域医療機能推進機構理事長ら専門家が首相官邸で初めて顔を揃えた。

ダイヤモンド・プリンセス号の感染爆発で、さすがに政府に危機感が醸成されてきたことは間違いなかった。安倍首相は冒頭、こう語った。

「新型コロナウイルス感染症をめぐっては、事態は時々刻々と変化しております。先日、国内で初めて感染者の方がお亡くなりになったほか、最近では感染経路がすぐには判明しない感染例が複数確認されています。

こうした状況を受けて、今回のウイルスの特性やこれまでに得られた知見も踏まえながら、第一線で活躍しておられる専門家の皆様に、医学的・科学的な観点からご議論いただきたいと思います」

そして、こうつけ加えた。

「政府としましては、この専門家会議で出された医学的・科学的な見地からのご助言を踏まえ、先手先手で更なる対策を前例に捉われることなく進めてまいります。どうぞ、よろしくお願いします」

先手先手で更なる対策を前例に捉われることなく進める――まさにそれは国民が待ち望んでいることである。できるならば、一か月間前に聞きたかった言葉でもある。

ここで話し合われた内容は当日から翌日にかけて厚労省内部で検討が加えられた。さっそく翌二月一七日、加藤厚労相からその中身が発表された。

注目されるのは、ここで医療機関の「受診の目安」が明らかにされたことである。

「昨日の新型コロナウイルス感染症専門家会議の議論を踏まえまして、その後、調整してまいりました新型コロナウイルス感染症の相談、受診の目安を取りまとめました。これはどのような方に、どのような場合に相談・受診していただくのが適切か、その目安を示すことで、重症化するリスクのある方を含め、必要な方が適切なタイミングで医療を受けられるよう、まさに〝重症化を防ぐための態勢〟を作ろうということでできたものであります」

そう前置きした加藤は、具体的に国民にお願いしたい以下の四項目を語った。

（一）発熱等の風邪症状が見られるときは、学校や会社を休む。
（二）その場合は毎日検温をして、結果を記録する。
（三）風邪の症状で三七・五度以上の発熱が四日以上つづいた人、強いだるさや息苦しさ、呼吸困難がある人は、帰国者・接触者相談センターに相談して欲しい。
（四）重症化しやすい方、例えば高齢者、糖尿病、心不全、呼吸器疾患などの基礎疾患がある人や、透析を受けている人、また免疫抑制剤や抗がん剤等を用いている人は、二日程度つづいた場合に帰国者・接触者相談センターに相談して欲しい。

帰国者・接触者相談センターとは、各地域の保健所内に設置されている新型コロナウイルス感染症への「相談窓口」のことである。

「もし、新型コロナに罹患したらどうしたらいいのか」と考えていた国民には、基礎疾患のある人や高齢者などではないかぎり、「三七・五度以上の発熱四日以上」が相談の目安として初めて示されたのである。

四日以上の発熱がなければ相談して欲しくないという意味は、相当な医療逼迫《ひっぱく》を見越してのことであることはわかる。

日本人は基本的に真面目だ。〝お上〟がそう言えば、できるだけ守ろうとする国民である。

しかし、高熱がつづき、電話をしても、各相談窓口は滅多に「つながらない」という現象が生まれる。相談したい人と窓口の人手を考えれば、当然すぎることだった。相談センターにやっとつながっても、

「〝まだ発熱して四日は経っていませんね〟と言われ、検査を断られた」

そんな例が続出した。

結果的に、相談窓口に電話がつながらないまま症状が悪化する人が相次ぎ、社会問題となっていく。受診できないまま自宅で亡くなる感染者も出ることになったのは、周知のとおりだ。自分で新型コロナに罹患しているのではないかと疑いを持っても、PCR検査をしてもらうこと自体が「極めて困難」だったのである。

著名人が新型コロナで命を落とす例も相次ぎ、PCR検査の少なさについてメディアを巻き込んで延々と論争がつづくことになる。

ちなみに約三か月が経過した二〇二〇年五月八日、評判が極めて悪かったこの受診目安は、事実上、撤回される。

そこでの加藤厚労大臣の言い分に国民は耳を疑っただろう。例の「三七・五度以上の発熱が四日以上続いた場合に相談窓口に」というのは、

「われわれから見れば誤解です」

そう加藤厚労相は述べたのである。国民が誤って理解した――そう言わんばかりの理屈に国民やマスコミから猛批判が湧き起こったのも当然だろう。

加藤厚労相が公表した新しい目安というのは、

「息苦しさや強いだるさ、高熱があれば、保健所が窓口になっている帰国者・接触者相談センターに〝すぐに〟連絡してください」

というものである。これまでとは全く異なる目安に、記者から質問が飛んだ。

「目安ということがですね、なにか相談とか、あるいは、受診の一つの基準のように……これは、われわれから見れば、誤解ですけれども……。これについては幾度となく、通知を出させていただいたり、〝そうではないんだ〟ということを申し上げて、相談や受診に弾力的に対応していただいたものです」

加藤は、そう言葉を濁した。いかにも苦しい弁明だった。

こうして厚労省は、これまでの目安に該当しなくても柔軟に対応するよう各相談センターに求め、それまでの目安を事実上「撤回」したのである。

ネットには憤激の声が満ちた。

「許せない！　ふざけるな」

「嘘をつくな！　おまえ、酷すぎるぞ」

「間違えたのは国民や現場のせいと言いたいのか！」

国会では、家族が泣きながらPCR検査を頼んだのに断られてしまい、発熱から六日後にやっと検査が受けられたものの、入院後に呼吸困難になって亡くなった例などが取り上げられていた。当初の基準によって「命が奪われた」という遺族は、全国で相当数にのぼると見られている。厚労省としては、きっと今後の訴訟も見据えて「われわれから見れば誤解」という文言を考え出したに違いない。

明らかに「医療崩壊を防ぐため」の受診の目安だったことは国民にもわかっている。やっと検査態勢が整ったので「目安を変えます」と言えないところが厚労省の苦しいところだった。

既述のように、安倍政権を支える層は、現実的政策を考え、「支持」「不支持」を決める人たちが多い。いわゆる〝リアリスト〟たちである。その層が、安倍政権から雪崩を打って離れていることを私は感じていた。

また、自民党には、野党と気脈を通じ、むしろ彼らの掌《てのひら》で踊らされている人たちもいた。森山裕・自民党国対委員長などは、その典型だろう。

三分の二の議席を持つ巨大与党側が、それを与えた国民の期待に応えられない情けない国会がつづく要因も、そこにあったと言えるだろう。私はこうツイートした。

2月18日（火）

新型肺炎で国難に瀕している日本。一致して事に当たらなければならない時に野党はこの有様。もともと一部メディアと結託して中国と韓国の利益を代弁して来た人たち。嬉々として審議をボイコットしているのだろう。野党を増長させるだけの森山裕・自民国対委員長も同罪。国会の末期症状を記憶に刻もう。

自民党内部にも、こうした政権の足を引っ張る獅子身中の虫がいることもまた事実である。私が当初から「中国からの入国制限」を訴えている佐藤正久・前外務副大臣を加藤厚労相に代えて大臣にすべきだという案をツイートしたのもこの時である。

2月19日（水）

もし安倍首相が国民の信頼を取り戻したいなら起死回生の策がある。中国からの入国制限を

唱え続けている佐藤正久氏を加藤勝信氏に代えて厚労相に抜擢し、直ちに入国禁止措置に入る事だ。不安の中にいる国民に「安倍政権は渾身の力で新型肺炎と闘う」と訴えるのである。信頼を取り戻すのはそれしかない。

国民は不安の中にいた。

政権が何をしたいのかもわからない。どういう戦略を用いて国民の命を守ってくれるのか、それがまったく「見えてこない」のである。

危機対応は逆にいえば国家の領袖《りょうしゅう》にとって大きなチャンスでもある。メディアに露出して自らの対策と存在感を国民にアピールできるし、そのなかで斬新な対策が国民の心を掴むことも可能だからだ。

実際に先進国の首脳はこの時期、メディアを利用して支持率を軒並みアップさせていた。しかし、安倍首相は直接、国民に語りかけることもせず、首脳たちのなかで唯一、支持率を急落させていた。

それは命を守る施策を期待している国民にとっては、本当に辛いことだった。

だが、誤りは誰にでもある。たとえ遅くとも、気がついたなら、恥じることなく実行に移せばいい。国民の命を守るというのは、それだけ重要だからだ。

2月19日（水）

私はあの手この手で発信を続けた。

誰にだって〝誤り〟はある。今からでも遅くない。安倍首相が陣頭指揮をとり、中国全土からの入国禁止とコロナ対策のあらゆる徹底指示で国民の命を守って欲しい。大阪はすでに暗中模索ながら対策を始めている。逆にこのまま手を拱けば、政権の支持率下落どころか「歴史に汚名」を残す。がんばれ、日本。

危機管理には強いとされてきた安倍政権。しかし、支持率急落が伝えるように、その意外な脆弱性はこれまで盤石だった支持者を失望させていたのである。

なぜ官邸はこうなったのか

では、なぜ、安倍官邸はこんな失敗をしてしまったのだろうか。先の官邸クラブキャップは、こう分析した。

「昨年から安倍政権は、まったく別のものになってしまったんですよ。それまでの態勢とは、全然違うものになってしまったんですから……」

〝まったく別のもの〟とは、どういう意味なのだろうか。

「それまで政権を支えてきた重要人物が菅官房長官であったことは、誰もが知っているとおりです。内閣人事局が霞が関官僚の幹部人事を握っていますから、それを束ねる菅官房長官は絶大な力を持っていました。しかし、そこに翳《かげ》りが生じてしまった。まずそれが大きいです」

〝令和おじさん〟として次期総理候補に躍《おど》り出た菅は絶頂を迎えていたはずである。なぜ翳りが生じたのか。

「まさにそれゆえに安倍首相との関係がぎくしゃくしてきたんですよ。安倍夫人の昭恵さんも、〝あなたの今があるのは、菅さんのお蔭ですからね〟と、政権に就く前からずっと夫を支えてくれた菅さんへの信頼は厚かった。しかし、実際に国民の間で人気が高まってくると安倍さんは段々、おもしろくなくなってきたんです。内閣改造で入閣した菅さんに近い菅原一秀（経産相）や河井克行（法相）といった面々がスキャンダルで相次いで辞職したのも痛かったですね」

それとともに〝敵が多い〟菅官房長官の足を引っ張る人間の行動が目立つようになったのも事実だ。

「菅さんは敵が多いですからね。麻生財務相とも、また首相を支える側近の今井尚哉補佐官ともよくありません。それぞれは仲が悪いのですが、首相はすべてといいから微妙なバランスの上に政権は乗っかっていたわけです。しかし、昨年九月に谷内《やち》正太郎氏が国家安全保障局長と内閣特別顧問を退任してから、すべての歯車が狂い始めたような気がします」

どういうことなのか。

「谷内さんは、安倍外交の別名ともなっていた〝価値観外交〟の主役。対中包囲網外交とも言っていいですが、地球規模でいえば、〝自由と繁栄の弧〟ですよね。谷内さんは、基本的に中国の人権弾圧やロシアのプーチン政権の非民主性を冷ややかに見ていた人です。だから、安倍外交は一定の方向というか矜持《きょうじ》が保たれていました。

しかし、重要な役目を負っていた谷内さんが退き、代わりに北村滋・内閣情報官がその座に就きました。北村さんは、警察出身で第一次安倍政権の時の総理秘書官ですよ。今井さんも同じく第一次政権の時の総理秘書官ですから、これで一気に首相の視野が狭くなった気がしますね。菅さんの影響力が薄くなり、二人の元秘書がより首相を動かすようになって、完全にそれまでの政権とは違ったものになったのです。そのことが国民にとって不幸だったと思います」

なぜ国民にとって不幸だったのか。

「やはり中国です。昨年来、首相の対中国の姿勢ががらりと変わりましたからね。それゆえ、中国全土からの入国禁止措置を採れなかった。谷内さんがいたら、あそこまで習近平の国賓来日にこだわっていなかっただろうし、もっとやりようがあったと思いますよ。なんだかんだ言って今井補佐官が〝名家〟の出で、中国とも非常に近い。それが首相に影響しているんです」

今井は栃木の出身だ。父親は医者だが、叔父が新日鉄の社長・会長を務め、経団連会長となった今井敬。もう一人の伯父・今井善衛も城山三郎の『官僚たちの夏』でモデルの一人になったほどのエリート通産官僚だ。自身も東大法学部を出て通産省（現・経済産業省）入りしたという〝名家〟なのである。

「今井敬さんは、新日鉄の技術を惜しみなく中国に与え、中国の宝山製鉄所をつくり上げた稲山嘉寛の弟子筋ですから、中国への思いが特に強い経営者でした。実際に中国の要人とも交流があり、彼自身も中国を非常に大切にしていた。甥の尚哉氏も当然、中国には多くのルートを持っています。

中国は尚哉氏にさまざまなことを直接頼み込むルートを持っているとも聞きました。安倍さんにとっては、党を任せている二階幹事長はあのとおり〝中国・命〟の人だし、まわりには親中派ばかり。そのうえ一番の側近さえ中国と関係が深いのだから、唯一、歯止めとなっていた谷内さんがいなくなれば、中国寄りの姿勢になったのは仕方ないと思いますね」

習近平国賓来日という大きな外交日程が「手足を縛っていた」という面も大きかっただろう。

私は、変わらず厳しいツイートを発信していた。

二月二三日、日本の感染者はすでに一四四人に達していた。まだ死者こそ一人だが、日本が新型コロナのコールドゾーンではなく、ホットゾーンになってきたのは明らかだった。

PCR検査を極めて抑えている中でもこの数字である。無症状感染者の数を想像すると私は背筋が寒くなった。そして、ついにアメリカや中国が日本を「感染国」と判断するようになった。

2月23日（日）
米国が日本への渡航警戒レベルを1段階上げ「注意を強化」に。高齢者や持病のある人は不要不急の日本への旅行は延期すべし、と。ちなみに中国はレベル4の「渡航中止・退避勧告」。レベル2は日本、韓国、香港、マカオだ。日本は完全に感染国扱いに。中国からの〝入国制限〟がないから当然か。

この時期のツイートには、「日本の敗因」「政府の失策」という言葉が頻発する。私の願いは、早く安倍首相に「政策転換」してもらい、日本を「救って」欲しかっただけである。

それは、危機意識が政権にだけ欠如しているのではなく、国民自身にも、それが「ない」と私は考えていた。二月二四日には、こんなツイートをしている。

2月24日（月）
政府の今回の失策をどう今後に生かすか。そこに将来の鍵がある。平和を唱えていれば永遠に平和が続くと考えている政治家やメディアと訣別《けつべつ》し、自分達の命を守る為にどう1票を行使し、SNSを通じてどんな情報を発信していくか。国民全体で危機意識のレベルを上げ、ドリーマーを脱したい。それが何より重要。

コロナ禍は、明らかに「自分たちは命を守るために何をすべきなのか」を私たちに突きつけていた。政府を責めるばかりでは足りない。そう私は考えていた。

動揺する安倍首相

安倍首相が日頃、応援してくれるマスコミ人や言論人に意見を求め始めたのは、この頃だった。首相の中に〝迷い〟が生じていた表われだろう。

二月二七日には、日頃から安倍首相擁護の姿勢が強い月刊『Ｈａｎａｄａ』編集長の花田紀《かず》凱《よし》、翌二八日には、作家の百田尚樹、有本香といった面々と食事を共にし、安倍首相は情報収集を図っている。

首相は世論を気にしている、と各メディアの政治部でも大いに話題になった。

「支持率は急落するし、支持基盤からの非難も凄かったし、これはどういうことなんだと、首相も率直に意見を聞きたかったんでしょう。新聞記者より、現状についての正直な話が聞けると思ったのだと思いますよ」

官邸記者クラブの記者はそう解説をする。

「総理はまず長いつき合いの夕刊紙の親しいデスクと花田編集長と意見交換をしているんです。こちらは批判ではなく、純粋に世間の空気を聞こうとしたんだと思います。翌日の百田、有本両氏との会合は率直なやりとりになったようですね。それまでに百田氏は自身が出ているネット番組でも〝安倍さんも結局は平時の政治家やったな〟とか〝安倍さんも底が見えたな〟等々、相当厳しいことを言っていました。僕は安倍さんが好きやからこんなことを言いたくないけれども……という条件つきではありましたが、大批判でした。二人には、総理の側から連絡して会っていますからね。フレンチを食べながら、相当、厳しい意見をぶつけられたようです」

プライベートな会合だから、と百田、有本両氏も口を閉ざすが、それでも、

「総理は相当お疲れのようでしたし、そもそも情報があまり総理に入っていない感じがしました」

と有本が言えば、百田も、

「情報がなさすぎる。私もそんな感じがしましたねえ。こちらの話に〝いくらなんでも、そんなことはないでしょう〟という感じ。でも、それは事実なんですよ。びっくりしました」

残念だが側近官僚による〝情報コントロール〟の中に安倍首相は陥っていたのだろう。本人にその意識がまったくない、つまり気づかないことが、この問題の厄介なところである。

株式市場もさすがに下落を重ねていた。先行きがまったく見えないのだから当然だろう。

「このままでは、日本経済はとてつもない事態に陥るかもしれない」

そんな声が出始めていた。コロナ禍前の一月上旬に日経平均は二万三〇〇〇円台だったが、

二月下旬には二万一〇〇〇円台まで落ち込んでいた。

日本があらゆる意味で奈落の底へ向かっていた。それでも朝夕の通勤・通学ラッシュは相変わらずだった。ある意味、「命」をかけて日本人は日常生活をつづけていたのである。

この時期、私はこんなツイートを発信している。

2月25日（火）
毎日満員電車に揺られている友人から以下のメール。「壮大なロシアンルーレットを日々味わっている感じ。本日もいつも通りの混み具合。先日、首筋に思いっきり〝くしゃみ〟を吹きかけられ閉口。花粉症かもしれないので怒っていいのか同情していいのか、皆目見当がつかない」。これが大暴落日本の実情。

感染源の中国から流入する人々によって広がりつづける新型コロナウイルス。国民は苦しんでいたのである。

度肝抜く東京都の中国支援

この時期、マスクや医療用防護服を中国へ贈るという全国の自治体の「中国支援」がやっとピークを過ぎてきた。支援自体は人道上も当然のことだろう。

しかし、自分たちが同じ目に遭い、パニックに陥ることも想像できず、尋常ならざる数の支援をおこなうことに対しては、やはり首を傾げざるをえない。

姉妹都市など、中国の各都市と友好関係を結んでいる自治体からは、あまたのマスク等が中国に向かった。

なかでも度肝を抜く量を贈ったのは、東京都である。医療用防護服を都は中国に数回にわたって計三三・六万着も贈ったのだ。呆れるのは、迫りくる危機が明らかになった二月一八日以降に二〇万着も贈っていることである。

都知事選を控え、自民党との関係を強化したい小池百合子都知事と二階俊博幹事長とのパイプは古く、太い。一部政治家が中国に〝いい顔〟をするために、都民の貴重な資源が利用されるのは許されない。

時事通信は、マスク、防護服、除菌シートなどの中国への緊急支援四〇トンを積み込んだ航空機を〝スクープ撮影〟して配信した。

それを受けて私はこうツイートした。

2月24日（月）
時事が報じる昨夜（23日）の成田空港での出来事は衝撃だ。マスク・防護服・除菌シートなど中国への緊急支援約40トンが本当なら、それを決定した人物が今回の失策の張本人という事になる。マスク不足等が深刻な日本で、国民の命の代わりに中国に恩を売る人物。内部告発が待たれる。

日本では、人々の命を守るという「最大の使命」を知らないリーダーたちの姿が次々と露わになっていた。それは、知事も、市長も、そして総理大臣も同じだった。世界ではどの国でも、リーダーが国民に直接この危機について訴えかけていた。しかし、安倍首相は、未だそれもしていなかった。私はこんな厳しい注文をつけた。

2月26日（水）
なぜ安倍首相は国民に訴える緊急会見もしないのか。遂に山東省は日本と韓国からの入境特別措置に入った。それでも中国からの入国制限を拡大しない意味が私には分らない。北海道に対策チーム派遣との事だが穴が開いている船底を塞がず、汲み出し要員派遣で国民は納得するのか。

この時期、中国ではコロナ禍を抜け出す光明がやっと見え始めていた。独裁政権でしかできない強硬策で「人と人との接触」を強制的に断つことができたからである。

事実上、各都市はロックダウンとなり、店も会社も役所も強制的に休業。買い出しも各家庭で三日に一度となった。しかも、一家で一人だけしかスーパーマーケットに行くことが許されず、いちいちチェックされた。

携帯電話で行動を完全に把握して監視することで、これを徹底したのである。感染克服に自信を深めた中国は、「日韓の措置は不足しており、行動が遅い」と日本や韓国への批判を始めていた。私はこうツイートした。

同日

中国の官製メディアは感染が急速に広がる日韓に「国を挙げた動員による対応を検討すべき」「状況が深刻な数カ国は対外的に感染拡大させるリスクが中国より遥かに大きくなった」「日韓の措置は不足しており行動が遅い」と。さすが中国。それにしても当事者にまで笑われるとは。

感染克服が見えてくれば、中国にとってウイルスの世界への拡大の責任を「分散」したくなるのは当然である。封じ込めができず、ただ手を拱く日本や韓国などは、世界への新たな〝感染源〟となっている、と中国は主張し始めたのだ。そして、同時に尖閣への揺さぶりも再びスタートさせていたのである。

同日

中国の官製メディアが日韓の感染対策を批判し始めたのには理由がある。これから世界で拡大する被害を「日韓の責任も大きい」とする為だろう。感染源を中・日・韓で分かち合いたいわけだ。尖閣での中国の圧迫航行は8日連続。しかも1隻は機関砲搭載。政権に中国通が少な過ぎる。

2月27日（木）

日本が中国全土からの入国禁止措置を行わないまま、法務省によれば中国人の入国は１日約８００人まで減ったそうだ。北京市や山東省が逆に日本人の入国制限をしており「そんな国には行きたくない」というわけか。日本への渡航制限が各国に広がるにつれ中国人の訪日も減った。これを私達は喜ぶべきなのか。

安倍首相が初めて自らアクションを起こしたのは、二月二七日のことだった。突如、全国の公立小・中・高校、特別支援学校の一斉休校を要請したのである。春休みまで、わずか二週間。その期間さえ「待てない」という切羽詰まった決断だった。しかし、野党や反安倍メディアは大反発。連日、「休校など必要ない」との論陣を掲げ、非難を展開した。私はこうツイートした。

２月27日（木）
チグハグではあるが、公立小中高休校の決断はよかった。私立も続くだろう。ラッシュ時の通勤通学は見るに忍びなかった。この決断力が、春節が終わった2月初めに中国に対してあれば、と。これから〝何もしない〟日本との評価を払拭して欲しい。昨日、米ＣＤＣ副所長は「パンデミックが起きる」と発言。備えよう。

２月28日（金）
朝日に代表されるようにＴＶ・新聞は一斉休校を非難。〝突然の「休校」混乱　やっている感・

教育格差を懸念〟と。休校は「意味がない」「社会が崩壊しかねない」のだそうだ。これまで中国からの入国禁止措置を求めた事もないメディア。政権は批判するが、中国にはひれ伏す彼らに存在意義があるのだろうか。

どんなことがあっても政府の足を引っ張ろうとするメディアの感覚には、あらためて驚かされた。しかし、子供たちが家に帰って祖父・祖母に感染させたら、多くの犠牲者が生まれることは必至だ。「命」を軽視する野党やマスコミには、もはや言うべき言葉もなかった。

国内の感染はさらに拡大をつづけ、事態は風雲急を告げていた。

第一〇章　「自粛」という名の奮戦

消えた習近平国賓来日

日中両政府が習近平国家主席の日本への「国賓訪問を延期する」と発表したのは、三月五日のことである。新型肺炎対策の〝足枷《あしかせ》〟が外れた瞬間だ。

「現下の最大の課題は、日中両国にとって新型コロナウイルス感染症の拡大防止です。それを最優先する必要があります。習主席の国賓訪日については、双方の都合のいい時期におこなうことになりました。外交ルートを通じて、あらためて緊密に調整していくこととします」

感情が全く読めない菅義偉官房長官らしい無機質な言い方だった。

だが、これでさまざまなことが動き出す――私には「助かった！」と叫びたい菅の本音が聞こえてくるような気がした。

なぜこれほど日本はコロナ対策が後手にまわったのか。

そのことを突き詰めていけば、やはり永田町、霞が関のどの人に聞いても、最後は必ず「習近平国賓来日」の問題にぶつかった。

昨年六月、G20の開幕前日に「来年、桜の咲く頃に来日を」と日本側が持ちかけて以降、これほどの大きな足枷になることを予想した関係者は、おそらく一人もいなかっただろう。国賓来日が決まって以来、香港のデモ鎮圧で見せた人権無視の姿勢、次々に明らかになるウイグル人弾圧の目を背けるような実態、また北京に招いた日本の大学教授を拘束するなどの不当な邦人への拘禁措置、くり返される尖閣周辺での不法行為……等々、中国が「これでもか」と見せる非友好的態度は、とても日本国民が心から習近平来日を歓迎できるものなどではなくなってきたのである。

決定的だったのは、新型コロナウイルスがもたらした悲劇である。世界へと広がっていったウイルスは、この時点で感染者九万五〇〇〇人、死者は三二〇〇人を数えていた。

国際社会に向けての謝罪も、犠牲者に対する追悼の言葉も、習近平や中国の指導者たちの口から一切、出ていなかった。

世界の人権の敵であり、自由と民主主義を圧殺する主役——そんな人物が天皇陛下と会食し、グラスを合わせることが許されるのか。それは自由、人権、民主を弾圧する中国を日本が「容認した」ことにはならないか。

これが国際社会への誤ったメッセージとなり、今も自由と人権、民主のために歯を食いしばって闘っている人たちへの〝裏切り〟となりはしないか。

日本人の中には、そんな思いを抱く者が少なくなかった。

しかし、国賓として習近平を招いたのは日本側である。招いた日本が「あれはもうやめました」などとは、少なくとも外交儀礼上、言えるものではなかった。

それだけに官邸も困り果てていた。

お互いを立て合いながら「感染がつづく今は、その時期ではない」と同時に発表することはできないか。そういう方法で延期する方法は何かないのか。

前代未聞の発表は、水面下の研究と模索がつづいた末におこなわれた。

菅官房長官が習近平国賓来日の延期を発表しているまさにその時、北京でも中国外交部の趙立堅副報道局長が、同じ内容の会見をおこなった。東京と北京、時間を合わせた会見だったのである。

「中日双方は最も適切な時期と雰囲気の下、訪日を実現するという認識で一致した」

趙はそう語って、どちらが要請したわけでもなく、「訪日延期」が決まったことを内外の記者団に告げたのである。

それからわずか三時間後、日本は、もうひとつの発表をおこなった。

「わが国は、中国と韓国からの入国者に対して、検疫所長が指定する場所で二週間待機し、国内の公共交通機関を使用しないことを要請する」

中韓両国からの入国制限の発表だった。習近平国賓来日が延期されるや、日本ではさまざまなことが動き始めたのである。

さるメディアの官邸クラブキャップによれば、

「やはり、習近平国賓来日が中国全土からの入国禁止ができなかった理由だったことがわかりましたね。しかも、時期的にもぎりぎりでした。訪日の一か月前ですからね。宮内庁には外国の要人が天皇陛下に会見を希望する場合は、一か月前までに届け出なければならない〝一か月ルール〞があります。これ以上、ずれ込むと陛下との会談に本当に支障を来たす恐れが出てくる寸前でした。

一一年前の鳩山政権時代に、当の習近平がまだ副主席時代、小沢一郎氏のごり押しでこの一か月ルールをねじ曲げて天皇陛下（現・上皇陛下）との会見にこぎつけて大変な問題になりました。同じことは、もう許されません。三月上旬のこの時期までに、どうしても決着をつけなければならなかったのです」

まさにぎりぎりのタイミングだったのである。

「やはり、国賓来日への反対論の広がりが大きかったですよ。昨年中にも反対論はありましたが、年が明けてからは特に強かったですね。自民党内でも保守グループからの反対要請や、国会での質問も出ました。

一番強かったのは、これだけの人権弾圧をやっている当事者を陛下に会わせてはならない、という世論でしたね。これを主張する保守派は、首相の支持基盤でもあります。中国全土からの入国禁止をできなかったことで、保守派の不満や政権批判はすごかったですよね。その怒りがそのまま国賓来日阻止につながっていたような気がします。

日本というのは、世論はそうでも、与野党とも国賓来日を歓迎する親中派が多いですからね。安倍首相は両方を見ながら判断したんだと思いますよ。政界はもちろん、官僚も、財界も、さらにいえばマスコミも、日本は中国に近い人たちが多いですから……」

親中派の人間は一般に想像されているよりも、はるかに多いことを日本人は自覚しておく方がいいだろう。

「中国には逆らえない」

なぜ習近平国家主席の国賓来日は、中国全土からの入国禁止の足枷となっていたのか。

それは、その禁止の中を「突破して」国賓がやってくるという前代未聞の事態となり、禁止区域からやってきた客人をそのまま両陛下に面会させていいのか、という問題にもなる。常識的にも、そんなことが許されるはずはなかったからである。

だが、逆に考えれば、先に入国禁止をやれば、国賓来日がなくなる可能性が高く、そこに「踏み出せなかった」ことが安倍政権の限界だったとも言える。

前章でも触れたとおり、ウイルスの世界的拡散で、中国側から「大ごとにしないでほしい」と要請されたとの報道もあった。あらゆる階層に食い込み、影響力が絶大な中国に対して入国禁止措置の判断は極めて難しかったのである。

中国というしたたかで、かつ極めて権力行使に長《た》けた国家というのは、日本のように事なかれ主義の中を歩んできた国にとっては、まことに厄介な存在なのだ。

ひとつの案件にも、あちこちから要請という名の「連絡」が入ってくる中国。ほかの国ではあり得ないことだ。

いざとなれば、長年にわたって築き上げてきたルートを総動員して、圧力なり、懐柔工作なりをかけてくるのが中国なのである。

霞が関の官僚にとっては、「中国はタブー中のタブー」だそうだ。なぜだろうか。

ある官僚の解説によれば、こういうことだそうだ。

「中国には逆らわない。それは官僚たちにとっては、あたり前の行動様式です。なぜか、と聞かれたら、中国を怒らせると面倒だから、と答えるしかないですね。簡単にいえば、普段はいろいろな力になってくれますが、機嫌を損ねると、嫌がらせとか、いろいろやってくる人たちなんです。

中国に睨まれたら、上司のほうに自分に関するマイナス情報を入れられたりもします。つまり、人事に影響が出てくるわけです。実際に出世の道を断たれた官僚は結構いますよ。今回も、各国で中国がコロナに関していろいろな工作を展開していますよね。議会で中国のコロナ対策を讃える決議をやって欲しいとか、そういう類いの依頼をあちこちでやっています。

今はそれがバレてマスコミで報じられたりしていますよね。こういう時に、中国のいうことを聞いておかないと、たちまちやられるんです。コロナへの反発で、逆に今は露骨な中国寄りの行動はやれない時期です。だから、ほとんどが動けないだけです。オーストラリアのように毅然としているところは、どんな工作を受けようと戦う人たちがいます。発生源を含め、完全に独立した調査を受け入れよ、とオーストラリアは主張しつづけています。

中国は、これに対して豪産牛肉の輸入停止とか、大麦の関税アップとか、露骨な報復をちらつかせているじゃありませんか。それが中国なんですよ。日本では、わざわざそんな国とコトを構える必要はない、面倒なことは避けたいというのがどうしても先に来るんです。だから、香港のことで自由、人権、民主を守るために国会決議をやろうというような話にもずっとならなかった。要するに、睨《にら》まれるのが怖いし、そもそも面倒なんですよ」

長年にわたったこういう行動様式は、いつのまにか中国そのものをタブーとした。外務省にかぎらず、どの省庁でも中国というのは、言ってみれば〝腫《は》れ物〟なのだそうだ。

「どの省にいっても中国への遠慮というか、配慮がすごいですよ。あらゆるところに親中の人たちがいますからね。中国全土からの入国禁止なんて、おそらく誰も率先しては言えなかったでしょう。それを言い出すような度胸の据わった人はいません。

今回、官邸は早い段階で中国との間で情報を得た方がいいということで、〝騒ぎ立てない〟方針を立てました。武漢から、チャーター便での邦人救出を果たすという案件がありましたからね。大騒ぎにして中国からの情報が入らなくなるよりも、パイプを保った方がいい、という判断です。だから、訪日延期の決定がぎりぎりの訪日一か月前までズレ込んだんですよ」

しかし、中国に捉われるあまり、安倍官邸はここでも致命的な〝失敗〟を犯している。

「ヨーロッパ全土からの入国禁止」

この策を採らなかったことだ。前述のように習近平来日が延期になったその日に、本来ならヨーロッパを含め、例外を除いてほとんどの航空便を停止するべきだっただろう。

私は、今度はヨーロッパからの入国を禁止しない政府にこんなツイートを連続して発信している。

3月18日（水）

水際作戦に成功し国民の82％が政府対策を支持する台湾が今度は居留証所持者を除く全外国人の入国を拒否する。「止める・突きとめる・追いかける」が国際感染阻止三原則。罹患者

の入国を止め、国内の感染者を突きとめ、感染経路や濃厚接触者を徹底的に追い、隔離・治療する。未だこれを続ける台湾は凄い。

同日

世界が鎖国状態に。台湾では本日23人感染者が出た。その内21人が欧米からの帰国者。水際作戦が成功している台湾は直ちに全外国人の入国を拒否する方針を採った。日本は欧米からの入国禁止を決断できるのか。「第1次世界大戦後の百年で経験した事のない事態」と豪モリソン首相。各国首脳の苦悩は続く。

このツイートを発信した当日、政府はイタリア、スペイン、スイスの一部地域及びアイスランドについて、入管法による入国拒否対象地域に指定し、翌一九日午前〇時から実施することを発表した。

台湾が「居留証所持者」を除く全外国人の入国を拒否する方針を採ったことと比較すると甘いが、それでも「しない」よりはましだろう。歯止めをかけようとする政府の意図は、一応、発信されたのである。

この甘い対策が、やがて日本の爆発的感染増につながるのだが、ここにもその「足枷」となるものが存在していた。

東京オリンピック・パラリンピックである。

〝ピン止め〟に成功した東京五輪

仮に欧米からの全面的な入国禁止を発表するなら、それは日本による「東京五輪返上」を意味すると捉えられるのではないか。官邸には、そんな思いがあった。

それだけは回避する。その目的が、逆に感染国からの入国を禁止するという方針の「大きな障害」となっていたのである。

「習近平国賓来日」によって中国全土からの入国禁止を採れず、「東京オリンピック・パラリンピック」によって欧米からの全面入国禁止に踏み切れなかった日本。まさにそのために国内の感染拡大を招いてしまったのである。

しかし、この「発想」自体がおかしくないだろうか。元財務官僚の松田学・松田政策研究所代表は、こう語るのだ。

「発想からして間違えていますよね。逆に、だからこそ他の国よりも迅速に、かつ厳正な入国禁止措置をとって、〝われわれは、ちゃんとオリンピックの準備をやっている信頼できる国です。中国からも、欧州からも、危ない地域からは一切入国を禁止し、今は、防疫に務めている。だから、オリンピック、パラリンピックも安全にやれますよ〟とアピールすべきなんじゃないでしょうか。入国禁止措置をやれば、オリンピックができなくなる、という発想自体がいかがなのでしょうか。国家の危機管理としてもおかしいし、考え方も間違えていると私は思います」

たしかに、きちんと防疫をやっているからこそ、オリンピック・パラリンピックをやる資格がある、という考え方のほうが、説得力がある。

しかし、日本は、そうはならなかった。

すでに世界の感染爆発は、四か月後の七月開催予定の東京オリンピック・パラリンピックの開催は「無理」という世界の空気を作り上げていた。そのなかで安倍首相は「中止」を回避し、なんとか「延期」に持ち込むことを目指して粘りに粘ることになる。

安倍首相は、まず、トランプ米大統領に相談し、トランプ大統領の口から、「全面的に支持する」という言質《げんち》を取ることに成功する。その上でG7の首脳会議で、「五輪延期への同意」を求めるという策を採った。

先にトランプ大統領が全面支持を打ち出していたこともあり、各国首脳は賛意を表明し、〝先に〟延期への世界の同意を取りつけることに成功する。

これは、三月一二日にギリシャでの採火《さいか》式を終え、聖火が日本に到着した三月二〇日を機に「一気に勝負に出る」という電光石火の動きだった。

「聖火さえ日本に来れば、五輪を〝ピン止め〟できる」

安倍首相は周囲にそう語って、周到な作戦を立てていたのである。そのうえで、IOCのバッハ会長とのテレビ会談に臨んだのは、三月二四日午後八時のことだった。

バッハ会長はこの場で、「一〇〇パーセント同意する」と語り、安倍首相は東京五輪を「中止」ではなく、「延期」に持ち込むことに成功したのである。

国際社会での顔の広さと影響力の強さを背景に外堀を埋めて「中止」を封じたやり方は見事なものだった。私はこうツイートしている。

3月24日（火）

日本は東京五輪を延期に持ち込んだ。IOCバッハ会長と電話会談した安倍首相は1年程度の延期に同意を取りつけた。最悪の〝中止〟を回避し、しかも2年でなく今選ばれている選手達に最良の延期幅〝1年〟だ。だが、報道ステーションでは後藤謙次氏が「世界の世論に追い込まれて」と解説。はぁ？ と我が耳を疑った。

オリンピック憲章には、四年間の暦《こよみ》を一期とする「オリンピアード」の一年目にオリンピックを開催することが明記されている。

つまり、年をまたいでオリンピックを延期することは「憲章に反する」のである。

その不可能を克服して一年の延期を勝ち取ったのは、国際社会に相当な影響力を持つ安倍首相ならではのことだろう。しかし、東京五輪がコロナ対策の足枷となっていたことは、国民にとって不運というほかなかった。

変異するウイルス

東京五輪延期を受けて、政府は当日のうちにイタリア、スペイン、フランス、ドイツなどの欧州一八か国からの外国人入国を拒否する措置を強化した。

これが早期に実施されていれば、日本での感染は「かなり抑えられていた」可能性が高い。

新型コロナウイルスは特に変異のスピードが速いウイルスであることが判明している。データ解析によって、ウイルスの変異に関する情報が次々と発表されていた。

この時期、ウイルス学者たちは一致して新型コロナの調査・分析・解析を全世界で展開していた。

最初に中国で発見されたウイルスから変異の度合いを見ていくと恐ろしい事態が見えてくる。ウイルスは最初の二か月で猛然と変異をつづけ、二〇〇〇種類近いウイルスに〝多様化〟していたのである。

研究と解析が進むにつれ、アジア型、ヨーロッパ型、アメリカ型……等々に分かれていき、さらにその先も枝分かれをくり返していったのだ。

先の厚労省の担当記者がこう言う。

「厚労省の説明では、日本に一月、二月に来たのは中国からのアジア型ですよね。それがかなりの感染爆発を起こしたわけですが、やがて時間が経つにつれて収束に向かっていきます。感染者は隔離して治療し、一方で、症状が出なかった人は、自分の免疫力でこれらを克服していったわけです。次に日本に来たのは、ヨーロッパ型。これが、かなり強毒化して日本に入ってきたと言われています。これを止めなかったのが痛かったわけです」

日本は、中国につづいてヨーロッパからの入国禁止措置も決定的に「遅れた」ことになる。

「専門家会議のデータを見ると三月二七日がピークなんですよね。ヨーロッパからの便を止めて、それから二七日のピークまでずっと上がっていって、そこから下がっていきます。その意味では、ヨーロッパやアメリカがこれほどやられているのに、日本はすごいと世界から称賛されていますよね」

たしかに外国から見れば不思議でならないだろう。〝蛇口〟を締めず、そのままなのに、それでも死者が「極めて少ない」のである。

「なぜ日本では重症化が少ないんだ、なぜ死者が少ないんだと、外国の記者たちは必ず聞いてきますよ。でも、それが日本の医療の凄さだし、国民の衛生観念や国民皆保険という誰でも治療を受けられる医療環境とか、さまざまな理由があると思うんですよ。

結核予防の日本株のBCGが重症化を防ぐ働きをしているんだという説は、消えては浮かび、浮かんでは消えたりしていますよね。個人的には、私はCTスキャンのお蔭だと思っています。日本は世界で圧倒的にCTスキャンの保有台数が多い国なんです。

すぐにこれで画像を撮ってくれるから、肺のようすをはじめ、新型コロナが悪さをする場所が大抵、すぐに診断できるわけです。これで的確な診断と治療をやってくれるなら、世界水準で死者の数が圧倒的に少ないというのは、よくわかるような気がします。尾身さんはクラスター対策を徹底的にやったからだと自画自賛していますが、私はCTのお陰だと思いますね」

安倍首相がこだわったのは、アビガンである。

第八章では台湾がアビガンに注目し、これを備蓄している事実を書かせてもらった。だが、実際にアビガンを医療現場に大量に投入したのは感染爆発した中国だった。

薬品名を正確にいうなら、アビガンの後発薬「法维拉韦《ファーウェイラーウェイ》」である。

「安倍さんというとアビガンなんですけれども、首相はなぜか二月の中頃からアビガンに注目していて、アビガン、アビガンと言い始めました。当初、官邸でも、なんで首相がアビガンがそんなに効くと言っているのか、意味がわからなかったらしいですね」

先の官邸クラブキャップはそう語る。首相はなにかのきっかけで、アビガンの有効性に気がついたのではないか、という。

「第一次安倍政権が潰瘍《かいよう》性大腸炎という安倍さん自身の難病で倒れましたよね。その二年後にやっと承認されたアサコールという薬が劇的に効いて安倍さんの健康が回復したのは有名です。アサコールは外国では一〇年以上前から承認されて飲まれていた薬なんです。しかし、日本では、厚労省が承認しないから、自分は首相在任中に〝飲むことができなかった〟という思いが安倍さんにはあります。だからこそ、自身の経験からアビガンを挙げているんだと思いますね」

医療業界では、アビガンが〝冷遇〟されているのは、製薬業界と関係がない富士フイルムが開発した薬だから、と言われている。

「富士フイルムは、厚労省とは関係がないですからね。だからイジワルされているんだろうというのが業界の見方です。首相vs厚労省の話があって、首相はアビガンが効くというのを、中国ルートからの情報で知ったと言われています。

本来インフルエンザの治療薬であるアビガンが罹患者に劇的に効くというのを聞かされたので、〝じゃあ、アビガンでいいじゃないの〟となったというのです。自分の経験から首相は〝劇的に〟というのがピンとくるわけです。

でも、承認に抵抗しているのは厚労省と、それに補佐官の和泉さんも〝副作用が怖い〟と言って、ブロックする側で動いていた。催奇形性という副作用があるなら、妊婦には使用せず、あるいは男性にもこれを飲んだら性交渉を何週間か控えよ、ということだけのことです。そんなことでこの薬をなかなか承認しないなんて、ちょっと信じがたかったですよね」

海外からの要請も受けて安倍首相は積極的にアビガン外交を展開している。日本の厚労省など関係がない「海外」で、多くの患者を救おうというわけである。

アビガンは中国の医療現場でも有効薬として広く使われているのは、すでに述べたとおりだ。中国名・法维拉韦の効果については、第一三章で記すが、仮に、アビガンが早期投与できれば、救われる命がもっとあったに違いない。

くり返し書いてきたように、「国民の命」とは無関係なところで仕事をしている厚労省には、おそらく中国の医療現場のことなど関心もなかったに違いない。

私はアビガンに関して、4月にこんなツイートをしている。

4月24日（金）

読売が横倉義武日本医師会会長の取材を通じ、国民の命を蔑ろにする厚労省の姿を浮き彫りに。例のアビガン問題だ。新型インフルで同薬は承認されており薬機法の特例承認なら今回も素早く治療薬として使える。だが製薬業界への天下りの為には規制が第一。簡単に承認してたまるかの官僚の高笑いが聞こえる。

同日

感染症学会シンポで「早期投与がより効果あり」とされたアビガン。発症6日までの早期投与が肺炎による肺線維化や瘢痕化を最小限にするという。だが新型インフルで特殊承認されている同薬に厚労省は薬機法の〝特例承認〟にも背を向け未だ壁に。命の「真の敵」とは誰

か。見極めたい。

安倍首相と日本国民は、どこまでも厚労省に足を引っ張られているのである。

発令された「緊急事態宣言」

安倍首相が東京都など新型コロナウイルスの感染者急増を受け、改正新型インフルエンザ等対策特別措置法に基づく「緊急事態宣言」を発令したのは、四月七日のことだ。

実施期間は四月七日から五月六日までの一か月間である。

深刻な状況に陥っている東京のほか、埼玉、千葉、神奈川、大阪、兵庫、福岡の六府県が対象（筆者注＝のちに全国が対象）となった。

当初、経済的な打撃への懸念から宣言に慎重だった首相も、東京都などの医療体制が逼迫。「このままでは手遅れになる」との判断から発令を決断した。

首相は宣言の理由についてこう語っている。

「人と人との接触を極力減らし、医療提供体制をしっかり整えていくために必要と判断しました。可能なかぎりの外出自粛を皆さまに要請いたします。宣言を出しても、海外のような都市封鎖はおこないません」

この宣言以降、日本人は世界を驚かせる行動を見せた。強制力がない宣言だったにもかかわらず、日本の経済活動は見事に「止まった」のである。

交通機関や宿泊施設、飲食店、映画館、劇場……あらゆるものが、営業を自粛してこの方針に従ったのだ。

「うつらない」「うつさない」という大目的のために政府が打ち出した〝三密〟を避けよ、という要請に対して、国民が一致して協力したのである。

密閉空間（換気の悪い密閉された空間）
密集場所（多くの人が密集する場所）
密接場面（互いに手を伸ばしたら届く距離での会話や発声）

これらを〝三密〟と名づけ、徹底して避けようという呼びかけが連日おこなわれた。国民は、それに「応えた」のである。

強制力を伴わない「要請」だったため、一部の不心得者によるパチンコ通いなどがマスコミで大々的に報道された。

だが、逆にいえば、それがニュースになるほど、国民はこの〝三密〟を避け、ウイルスとの戦いを続けたことになる。

徹底ぶりは、あらゆるものに波及した。

青森のねぶた祭、徳島の阿波踊り、高知のよさこい祭り……等々、夏を彩《いろど》る有名な祭りが、次々中止を決定した。

スポーツ関係に目を移せば、プロ野球の開幕が延期され、大相撲五月場所は中止となった。

八月に開かれる高校総体（インターハイ）も中止、全国中学校体育大会、全日本大学野球選手権大会、ついには、夏の全国高等学校野球選手権大会も中止が決まった。

努力と精進で檜舞台での活躍を目指してきた多くのアスリートたちが無念の涙を呑んだ。

文化面でも、全日本合唱コンクール全国大会、全日本吹奏楽コンクールなども次々と中止になった。国民が一致して戦うとは、まさにそういうことだったのである。

「入国禁止」措置を採ることができず、最終決断の時期も遅れ、失敗を重ねてきた日本政府。それでも国民は自らの、そして愛する家族の命を守るために「行動自粛」をおこなったのである。

日本で最大の感染地帯・東京は、その先頭に立つことになった。

多くの中国人が押し寄せ、欧米からも三月下旬まで流入が止まることがなかった東京は、ウイルスがあらゆるところに入り込んでいた。無症状感染者も相当数おり、新型コロナの〝蔓延地帯〟と表現した方がいいかもしれない。

それでも国民は、立ち向かった。

なかでも医療現場の踏ん張りは素晴らしかった。それは「笑顔」という点である。

凄まじい感染力を持つこの病気と最前線で戦ったのは、医療従事者たちだ。医師も、看護師も、検査技師たちも、過酷な勤務体制にもかかわらず現場に踏みとどまって、いつもと変わらぬサービスを患者に提供しつづけた。

顔はマスクで半分、隠れていた。だから表情が読みとれない。しかし、患者にかける言葉の優しさは、〝コロナ前〟となんら変わることがなかった。

その笑顔に患者はどれほど救われたか知れない。相談センターに電話がつながらず、苛立ち、

悪化する症状に気力が萎《な》えていく患者を、

「大丈夫ですよ！　がんばりましょう！」

患者がやっと辿り着いた医療現場には、いつもと変わらぬそんな看護師たちの「笑顔」が待っていた。

医師も含めて医療従事者たちの姿は、まさに「日本人、ここにあり」を示すものだった。

私のもとには、医療の最前線で受けた懸命の治療に対する感動的な話が次々と、もたらされた。

「勇気をもらいました」

「現場はみんな、優しかったよ。本当はパニックになっているはずなのに、そんなことは微《み》塵《じん》も感じなかった」

「おかげさまで行き届いた治療を受けることができました」

……ネットには、コロナから生還した人々のそんな声が溢れた。なかには、感謝の気持ちを画像でネットに投稿し、自らの経験を明かすものもいた。

日本人は献身的な医療従事者たちをバックに、こうして「自粛」という名の奮戦をつづけたのである。

第一一章　武漢病毒研究所

それは一本の論文から始まった

これほど一本の論文が注目を集めることは、そうそうあるものではない。しかも、その貴重な論文がネット上からわずか数時間で「消えた」となれば、それが持つ意味の大きさに誰もが思いを致すに違いない。

二〇二〇年二月六日、その論文は、なんの予告もなく突然、有名な科学者向け情報共有サイトにアップされた。

サイトは二〇〇八年、アメリカのボストンでサービスが開始され、今ではドイツのベルリンに本部を移した研究者のためのネットワークサービス『リサーチゲート』である。

同サイトでは、研究者自ら論文やデータを登録・共有することができ、ほかの研究者の論文に対して自由に質問したり、また自分への質問にも率直に回答することができる有名な〝研究空間〟である。

創設者はウイルス学のドイツ人医師、放射線科のアメリカ人医師、情報学のドイツ人研究者の三人。現在、登録者は世界一九〇か国以上、およそ一七〇〇万人にのぼり、うち四五人はノーベル賞受賞者でもある。

研究者向けソーシャルサービスとしては世界屈指で、二〇一三年六月には、ドイツのメルケル首相がベルリンの本部を訪問するなど、極めて高い評価を得ている。

日本では、小保方《おぼかた》晴子・独立行政法人理化学研究所研究員（当時）による「スタップ細胞」を同じ手順で反復実験したが同細胞の「作成は不可能だった」ことが発表されたサイトとして知られる。

この日アップされた論文が耳目を集めたのは、世界が注視するコロナウイルスに関するものだったからだ。筆者は、中国・華南理工大学の肖波涛《しょうはとう》教授。論文のタイトルは〈コロナウイルス起源の可能性〉である。

同教授は、米ノースウェスタン大学で研究したこともある遺伝子の専門家で、渦中の武漢でも働いた経験を持つ著名な生物学者だ。

論文に目を通し始めた世界の研究者たちが息を呑んだのは、肖教授が論文の中で、武漢に現に存在する「二つの研究室」のどちらかから「ウイルスが漏れ出した可能性」を強く示唆する内容だったからである。

武漢が封鎖されて二週間。すでにウイルスは世界に広がり始めており、研究者たちは目を皿のようにして関連情報を探していた。

そのタイミングで出た衝撃的な内容に研究者たちは見入ったのである。論文には、肖教授が主張する主に以下の「六点」が記述されていた。

（一）新型コロナウイルスは、キクガシラコウモリを宿主とするコロナウイルスと遺伝子配列が類似している。
（二）コロナウイルスを持つコウモリは武漢から九〇〇キロ以上離れた雲南省と浙江省に生息しており、武漢に飛来することは不可能である。
（三）コウモリは市民の食用にはされておらず、しかも当該の海鮮市場（華南海鮮市場）では扱われていない。
（四）海鮮市場から二八〇メートルの距離にある「武漢市疾病予防管理センター」はこの二年間でコウモリを湖北省から一五五四、浙江省から四五〇匹捕獲し、DNAとRNA配列等の研究をおこなった。ここから出た汚染された「ゴミ」がウイルスの温床になった可能性がある。
（五）海鮮市場から約一二キロに位置する武漢病毒研究所も同様の研究をしている。同研究所はキクガシラコウモリがSARS（重症急性呼吸器症候群）の大流行を二〇〇二年から二〇〇三年に引き起こしたと報告した研究所である。
（六）新型コロナがキクガシラコウモリから中間宿主を経て人に伝染した可能性よりも、これら二か所の実験室から流出した可能性が高い。

論文の反響は大きかった。権威ある中国の生物学者がノーベル賞受賞者など世界一七〇〇万人が利用する権威あるネットサイトにこの内容の論文を投稿したのである。

だがその反響は、当然ながら中国国内にも伝わった。アップから数時間後、論文は突然「削除」された。

そして肖波涛教授は、そのまま姿を消した。

再び彼の消息が明らかになったのは、三月六日のアメリカの『ウォール・ストリート・ジャーナル』紙の報道だった。

同紙は、取材に対して肖教授から「メールで回答があった」ことをこう報じたのだ。

〈肖波涛教授は二月二六日、ウォール・ストリート・ジャーナルに対し、短い電子メールで論文を撤回したことについて回答した。

「ウイルスの起源に関する臆測は、公表された論文や報道に基づくものであり、直接的な証拠によって裏づけられているわけではない」と説明した〉

一度アップした論文を削除してから一か月。肖教授の消息が曲がりなりにも伝わったことに研究者の間には、安堵した空気も流れた。

しかし、これが肖教授自身による本物の電子メールかどうかはわからない。そして、長い沈黙ののちの回答は〝予想どおり〟のものだった。

中国当局は、これで問題の鎮静化ができたと考えたかもしれない。

だが、世界一七〇〇万人の研究者が利用する権威あるサイトへの投稿は、肖教授の予想をはるかに超えるスピードで、さまざまな動きを引き起こしていた。

鍵にぎる〝コウモリ女〟

武漢の二つの研究所のどちらかから流出した可能性がある——肖教授が名指しした武漢病毒研究所と武漢市疾病予防管理センターは、すでに世界のウイルス学者たちから、今回の新型肺炎の〝鍵を握る研究所〟としてさまざま論評が加えられてきた。

それらの中で、常に登場するのが石正麗《せきせいれい》・武漢病毒研究所主任研究員である。石は一九六四年生まれで、武漢大学生物系遺伝学科の卒業。ウイルス研究大国・フランスに研究者として赴き、モンペリエ大学で博士号を取得している。

研究者としてオーストラリアやアメリカでも活動し、コウモリからウイルスを採取して研究し続ける姿勢に〝コウモリ女〟あるいは〝ウイルスハンター〟などの異名を奉《たてまつ》られている有名人である。

武漢病毒研究所のウイルス研究を指揮しているだけに、新型肺炎発生時から、彼女のコメントや見解が世界の研究者から待たれていた経緯がある。

新型肺炎が世界に拡大し始めた二〇二〇年三月、注目を集めた石正麗が吐露したこんな言葉が明らかになったことがある。

「私たちの研究室からウイルスが漏れた可能性はないだろうか？」

まさに咄嗟に出た言葉がそのまま「報じられた」ものだ。

これはアメリカで最も古い科学雑誌『サイエンティフィック・アメリカン（SCIENTIFIC

AMERICAN)』のインターネットサイトに掲載された石正麗のインタビューの中の一節だ。インタビューは二月末に行われ、新型肺炎を知った時の石正麗の思いが初めて語られていたのだ。

それによれば、二〇一九年一二月三〇日午後七時、武漢病毒研究所に謎めいた検体が届き、上海にいた石正麗のもとに連絡が入ったというのである。

電話は研究所の所長からで、肺炎で入院した二人の患者から武漢疾病対策センターが新型のコロナウイルスを検出し、ついては石の研究室での調査・解析をお願いしたいとの依頼が来ているという知らせだった。

「すぐに武漢に戻り、調査を」という指示に石は武漢にとって返した。その時の感想が、

「まさか、うちの研究所から漏れた可能性はないだろうか?」

というものだったのである。

ウイルスの宿主であるコウモリは中国南部の広東省と広西チワン族自治区、雲南省といった亜熱帯地域に生息しており、武漢にはいない。

それを思えば、研究室から漏れた可能性を考えるのも無理からぬところだろう。インタビューは、武漢に帰って検体を解析したところ、自分たちが洞窟から採取したコウモリのウイルスゲノム配列とは一致せず、

「肩の荷が下りた。数日間は一睡もできなかった」

そう心の内を吐露した、というのである。

石の言葉を信じるならば、武漢病毒研究所から漏れたのでは「ない」ということになる。

実は、石は、肖教授の〝消された論文〟のわずか三日前の二月三日にも『ネイチャー(Nature)』

にこの時の解析のようすをレポートとして発表している。〈感染症…中国に出現した新型コロナウイルスの分析〉というタイトルである。

〈研究チームは、重症肺炎の患者（7人）から採取した検体の分析を行った。7人中6人は、2019年12月に最初の症例が報告された武漢の海鮮市場で働いていた人たちである。

7人中5人のウイルス検体の完全長ゲノム塩基配列は、ほとんど同じだった（配列全体の99・9％超が同じ）。そして、その79・5％がSARSコロナウイルスの塩基配列と同じだった。

さらに、このウイルス検体の塩基配列は、コウモリコロナウイルスと全ゲノムレベルにおいて96％同一であることが判明した。よって、新型コロナウイルスの発生源がコウモリである可能性が非常に高いことが示唆されている。

またSARSコロナウイルスで見つかった7種の非構造タンパク質が、このウイルス検体で同定、配列解読されており、ウイルスがSARS関連コロナウイルスの一種であることが実証された。

研究チームは、このウイルスを「新型コロナウイルス2019（2019-nCoV）」と暫定的に命名し、SARSコロナウイルスと同じ経路（ACE2細胞受容体）によって細胞に侵入すると判断している〉

論文はまだ続くが、内容を簡単に記すならそういうことである。難解な専門用語ばかりで実に読みにくい。

要するに患者から採取された検体がコウモリコロナウイルスと全ゲノムレベルにおいて九六％同一であることが判明したので、新型コロナウイルスの発生源がコウモリである可能性が「非常に高い」というのである。

そして、前述のように自分たちが雲南省の洞窟から捕獲してきたコウモリのそれとは「一致しない」ということを訴えている。

このレポートが発表されたわずか三日後に、発生源が「武漢の研究所」であることが疑わしいという論文が、よりによって中国の大学教授から発表されたのだから石自身も目を剥いたに違いない。

だが、この問題がここまで注目されたのには、さらに〝もと〟がある。難解な論文の話で申し訳ないが、もう少しお付き合い頂きたい。

それは五年前に当の石正麗たちが発表し、業界を揺るがせた論文のことだ。

二〇一五年一一月九日に発表された国際医学誌『ネイチャー・メディシン（Nature Medicine)』に掲載された論文がそれだ。

この論文は、発表された内容はもちろん、その手法、研究成果、危険性、将来への危惧……等々で世界の研究者の間に大きな波紋を広げるものだった。

研究をおこない、論文を出したのは、アメリカのノースカロライナ大学を中心とする研究者たちである。その中に石正麗もいた。

コウモリ由来のウイルス研究の第一人者である彼女は、研究の中で大きな役割を果たしたのである。

論文のタイトルは〈人畜共通ウイルスの起源としてのコウモリ〉だ。この中のどこが問題になったのか。

「端的にいえば、コウモリのSARSウイルスを人為的に人間の〝ACE2受容体〟と結合できるように操作したうえで研究したことが推測でき、これによってSARSウイルスが再び感染拡大する可能性があるということを示したものだったからです」

この問題を研究・追及している台湾人研究者、林建良医師は、筆者にこう語った。

林は遺伝子工学を専門とする医学者である。遺伝子分析の研究体験から今回の新型コロナウイルス問題が始まった当初から各論文をチェックし、問題を検証してきた人物だ。

林が語るACE2受容体とは、人間の気管支などの細胞の表面にあり、ウイルスを結合させて体内に侵入させる役割を持つ蛋白質のことである。

「コウモリが持っているコロナウイルスは、そのままでは人間に感染することはできません。しかし、石正麗研究員が、人間の気管支にあるACE2受容体に結合できるようにSARSコロナウイルスの表面にあるSスパイクという蛋白質の突起物を組み替えて、感染力を持たせて実験したことがこの論文で読み取れるのです。

新型コロナウイルスは確かにエイズウイルスと同様に細胞の免疫機能を破壊する力を持っていますが、論文では、エイズウイルスとの合成には言及していません。単にSスパイクをACE2に結合できるように組み替えただけと思われます。このウイルスにエイズウイルスの一部が組み込まれていると発表したのはインド人学者ですが、一月にこれを確認してマスコミに公表したのちに撤回に追い込まれています。

この問題に言及したものは、すぐに研究成果を削除したり、撤回に追い込まれたり、連絡がとれなくなったりします。中国当局が裏でどんなことをしているか、ある意味、推測できます。実はこの『ネイチャー・メディシン』の論文が当時から話題になったのは、これが掲載された直後に、即座に警鐘を鳴らす論文が発表されたからなんです」

話を進める前に、その警鐘を鳴らした論文のことを先に説明しておこう。

石正麗らの論文が発表された三日後の二〇一五年一一月一二日、今度は『ネイチャー・メディシン』の〝兄貴分〟にあたる科学誌『ネイチャー』に〈遺伝子組み換えをされたコウモリウイルスが危険な研究で議論を呼んだ〉と題する論文が掲載されたのである。

筆者は同誌のベテラン記者、デクラン・バトラーで、さまざまな権威ある学者に取材した上で、痛烈な批判を展開したのだ。

ＳＡＲＳウイルスを人間の受容体に結合できるように操作したやり方は許されない。そして、万が一、研究施設からウイルスが漏れ出した場合、誰もそのあとを追うことはできない。そのような研究が果たして必要なのか――。

バトラーは、この根本的な問題点を指摘し、研究者たちに問いかけたのである。先の林建良医師はこう解説する。

「相次いで発表された二つの論文は研究者の注目を集めました。私も即座に読みましたよ。先の『ネイチャー・メディシン』の論文は、ＳＡＲＳウイルスを人為的に操作したことを示すものので、直後に出た『ネイチャー』の論文は、その人為的な操作について、厳しい批判を加えるものでした。

しかも、それはマウスでの実験であり、まだ霊長類での実験を実行していない段階で警鐘を鳴らしたものだったので研究者の間で大きな話題になったのです。いずれにしても、Ｓスパイクを ＡＣＥ２に結合できるように組み替えたのか、ということが私に強いインパクトを与えました」

林医師が指摘する『ネイチャー・メディシン』での石正麗らの論文の問題部分は以下である。

Using the SARS-CoV reverse genetics system2, we generated and characterized a chimeric virus expressing the spike of bat coronavirus SHC014 in a mouse-adapted SARS-CoV backbone. The results indicate that group 2b viruses encoding the SHC014 spike in a wild-type backbone can efficiently use multiple orthologs of the SARS receptor human angiotensin converting enzyme II (ACE2), replicate efficiently in primary human airway cells and achieve in vitro titers equivalent to epidemic strains of SARS-CoV. Additionally, in vivo experiments demonstrate replication of the chimeric virus in mouse lung with notable pathogenesis.

極めて難解な学術論文なので、詳細には踏み込まない。しかし、林医師と同じく研究者の間ではこれを読んで危惧を抱く者がおり、実際に即座に『ネイチャー』にデクラン・バトラー記者による以下の非難の論文が出されたのである。

The researchers created a chimaeric virus, made up of a surface protein of SHC014 and the backbone of a SARS virus that had been adapted to grow in mice and to mimic human disease.

"The only impact of this work is the creation, in a lab, of a new, non-natural risk," agrees Richard Ebright, a molecular biologist and biodefence expert at Rutgers University in Piscataway, New Jersey.

この二つの箇所について、林医師はこう解説する。

「この二か所を読めば、論争の〝核〟がわかります。〝どのような目的でこんな研究をやったのか〟と、これほど痛烈な批判が出るのは学界でも珍しいですからね。だからコロナのことが起こった際、即座に私たちは、この論文のことを思い出したのです」

そして、林医師は論争が想像以上の大きな波紋を広げた、と指摘する。

「アメリカはこのＳＡＲＳ関連の研究に巨額の研究費を出していたのです。しかし、この論争がきっかけで研究費を打ち切ることになりました。人間の気管支にあるＡＣＥ２受容体に結合できるようにＳＡＲＳコロナウイルスの表面にあるＳスパイクを組み替えて感染力を持たせたと推測できることに対して、大きな危惧を抱いたのだと研究者たちは捉えました。オバマ政権では、この研究に資金を提供していましたが、トランプ政権になって研究費を打ち切ったのです」

それは、それほど「危険な研究」であるという意味なのか。そして、そのことが問題になって研究費が「打ち切られた」のだろうか。

「研究費が打ち切られた理由は、文書としては残っていません。SARSの研究は中国、カナダ、アメリカなどでおこなわれています。台湾も研究しているんですが、とにかく非常に危険な研究であることは間違いない。この分野の研究者は、もともとそれほど多くない。だから、石正麗の名前は、この分野の研究では必ず出てきます。

SARSウイルスに関わる分野では彼女は有名人なんです。その人物がかかわった論文が注目され、反論が波紋を広げ、研究費が打ち切られたのですから、この分野に関心のある人間にとっては、インパクトのある出来事だったと思います」

林医師がこの分野に足を踏み入れたのは一九八七年。すでに遺伝子の研究を進めていた東京大学である。

長年にわたる実験や研究の経験から、林はウイルスの性質をこう解説する。

「ウイルスは、簡単にいえば〝遺伝子の運び屋〟なんです。だから遺伝子の研究をやる人間は、必ずウイルスを扱います。ウイルスの中の遺伝子を組み換え、細胞の中に運んでもらうわけです。つまり、ウイルスは〝一つの道具〟なのです。

Sスパイクが人間のACE2受容体と結合できるように組み換えられたことは、あの『ネイチャー・メディシン』の論文が出るまでアメリカ側は知らなかったんでしょう。三日後に批判の論文が出たということは、それをあらかじめ準備した上で掲載したという意味ですから、もともと問題点はわかっていたわけです。『ネイチャー』での批判論文以来、さまざまな動きがあったのは、私は当然だったと思っています」

中国側の「反論」根拠

第三章で詳述したように、中国当局は一月初めから懸命に武漢の「研究所」から人々の目を逸らそうとしたことが窺える。

先の肖波涛・華南理工大学教授に対する中国当局の驚愕は想像にあまりある。たちどころに論文が削除され、肖教授と連絡がとれなくなったのも当然だろう。

中国当局は、国際社会に疑念が広がるのを必死で防ごうとした。

肖教授の騒動の六日後の二〇二〇年二月一二日、中国の経済メディア『財新』は、〈新型コロナウイルス「生物兵器論」は本当なのか〉という刺激的なタイトルを掲げて、五年前の両論文と、それ以後の論争を取り上げてレポートした。

ここでは、研究所からの「漏洩」という段階から、さらに一歩進んで「生物兵器論」にまで発展させている点が興味深い。

すでに「新型コロナウイルスは人間が造った生物化学兵器だ」という憶測が国際社会では実際に広まっていた。中国は、これをなんとしても否定しなければならなかった。

財新編集部は、疑惑の根拠とされる論文や国内外の専門家を独自に取材し、生物兵器説の真偽を検証したのである。

長文の記事は、もちろん中国メディアだけに「生物兵器論」を完全否定するものである。研究所からのウイルス流出論がいつの間にか「生物兵器としてつくられていた」という話にまで発展していたというのだから、憶測というのは面白い。

この記事は国際的に話題を集めたものになる。なぜなら、渦中の人物である石正麗研究員が同誌の取材に答えていたからだ。さすが中国のメディアである。

〈「陰謀論者は科学を信じません。私は国の専門機関が調査をおこない、私たちの潔白を証明してくれることを望んでいます」

中国科学院武漢病毒研究所の女性研究員である石正麗は、2月4日、財新記者の取材に返信してこう述べた。

「私自身の言葉には説得力がありません。私は他人の考えや言論をコントロールすることはできないのです」〉

石は、財新の質問に対する短いメッセージの中で「潔白」を主張し、国の専門機関による調査を望む姿勢を明らかにしている。

記事は、世界に広がっている「噂」についてこう表現している。

〈噂は人々の心の中に疑惑を植えつけ、想像をかき立てた。

例えば、なぜ武漢に集中して新型ウイルスが拡散しているのか。なぜウイルスを人に伝えた病原体、つまり中間媒介に当たる宿主が見つからないのか、と。

ウイルスのもともとの宿主はコウモリであり、そして石正麗の実験施設はまさにコウモリに関するウイルス研究における学術的な権威なのだ。

かつて2017年に、SARS（重症急性呼吸器症候群）ウイルスがいくつかのコウモリを起源とする、SARS型コロナウイルスが変異したものであることを突き止めたのが石正麗のチームなのだ〉

財新は、そう石正麗のチームを記事の中で讃えている。新型肺炎が拡大を始めた段階から、SNSの「微信」等でも、石は厳しい糾弾の矢面に立たされていた。国の内外から、数多くの罵声が石には浴びせられていた。

財新の記者たちは同じ中国人として、これらの誹謗中傷が許せなかったに違いない。その際の糾弾者と石正麗とのやりとりを、記事の中で怒りを込めてこう記述している。

〈外部からの疑惑と非難に直面した石正麗は2月2日、怒りに燃え、「微信」でこう反応した。

「2019年の新型コロナウイルスは、大自然が人類の愚かな生活習慣に与えた罰である。私、石正麗は自分の命をかけて保証する。

実験施設とは関係がない。不良メディアのデマを信じて拡散する人、インドの科学者の信頼できない、いわゆる学術的な分析を信じる人にご忠告申し上げる。お前たちの臭い口を閉じろ」

その後、石正麗は財新記者に対して、専門的な問題を専門家ではない人々とは議論したくないと説明し、

「話が通じない」「無益で、時間の浪費だ」

と語ったのだ。
「私があなたに言えるのは、私たちが合法的にルールにのっとって、実験活動をおこなってきたということです」
彼女はそう述べたのである〉
発生源は、海鮮市場なのか、それとも病毒研究所なのか。事態は国家の思惑や感情論も包含しながら〝空中戦〟の様相を呈していたのである。

米中「発生源」論争

「道理を正して、世界が中国に感謝すべきなのだ」

思わず「えっ？」と声を挙げたくなるようなタイトルの記事を中国国営「新華社通信」が掲げたのは三月四日のことだった。

新型コロナウイルスの発生源である中国が、こともあろうに世界に「感謝すべきだ」と言ってのけたのである。この記事に、世界の〝常識ある人々〟は言葉を失っただろう。

すでに世界に飛び火した新型肺炎はイタリア、スペインをはじめヨーロッパを呑み込み、甚大な被害を出している。

被害が拡大するにつれて、当初、中国からの感染者流入という水際作戦に成功していたアメリカも、ヨーロッパからの感染に侵され始めていた。

そんな時期に「世界が中国に感謝すべき」とは、一体、どういうことなのか。

〈中国が早く世界に謝罪すべきではないのか、という話がある。なんとばかげたことか。中国は、この新型肺炎に対して、巨大な犠牲を支払い、さらには、莫大な経済的コストを費やして、新型肺炎の〝感染ルート〟を断ち切ったのである。この肺炎の流行でどの国も中国ほどの犠牲を支払ってはいないのである〉

日本人の常識、いや、通常の国際的な感覚からいっても、大きな疫病が発生した場合は、まず犠牲になった人々、そしてその遺族に対して、お悔やみを伝え、できるならば謝罪の言葉も添えるべきだろう。

しかし、共産党独裁国家・中国は、そういう場合でも、大きな犠牲を払った国にひと言のお悔やみや謝罪もないまま、逆に「感謝せよ」と言い始めたのである。

だが、さらに驚くべきは、そのあとのくだりかもしれない。なんと中国は、ウイルスの発生起源が「中国ではない可能性がある」と主張したのである。

〈(専門家チームのトップである)鍾南山院士の研究によれば、この肺炎は最も早く中国で爆発的な流行を見せたとはいえ、それはあくまで流行であって、必ずしも起源は中国とは限らない、という。

今では多くの研究成果が、中国ではないほかの国が起源であったことを差し示している。現に、アメリカ、イタリア、イランなどの国々では、アジアとの接触がない感染例が見つかっている。中国には、そもそも「謝罪する理由」などないのである。

今、私たちは道理を正して訴えていこう。アメリカは中国に謝罪すべきなのだ。世界は、中国に感謝すべきなのだ。中国の多大な犠牲と努力がなかったならば、世界中が、この新型肺炎と戦うための時間的猶予が得られることは決してなかっただろう。

中国の力によって、この新型肺炎は長い時間、拡散をストップすることが可能となったのである。これは、まさに世界を驚かせ、鬼神をも泣かせる中国の偉業というべきなのである〉

唖然とする論理というほかなかった。国際社会が中国への露骨な謝罪要求を控えている時に、当の中国は、謝罪どころか「感謝せよ」と主張し始めたのだ。しかも発生の起源が中国とは限らないとまで言っている。

三月四日時点で、感染者は中国だけで八万人を超え、世界的には九万人を突破している。全世界の死者も、三〇〇〇人を超えた。これからどうなっていくのか、まったく予断を許さない段階なのである。それだけに、中国のこの主張は世界を驚愕させると同時に、中国への非難を控えていた人々の心に「火をつけた」とも言える。

「強く出れば必ず相手は引く、外交は力こそすべて」

中国は、お得意の〝戦狼《せんろう》外交〟をいつものようにやろうとしたかもしれない。だが、問題は犠牲者が多数出ている人間の「生と死」にかかわるものなのである。

これは明らかに失敗だった。

ウイルスの発生源に対して、本当の意味で米中間に熾烈な攻防が始まるのは、まさに「ここから」だったと言える。

二日後の三月六日、アメリカのポンペオ国務長官は、CNBCテレビのインタビューで、

「中国の新型コロナウイルスへの対応が成功しているようだが……」

とのテレビ局の質問に対して、

「あなたが、中国共産党を称賛するのは喜ばしいことだ。しかし、私たちはこのウイルスが〝武漢コロナウイルス〟であることを覚えておく必要がある。

なぜなら、ウイルスが武漢で始まったと言ったのは、私たちではない。中国共産党だ。それを忘れてはいけない」

さらに、ポンペオはこうつけ加えた。

「われわれが中国から初期段階に入手していた情報は不完全だった。そのため、現時点でもわれわれは大きな困難に直面している。中国共産党からデータを入手することは、信じがたいほどもどかしいことなのだ。われわれの対応が後手にまわらざるを得ない状況になったのは、中国側の情報の不完全さゆえだ」

すでに米ホワイトハウスの幹部たちは「武漢ウイルス」や「中国ウイルス」といった言葉を散発的に用いていた。

そのことが中国は気に入らなかった。なぜならWHOは、

「特定の地域に対する嫌悪を助長する可能性がある呼び名は好ましくない」

として、新型コロナウイルス感染症の正式名称について二月一一日には、「COVID－

19」という名称を発表していた。

中国に由来する名前ではなく、コロナ（Corona）とウイルス（Virus）、そして疾病（Disease）の英語の頭文字を組み合わせ、さらにウイルスが初めて発見された年を入れて名称を〝確定〟させたのだ。

当然、WHOに強い影響力を持つ中国の意向であることを国際社会は理解している。アメリカも、くり返し〝中国起源〟を持ち出していた。

中国は、そのことが我慢ならなかったのだ。

一方、アメリカ側には、「世界は中国に感謝すべきだ」と中国が言い出したことに猛烈な反発があったことは疑いない。

三月一一日、アメリカはオブライエン国家安全保障担当補佐官がさらに踏み込み、「中国によって武漢での発生が隠蔽されたため、世界は対応のために二か月もかかってしまった」と講演でぶち上げた。アメリカでは、ニューヨーク州など、爆発的な感染拡大が懸念される状況に入り始めていた。

「世界的な感染拡大は、発生源である中国の失敗から来ている。これは、初動の遅れと隠蔽による人災なのだ」

アメリカは、そういう見解を固めつつあったのである。だが、中国は意外な方法で、アメリカに反撃を試みた。

オブライエン発言の翌三月一二日、中国外交部の趙立堅副報道局長が「初動の遅れによる人災である」と言うオブライエン発言に応える形で、自身のツイッターにこう書き込んだのだ。

「米国の感染源確認はいつなのか？　いったい何人が感染しているのか？　米軍が流行を武漢に持ち込んだのかもしれない。データを公表し、透明性を向上させるべきだ。米国は中国に説明する義務がある」

これを知ったアメリカの政府関係者たちの驚きと怒りが目に浮かぶ。誰も予想しなかった驚くべき内容であり、挑発だった。

記者会見の場で、もし趙立堅報道官が同じことを言えば、アメリカとの間で引っ込みのつかない事態に発展したかもしれない。

しかし、あくまで個人としての体裁をとってやれば、「いや、あれは個人の見解で出したものだから……」と言うことも可能だ。

最悪の場合は、趙本人が責任をとった形で表に出なくなればいいだけのことだ。アメリカの反応をとりあえず見るためには、実に周到なやり方だった。

趙は、この世界ではもともと有名人だ。二〇一〇年に開設したアカウントを駆使して、国外から発せられる中国批判に対していちいち反論をおこない、その粘り強い受け答えに対して、〝戦う外交官〟との異名を頂戴していた。

外交官から報道官に転身し、国際的な記者会見を任されたのは、つい、この二月下旬のことだ。それだけに彼の特性を生かして早速、こういう方法をとったのだと推測された。

アメリカに対する強硬姿勢を選択した中国にとって、この〝戦う外交官〟の抜擢は必要不可欠だったのだろう。実際、趙が報道官に起用されて以降、中国のアメリカに対する攻撃的な言論と態度は、一層、増していた。

唖然としたのは、アメリカである。いくらなんでも、さすがに「米国が持ち込んだ」とまで言い出すとは、予想もしていなかった。

アメリカは激怒し、中国への姿勢をさらに強硬なものにした。

翌三月一三日の外交部の定例記者会見に趙は姿を見せなかった。アメリカのメディアからは、代わって出てきた同僚の耿爽副報道局長に、

「アメリカが持ち込んだとする趙氏の主張の根拠は何か」

「趙氏の意見は政府を代表した見解なのか。違うなら、なぜあんな方法をとったのか」

そんな質問が次々と飛んだ。

だが、耿爽はこれらの質問に直接は答えず、

「武漢ウイルスと呼ぶのは、いかがなものか。ウイルスの発生源について、中国は科学的かつ専門的な意見が必要であると考えている」

そう公式の立場をくり返したのである。

実は、中国にとってこのタイミングは計算され尽くしたものだった。

三月に入って中国各地で、いわゆる「感恩教育」が始まっていたからだ。習主席がこの病気を果敢に抑え込み、ぎりぎりのところで人民を救った。だから、

「習主席に感謝しなさい」

教育という名のそんな〝キャンペーン〟がスタートしていたのである。趙のツイートは、そのタイミングを捉えたものだった。

およそ三週間後、このツイートについて趙は、

「アメリカの一部の政治屋が中国に汚名をかぶせたことへの反発だった」と、釈明した。

国際社会に中国への反発が広がっており、国内の「感恩教育」とアメリカの「出方」を見るための〝ツイート作戦〟の役割が終わったということだったのだろう。

私は、中国とアメリカのやりとりを追いながら、こんなツイートをしている。洋の東西を問わず、多くの人々の偽らざる気持ちではないだろうか。

3月21日（土）
武漢肺炎の感染拡大に「もっと早く知っていれば中国の発生地の1か所で封じ込める事が可能だったかもしれない」とトランプ氏。そこが本質。世界中でパンデミックを起こし、人命と経済に計り知れない損失を与えた悲劇は、習近平氏の隠蔽によって生じた事を決して忘れてはならない。

3月22日（日）
エボラを始め様々な疫病が現地で封じこめに成功したのに広東のSARS、武漢の新型コロナ共に世界に広がった。なぜか。抑え込み可能期の隠蔽だ。仮に昨年11、12月に武漢で最善の策が講じられていれば数か月後の今、世界は悲劇とは無縁だっただろう。人類の叡智《えいち》を軽んじる中国。世界はどうすればいいのか。

防疫訓練と軍人運動会

ウイルスの「アメリカ起源説」には、中国側にもそれなりの言い分がある。

「実は、昨秋、武漢ではいろいろな出来事があったのです。中国政府が何に責任をかぶせたいのか、外交部報道官のあのツイートで、私にはすぐわかりました」

そう語るのは、ウイルス問題を追っている先の林建良医師である。

林医師は、武漢で昨年九月一八日にコロナ感染の発生を想定した「模擬演習」がおこなわれたこと、そして一〇月一八日には、世界一〇九か国の軍人九三〇八人が参加した第七回「世界軍人運動会（ミリタリーワールドゲームズ）」がおこなわれていたという興味深い事実を挙げるのである。

「これは、世界の軍人たちが一堂に会してスポーツイベントを行うものなのですが、それが昨年、たまたま武漢が開催地だったのです。そして、その前月に、コロナ感染が起こったという前提で演習もあったわけです。演習といっても武漢の空港で、感染者が発見されたことを想定して、応急処置や緊急の対応などをどうやるのかということを実際に空港を使ってやったのです」

コロナ感染が起こったという前提での「演習」とは、どういう意味か。

「ウイルスを持ち込まれることを前提として武漢で演習したということです。空港を全部消毒するとか、クリーンゾーンと汚染ゾーンを分けるとか、さまざまなことをやっていますよ。のちに発生する新型コロナウイルスのことが〝もうわかっていたのか〟と驚くような演習です。

別に秘密でやったわけではなく、公開されていますし、マスコミも報道しているんです」

乗客が飛行機内で体調不良となり呼吸困難に陥った、あるいは、感染者と濃厚接触した人をどう扱い、ほかの乗客とどう分けていくかなど、数か月後に実際に起こる出来事を〝事前に知っていたかのような訓練〟がおこなわれたのだ。

そして、国際軍事体育理事会（ＣＩＳＭ）が主催し、四年ごとに開催される世界の軍人たちによる大型総合運動会が、その一か月後に実際に武漢で開催されたのである。

「本式の世界の軍人の大会ですよ。軍人によるオリンピック大会ですね。武漢は中国の軍事の中心地でもあります。海軍大学校もありますし、結構重要な軍事施設がある場所です。核兵器を製造するところもあるほどですよ。ですから、そこで世界軍人運動会をやるというのは、ある意味、最適なわけです。

軍人アスリートたちが激しくぶつかり合ったわけですが、中国は、この大会で新型コロナウイルスが持ち込まれた可能性がある、と言いたいのです。しかも米軍によって、ということですね。ウイルスは武漢由来ではなく、ここへ持ち込まれたものが武漢で広がり、こういうことになった、ということを言いたいのです。

趙報道官が、〝米軍が疫病を武漢にもたらした可能性がある〟とツイートしたので、ウイルスがこのイベントで持ち込まれたのだ、という方向に中国が持っていきたいことはピンときました」

だが、なんの証拠もないまま、いきなり「米軍が持ち込んだのかもしれない」と外交部報道官にツイートさせるとは、さすがに恐れ入る。

林医師は、こんな情報も明かす。

「実は、そのあとの一一月にも、海軍大学校が緊急に厳重な検疫体制をとったという情報が私のもとには入ってきました。外部の人間を出入り禁止にし、緊急体制をとったというんです。普段なら軍事学校ですから、そういうことがあってもおかしくはありません。

しかし、九月に演習をやって一〇月に軍人運動会があり、一一月にさらに緊急体制をとったというのは、あまりに連続していて、何があったのか、と思いますよね。すでに新型コロナウイルスのことが分かっていたのではないか、という推測が成り立つからです。

香港の『サウスチャイナ・モーニング・ポスト』というアリババのジャック・マーが所有している新聞には、中国で感染が把握されたのは、一一月一四日だと報じられたことがありますから、私は、この時点で中国が〝何か〟を把握していた可能性はあると思っています」

武漢では、これほど不可思議な動きが続いていたのである。一連の動きは、冷静に振り返ってみなければいけない、と林医師は指摘する。

「昨年の九月から一〇月、一一月の一連の尋常ではない動きをどう見るか。中国政府が、この時点で何かを把握していたんじゃないか、という疑いがどうしても拭えない。私は、以前から武漢病毒研究所が江沢民の息子・江綿恒の牙城ということを聞いていました。

中国の医学関係、医療関係を一手に握っているのは江沢民系でした。中国でP4ラボを持っているのは武漢病毒研究所だけです。その重要な研究所の所長は、王延軼というまだ三八歳の女性で、経験も業績もないのに、ご主人が江綿恒と関係が近く、それで抜擢されたという解説を聞いたこともあります。

しかし、新型コロナウイルスの感染爆発があってから、すべてを軍の管理下に置きました。習近平が手を突っ込めなかった江沢民系の牙城に軍を入れて、やっと支配下に置いたということです」

林医師のもとに入ってくる情報は真偽不明のものも含め、さまざまだ。その中から真実を探る作業をつづけなければならないのである。

「この騒動が起こって研究所の中からさまざまな情報が流れていますよね。例えば、いきなり、石正麗を実名で告発したとされる武漢病毒研究所の研究員・陳全姣の身分証明書がネットに流れたり、黄燕玲という武漢病毒研究所研究生の身分証明書がアップされて〝この人がゼロ号患者です〟という告発があったり……。

調べてみると、情報の真偽はともかく、身分証明書を見ると〝本物〟なんです。なぜ、こんな本物の身分証明書が流出するのか。それは、内部の人がやっているからです。つまり、研究所の中では、未だにさまざまな抗争がおこなわれている。その中から真偽入り乱れた情報が出ているわけです。いかにも中国らしいですよね」

林医師は、この問題は中国共産党の独裁政権下で起こったことであることを忘れることなく分析することが必要だと語るのである。

フランスは知っていたのか

「新型コロナウイルスが武漢の市場で発生したものとは、私は信じていないよ。自然なルートで発生したものではない。ウイルスが何の目的で作られたのかは知らない。だが、これは武漢の研究室で人工的に操作されたものだ。完全に専門的な仕事だよ。この研究室は、二〇〇〇年代以降、コロナウイルスに関して専門化したものなのだ」

四月一六日、フランスのインターネットサイト『Pourquoi Docteur』の音声インタビューで、フランスのウイルス学の権威、リュック・モンタニエ博士が突然、そんな爆弾発言をおこなった。

すでに世界で感染者が二〇〇万人を突破し、感染者、死者は一三万人を超えていた。WHOが三月一一日にパンデミックを宣言して以降も、感染者、死者は減少傾向に転じる素振りはまったくなく、右肩上がりの上昇をつづけていたのである。

モンタニエは、エイズウイルス（HIV）を発見したことで二〇〇八年にノーベル生理学・医学賞を受賞した。パリのパスツール研究所で長く研究生活を送ったモンタニエには、同研究所をはじめ、業界に数多くの弟子たちがいる。それだけに、この発言の反響は大きかった。

一方で、同氏は、科学的根拠のない特定の民間治療法を推奨したりするなど、最近の言動には疑問視されるものも存在する。

感染拡大の怒りをどこに持っていくべきなのかを世界中が求めていた時期だけに、その発言の波紋はおそらく本人の想像を超えたものになっただろう。

モンタニエ発言の真偽を巡って賛否両論、支持不支持が入り乱れ、ルモンドやフィガロをはじめとするフランスのほぼすべてのメディアがこの話題でもちきりとなった。

「新型コロナウイルスの中には、エイズウイルスが含まれている」

モンタニエはそう語り、博士とのコンビでさまざまな情報発信をおこなっている数学者のジャ

ン・クロード・ペレズも、

「これは時計職人がおこなうような精密なもので、自然に存在することはあり得ない」

と、遺伝子操作の疑惑を提起したのだった。

真相をいえば、今回のモンタニエ発言の根拠となったのは、このペレズの論文である。そこには、興味深いこんな部分があった。

「新型コロナウイルスの全遺伝情報（ゲノム）の一％未満という極めて狭い領域に、HIVに由来する情報の断片が六つもあった。その入り方には、自然にはあり得ない特徴〟が見られる。これは、人為的に挿入したものと考えられる」

モンタニエは、このペレズの調査結果と自らの経験を照らして先の発言をおこなったのである。モンタニエの発言には、こんな部分もある。

「自分はもう八七歳だし、なにも怖くないから、本当のことを言う。科学的真理というものはいつか必ず明らかになる。どんなにごまかそうとしても、必ずいつかは科学的真理が明らかになるはずだ」

この発言には、伏線がある。

先にも記したが、今年一月三〇日、インド工科大学の科学者たちが科学誌『BioRxiv（バイオアーカイヴ）』に〈新型コロナウイルスのたんぱく質と、その中に挿入されているHIV-1のたんぱく質との不思議な類似性〉と題された興味深い発表をおこなっていたことだ。

そこでの発表を要約すれば、

「新型コロナウイルスには四つの他のウイルスの蛋白質が挿入されている。そのすべてが、エイズウイルス（ＨＩＶ）の蛋白質と同じであり、これは同じコロナウイルスであるＳＡＲＳやＭＥＲＳには含まれないものである。ウイルスがこのような独自な挿入を短時間で自然に獲得することは、ほとんどあり得ない」

具体的な研究成果を実際の遺伝子配列を示しながら、インド工科大学の科学者たちが発表したのだ。しかし、この論文は二日後、ほかの研究と同じく削除され、以後、これ以上の議論は深まらなかった。

モンタニエはエイズウイルスを発見した当事者である。短期間で自然にほかのコロナウイルスにないエイズウイルスを突然、「新型コロナウイルスが獲得することはあり得ない」として爆弾発言に至ったのである。

「Ｐ４ラボ」への懸念

モンタニエ発言が、想像以上の反響を呼び起こしたのは、ほかにも理由がある。武漢病毒研究所が、フランスとは「切っても切れない関係」にあることだ。

正しく表現すれば、モンタニエ自身が研究生活を送ったパリのパスツール研究所をはじめフランスの協力がなければ、そもそも武漢病毒研究所に「武漢国家生物安全実験室」、すなわち、最も危険性の高いウイルスを研究する「Ｐ４ラボ」は設立できなかったということである。

「Ｐ」とは物理的封じ込め（Physical containment）を表わすものである。ウイルスやバクテリアなどを取り扱う研究所は、バイオセーフティーレベル（ＢＳＬ）と呼ばれるＷＨＯが制定した実験室生物安全指針に基づく「安全基準」に従っている。

これは、扱う病原体によって四段階に分けられている。最も低いBSL—1は、人体への害がない病原体だが、最高レベルのBSL—4は天然痘ウイルスやエボラウイルス、マールブルグウイルスといった極めて毒性が強く、かつ、ワクチンや治療法がほとんどない病原体が指定されている。危険性が高い研究だけに漏洩が起こらないよう厳しい基準が設けられているのである。

二〇〇三年のSARS蔓延から二〇〇四年にかけて、国際社会は、こういう事態を回避するために先進各国があらためて研究費を増額させようとする気運があった。

SARSの発生源となった中国も同じだ。新たな感染症に見舞われるのは、どんな国でも「回避したい」のは当然のことだ。

中国が頼ったのはフランスだった。当時の胡錦涛国家主席が直接、フランスのシラク大統領に熱心な依頼をおこなうなど、二度と発生源にならないという思いで同国の協力を求めたのである。

シラク大統領と胡錦涛主席との間で「中仏予防・伝染病の制御に関する協力」の枠組み締結がおこなわれたのは、二〇〇四年一〇月のことだ。

SARS騒動の生々しい時期に早くも締結にこぎつけたことに中国の〝並々ならぬ意欲〟が表われている。これによって高度な専門知識と技術を持つフランスのいくつかの企業が、武漢病毒研究所内に設立される「P4ラボ」の設計と技術支援に全面的に乗り出すことになったのである。

しかし、フランス国内のウイルス専門家たちの間では、相当数の反対者がいたことが今も語られている。それはまさに、

「中国にそんなものをつくらせていいのか」

というひと言に集約されるものだった。

細心の注意を払い、人々の命を守るために研究をする「P4ラボ」である。間違っても、生物兵器をつくるようなものに利用されてはならないし、フランスが長年築き上げてきた知識や技術がそんなものに関わることは許されないからである。

学者たちの間で「中国は大丈夫なのか」という懸念が存在した理由はそこにある。

それには、ある事件が関係している。

二〇〇一年九月のアメリカの同時多発テロである。イスラム過激派アルカイダによって引き起こされたこの九・一一テロは、マンハッタンの超高層ビルへの航空機による激突が鮮明に記憶されているが、実は、九月から一〇月にかけて、生物兵器テロもおこなわれていた。

九月一八日と一〇月九日の二度にわたってアメリカの大手テレビ局や出版社、上院議員に対し、炭疽菌が〝封入〟された容器の入った封筒が送りつけられた事件だ。

炭疽菌は空気とともに肺に侵入すると、高熱や咳といったインフルエンザと似た症状を示し、やがて血痰や膿《うみ》が出るようになり、呼吸困難に陥って死に至る。実に致死率九〇％という恐ろしい細菌である。この時、炭疽菌の感染によって五名が肺炭疽症を発症して死亡、一七名が負傷した。世界のウイルス学者たちは、この時、生物テロの恐ろしさを思い知った。

三〇〇〇名以上の犠牲者を出した同時多発テロ事件で、仮に生物テロが大規模かつ効率的に

おこなわれていたら、犠牲者の数の「桁」が違っていただろうと、ウイルス学者たちの心胆を寒からしめたのである。

フランスのウイルス専門家たちの懸念は、突きつめれば、やはり中国が自由主義国家ではなく、全体主義国家であり、中国共産党独裁政権によって「支配されていること」に尽きていただろう。民主主義ではない国家に「P4ラボ」をつくるべきなのか。果たして、それを許していいのか。少なくとも細菌戦争を研究する専門家たちの間には、そういう反対の声もあったことを記しておきたい。

二〇一五年一月三一日、シラク―胡錦涛との締結から一一年、武漢「P4ラボ」はついに完成した。二〇一七年二月には、フランスのベルナール・カズヌーヴ首相の現地視察もおこなわれている。

「武漢P4ラボに、わがフランスの研究者を五年間にわたって五〇人を送り込みたい」

カズヌーヴ首相はそう発表したが、中国の〝消極姿勢〟によって約束はその後、履行されていない。

モンタニエ発言に対して、フランス国内で湧き起こった賛否両論は、「武漢P4ラボ」に対する他国とは異なる関心の度合いを感じさせる。フランスマスコミの連日の大報道も国民のその関心の高さを裏づけるものだろう。モンタニエ発言の翌日の四月一七日、英紙フィナンシャル・タイムズのインタビューに応じたマクロン大統領はこう答えている。

「われわれの知らないことが起きていることは確かだ」

世界はとどまるところを知らない感染拡大に怒りを抑えられなくなったのかもしれない。モンタニエ発言は、その疑惑に新たな火種を放り込んだことは間違いない。

漏洩問題の「本質」

肖波涛教授やモンタニエ博士といった斯界《しかい》の権威ある人物たちの指摘を私たちはどう受け取るべきなのだろうか。

有力な証拠や当事者の内部告発等々が出てこないかぎり、新型コロナウイルスが研究所内部で「つくられたものなのかどうか」という世界が注目するポイントについて納得できる回答は難しいだろう。

しかし、先の林建良医師は「中国人の特性」というものをさらに加味して考えてはどうかと、こんな問題提起をおこなった。

「ウイルスが人為的につくられたというのは、この世界の骨のある研究者たちの共通の認識になっていると思います。しかし、それは確定するものでなければ、意味がありません。問題は、研究所が発生源かどうかの論争と共に、もしあそこから出たのだとすれば、それが意図的に流出したものなのか、それとも事故やその他の理由によるものか、ということも併せて考えておくことが重要になってきます。そこで出てくるのが〝中国人の特性〟という部分をどう考えるかということなのです」

それは、どういう意味なのか。

「この研究の世界にいた人間には常識ですが、実験動物の処分という問題があるんです。これは本当に厄介です。費用ももものすごくかかります。実験で死んだ動物は特別なところに保管しなければいけないし、専門の業者に依頼しなければなりません。なにしろウイルスに感染したりしているわけですからね。

そういう汚染した動物は冷凍するなどして専門の業者が特別な運搬車で取りに来るわけです。完全に漏れないようにして厳重で特別な方法で焼却します。実験動物は遺伝子を組み換えられたものを打たれたりしていますから、かなり危険なんですね。しかし、中国では、こういうものを売ってしまえば、逆にお金になるわけです。つまり、実験動物の死体がお金になるのです」

つまり、その危険な死体をどこかに売るというのか。

「そうです。これは氷山の一角ですが、中国トップの中国農業大学の著名な学者である李寧教授がどんなことをしていたか、を考えて欲しいと思います。この人は遺伝子、特にクローン研究の第一人者として中国で有名な人物です。

彼は大学で扱っていた実験動物、たとえば牛とか豚を売って、日本円にして一億円ぐらいの利益を得ていたことが判明しています。今年一月に彼は吉林省の裁判所で懲役一二年と罰金三〇〇万元（約四五〇〇万円）の判決を受けています。実験動物というその後の扱いに大変神経を使わなければならないものを著名な学者が売却し、億単位の利益を得ていたということです。

実験動物を売るというのは、中国ではよくあると思います。実験動物で一番使われているのはネズミです。中国人はネズミを食べるのが大好きですよ。ネズミやウサギ、猿、コウモリも食べますね。中国では、コウモリやネズミは、豚肉よりずっと高いですよ。

実験動物を売るということは、まず動物を処理する費用を自分のポケットに入れることができ、かつ、売って得る収入もあるわけです。両方を合わせると莫大な収入になってきます。だから李寧教授も、判明しているだけで億単位の利益になっているわけです。中国では野生動物の方が高いですからね」

実験で使っていた動物が人々の「食用になっている」可能性を林医師は指摘するのである。

李寧教授の犯罪については、中国のメディアも報道したため、以下のように詳細が広く知られることとなった。

被告人…李寧、男
一九六二年七月九日　江西省信豊県生まれ
漢族、博士
中国工程院院士、中国農業大学教授、中国農業大学生物技術国家重点実験室主任、北京済福霖生物技術株式会社社長
北京市海淀区在住
二〇一四年六月二一日逮捕　吉林省拘置所に拘留中
起訴状…二〇〇八年七月から二〇一二年二月の間、研究費を実験用の豚と牛の購入に充てた。また、実験を終えた豚、牛、牛乳を不法に売却し、その代金一〇一七万九〇〇〇元（約一億五二〇〇万円）を個人の銀行口座に振り込ませた。
さらに、李寧は部下の張磊研究員と共に、研究費の偽装請求や人件費の偽装計上などを行い国有財産三七五六万六四〇〇元（約五億六三〇〇万円）を横領した。

国庫から実験動物を処理する費用を得て、さらに売却の利益を得るというのだから驚くべき犯罪といえる。だが、林医師によれば、

「中国人のやり方からすれば、十分あり得ると思います。この犯罪は、実験動物の処理に、そもそも莫大な費用をかけるのはバカバカしいという発想から来ているわけです。日本では、高額の費用をかけて専門の業者に特別の処理を頼むのがあたりまえですが、中国では指導的な地位にいる大学教授がこういうことをおこない、犯罪となるわけです。

金になるものを、逆に金をかけて捨てるなんてあり得ないという考え方です。中国人の合理主義からすれば、これは〝非合理主義〟なんですよ。こういう風に研究所から広がる可能性もあるわけです」

さらに林医師は、実験や研究現場の杜撰な実態について、こう指摘する。

「実験中の杜撰なやり方や不注意によって研究員が感染する場合もあります。二〇一七年五月には、田俊華という研究員が、実験中にコウモリの尿を浴びてしまったことが地元の『武漢晩報』に報じられたのです。田研究員は防護措置を忘れたまま実験をおこない、不注意でコウモリの尿を浴びてしまいました。

もし、感染していたら治療薬も何もありません。かなり深刻な事態になっていたでしょう。田研究員は、一四日間の潜伏期間を考慮して半月間、自主隔離に入り、妻子とも距離をとったそうです。幸いに半月後、感染がなかったことが判明し、胸を撫で下ろしました。これが中国の研究現場の実態なのです。こういう国が〝P４ラボ〟を持ち、実際に動物を使って危険な実

験をおこなっているという事実をどう考えるのか。問題の本質はそこにあります」

極めて危険な実験動物の死体を売ったり、あるいは、研究員が自らの不注意によって感染リスクを負うこともあるのである。

研究所が発生源――そんな指摘をする人々は、こういう研究現場の実態を熟知しており、武漢で起こった新型コロナウイルスによる肺炎がとても自然発生などではあり得ない、という前提に立っていることがおわかりいただけるだろうか。

「二〇一五年に『ネイチャー』が指摘した危険性を私はずっと意識してきましたが、今回のような世界で何百万人が感染し、何十万人が死亡するような事態が起こったのですから、これは徹底的な真相解明が必要なんです。良心的な学者や研究者によって、さまざまな告発や問題提起がおこなわれていることを無駄にはして欲しくないですね」

多くの犠牲者の無念を生かさなければ、人類は「未来」に対して、またしても禍根を残すことになるだろう。

私自身も二年前の二〇一八年四月五日にCCTVが報道した中身に仰天したことがある。豚に広がっている感染症がコウモリ由来の新型コロナウイルスであることを武漢病毒研究所が確認し、注意を呼び掛けるニュースである。

これは、ネットで今も観られるだろう（筆者注＝二〇二〇年五月末時点では視聴可能）。そこでは、コウモリを素手で掴んだり、シャーレやピペット等を使って実験をする女性研究員たちが頭に何も被ることなく、長い髪の毛もそのままでおこなっているようすなどが映し出されていた。

武漢病毒研究所のあまりに杜撰な実験風景や管理体制が強く印象に残った。

果たして、「P4ラボ」を今後も運用していく資格が中国にあるのか。そのことを問い直さなければ、人類は幾度も瀕死の被害を受けていく可能性が否定できないのである。

エスカレートする〝発生源論争〟

欧米の主要国は四月一六日、テレビ首脳会議を開いた。その時、フランスのマクロン大統領をはじめ、首脳たちの口から厳しい中国批判が飛び出した。

AFP時事は四月一七日、その模様をこう報じている。

〈欧米の主要国は16日、米国が世界の感染者が210万人を超えた新型コロナウイルスの発生源が中国・武漢の研究所かどうかについて調査を進めていると発表するなど、新型ウイルスのパンデミックをめぐり、中国への圧力を強めた。フランスのマクロン大統領は、中国が新型ウイルスの流行にうまく対処していると「ばか正直」に信じてはいけないと警告した。

新型ウイルスの流行により、世界で14万人超が死亡、210万人超が感染、失業者数は歴史的な高水準に上っている。英国と日本、米ニューヨークは、外出制限を延長・拡大した。トランプ大統領はこの数週間、中国を攻撃してきたが、G7テレビ首脳会議で各国の支持を得たようだ。

新型ウイルスに感染し療養中のジョンソン英首相の職務を代行しているラーブ外相は記者団に対し、中国とはこれまでの関係を維持できないかもしれないと話した。ラーブ氏は「（新型ウイルスが）どのようにして発生し、なぜ早期に阻止できなかったのかという、厳しい質問をせざるを得ない」と述べた。

マクロン氏は、中国が新型ウイルスの流行にうまく対処していると「ばか正直」に信じてはいけないと警告。英紙フィナンシャル・タイムズのインタビューで、「われわれが知らないことが起きているのは明らかだ」と述べた。

中国の習近平国家主席とロシアのプーチン大統領は電話会談し、中国を非難するのは非生産的だと訴えた。中国国営新華社通信によると、習氏はパンデミックの政治問題化について、「国際協力に有害」だと主張し、プーチン氏は「一部の人々による中国を貶めようとする試み」だと非難した〉

もはや、自由主義圏の首脳たちの怒りは抑えられないところまで来ていた。

「中国が、新型ウイルスの流行にうまく対処していると〝ばか正直〟に信じてはいけない」

マクロンの先の言葉は、国民の命が失われ、多くの犠牲が各国へ拡大していることへの苛立ちと憤激が表われている。

やがて、アメリカが中国メディア五社の従業員数を制限する措置をとれば、中国は即座に米三紙の記者を追放するなど、両国の感情的な対立はエスカレートしていく。

五月三日にポンペオ国務長官は、出演したテレビ番組で、

「ウイルスが中国の研究所から広がったという多くの証拠がある」

と語り、六日の記者会見では、

「中国は世界中の何十万人が亡くなるのを防ぐことができたはずなのにそうはしなかった。彼らは感染の発生を隠したのだ」

と述べ、中国の隠蔽に対する強硬姿勢を隠さなかった。また、台湾のＷＨＯ総会へのオブザーバー参加を拒絶する姿勢に対して、

「中国は、私たちが国民の安全を守るために必要な情報の共有を今も拒んでいる」

と厳しく攻撃した。ポンペオは李文亮医師のことを重く見ており、

「中国は、医師による情報の発信を規制したのだ。世界的な感染拡大の責任は中国の初期対応の誤りにあるのは明らかだ」

そうつけ加えるのを忘れなかった。やはり、李文亮の告発はアメリカにとって極めて大きかったのである。艾芬が発表した手記も、アメリカ側の貴重な資料となっていることは間違いない。

ついには、五月二〇日、トランプ大統領は自身のツイッターでこれ以上はない言葉を用いて中国を糾弾した。

「(パンデミックは)世界規模の大量殺人だ。これをもたらしたのは〝中国の無能さ〟である」

もはや妥協は許されないほどの痛烈な言葉である。〝世界規模の大量殺人〟とまで言われたら、「宣戦布告」と捉えてもおかしくないほどの文言である。

中国対アメリカの戦いは、次第に中国と自由主義圏全体との戦いの様相を呈してきたのだ。

国際ジャーナリストの古森義久は、こう語った。

「イタリアのサルヴィーニ元副首相も〝中国がやったことは全人類に対する犯罪だ〟と言いましたね。厳しい言葉でした。イギリスでもラーブ外相が〝コロナウイルスの真相が一体なんだっ

たのか調べよ〟と語り、オーストラリアは、政府としてコロナウイルスの調査をせよ、と決めたわけですよね。インドでは、法律家集団が、国連に中国への訴訟を起こしました。

国際社会は轟々《ごうごう》たる中国への非難の中にいます。中国に対する国際社会の見方と行動が正しい方向に大きく変わってきたということです。香港やウイグル、台湾に対する威圧という人権問題が、かつてなく国際社会で大きく取り上げられるようにもなってきました。中華人民共和国が、いかに国際秩序に対して有害な国であるかという認識が、政府レベルで定着してきたことを示しています。

歴史的に見れば、世界の潮流がそうなってきたということです。そういう時に、また日本が天安門事件後のように、中国にすり寄っていくことは許されないでしょう。あの〝二の舞〟だけはしてはならないのです。そもそも、日本が中国にすり寄った結果、何かいいことがありましたか。中国は軍事大国になり、尖閣でも日本に対していろいろなことをやり始めました。日本にとって、いいことは何もなかったのです。

未だに習近平国賓来日をどうするか、という話が日本ではされている。もし習近平氏を国賓として呼び、世界がそれを見たら、日本は世界からどう見られるでしょうか。情けないというか、そこがわかっているのか、という感じがしますね。世界の潮流、歴史の流れを日本もきちんと見なければなりません」

ウイルス発生源論争から、もはや引き返すことができないレベルにまでエスカレートした米中激突とは、間違いなく「日本の覚悟」そのものを問うものであることを忘れてはならない。

第一二章　混沌政界へ突入

創価学会〝絶対権力者〟の逆襲

それは、あり得ない事態だった。

「私たちは〝断頭台《だんとうだい》〟に乗っているんですよ」

公明党の山口那津男代表がそう言った時、安倍首相は押し黙った。

四月一五日午前一〇時、日本の政界をひっくり返すような事態が起ころうとしていた。官邸に駆けつけてきた山口のバックにいる人物が「誰」であるか、首相にはわかっていた。

事前に官邸には「創価学会の〝絶対権力者〟が激怒している」という情報がすでに入っていたのである。山口代表は、その絶対権力者の「意向」を受けて目の前にいる。

「〝三〇万円〟を強行すれば、政権の危機になります」

政権離脱まで匂わせて山口がそう言うと、ようやく安倍が答えた。

「これまでの積み重ねがありますから」

その時、山口の口から飛び出したのが、冒頭の〝断頭台〟という言葉だったのだ。

山口は、こう応じた。

「私たちの主張は、変わりませんよ。ここは政治決断していただくしかありません」

与党で合意していた緊急経済対策の「減収世帯への三〇万円給付」。これを撤回し、国民一人あたり「一〇万円の一律給付」に転換せよ、と山口は言っているのである。

政府・与党は、生活支援臨時給付金を盛り込んだ二〇二〇年度補正予算を四月下旬には成立させ、五月中に支給することを目指していた。その〝核〟が、コロナの感染拡大で困窮する世帯、つまり住民税非課税世帯等に三〇万円を支給するというものだ。

もちろん公明党も同意して、すでに閣議決定も終えている。今になってそれを反故《ほご》にするなど、あり得ないことだった。

安倍が、「これまでの積み重ね」という言葉を口にするのも無理はなかった。この要求が理不尽であることは、安倍、山口双方が、もとより「わかっていた」のである。

だが、公明党の支持母体・創価学会の情報を独自ルートで入手していた安倍は、すでにこの時点で、「要求は聞くしかない」という思いに捉われていたに違いない。

山口が言っている中身が、そのまま創価学会第六代会長、原田稔《みのる》(七八)の要求であることを「首相は知っていた」からである。

その意味の重さを安倍自身がわかっていたのだ。

公明党の支持母体である創価学会の選挙におけるパワーは、今さら説明を要すまい。かつては九〇〇万票近い、とんでもない「票」を集めたこともある宗教団体である。

第三代会長の池田大作は今年、九二歳。昨年、二度、聖教新聞紙上に写真が登場したものの、いずれも「座ったまま」の姿で、表情もまったくなかった。

かつてのカリスマ性はもちろん、強烈な個性そのままの肉声も伝わってこない。池田の意思そのものが窺えるようすは、すっかり「なくなっている」のである。

そのなかで二〇〇六年から一四年間にわたって会長の地位にある原田稔は、徐々に権力基盤を固め、表向きは〝集団指導体制〟と言いながら、現在では〝原田独裁〟と言うに近い態勢を築き上げていた。

いわば池田に代わる現在の創価学会の〝絶対権力者〟である。

その原田と安倍首相との関係は知る人ぞ知る。二人の間にはホットラインがあり、選挙の最終盤など、「どうしても」という時には、これが使われる。

原田会長は創価学会内で権力基盤を固める中で、政界への影響力をここ数年、特に強めてきた。二人の関係を知る人物の話を紹介しよう。

「二人は、端的にいえば安倍首相が原田会長に恩義を感じている、という関係ですね。二〇一八年二月の名護市長選のことを見ればわかります。公明党の沖縄県本部は、辺野古《へのこ》への移設にはもともと反対なのに、原田会長がわざわざ沖縄に乗り込み、名護市内に二千数百票あるという学会の最後の票固めをやったんです。

その結果、自民公明など与党が推す候補を当選まで持っていきました。会長が乗り込んで直接、檄《げき》を飛ばしたものだから、地元の学会員たちが〝市長選でこれほど動いたことはかつてない〟と誰もが言い合うような選挙戦になったんです」

それだけではない。その半年後の二〇一八年九月にあった沖縄知事選でも原田会長の姿は沖縄にあった。

「ここでも会長自ら乗り込んで、自民党のために奮戦したわけです。知事選は残念ながら敗れましたが、この動きも安倍首相を大いに感激させたのです。

そして、二〇一九年七月の参議院選広島選挙区の例の河井案里の選挙でも、原田会長は終盤に現地入りしているんですよ。公明党の候補者でもないのに、わざわざ河井案里をテコ入れするために、学会票を極限まで掘り起こしに行き、その結果、勝利させたわけです。

参議院選挙では公明党の候補者は、ほかにいっぱい出ているのに、広島にわざわざ入って自民党の議員を懸命に応援したわけですからね。名護市長選だって、沖縄知事選だってそうです。公明党の議員ではありません。自民党です。さすがに首相も原田会長に大いに恩義を感じるようになったのです」

こうして原田会長と安倍首相との関係は深まっていった。カリスマ池田には到底できなかったフットワークの良さを見せる原田は、安倍首相の心を〝鷲《わし》づかみ〟にしたのである。

その原田の強烈な意思こそ「一律一〇万円給付」にほかならなかった。

そこには、創価学会の厳しい内部事情があった。

怒り噴出の創価学会

関係者の話を続けよう。

「創価学会は、新型コロナの感染拡大で打撃を受けています。二月以降、会合もできなくなり、各種の集会も持てなくなった。結束力を保つための活動がすべてストップしたのです。それなのに、肝心の公明党は、ただ〝安倍一強〟につき従うだけで、何の影響力も発揮できないままでした」

〝踏まれても　踏まれても　ついていきます　下駄《げた》の雪〟――公明党は、安倍一強の中で、そんな都々逸《どどいつ》で笑われるほどの存在と化しつつあった。

「これではまずい、このままでは駄目だ、というのは学会の幹部たちにはもちろんあります。一生懸命活動をしても、〝現世利益《げんせりやく》〟を得られないとなれば、退会する人間が続出するのではないか、という危機感を原田会長は当然、持っています。

会員の減少で、ついに配達員不足から聖教新聞の配達を読売新聞の販売店に委託する地域まで出始めましたからね。会員の高齢化と減少が著しく、原田会長の危機感はとてつもなく膨らんでいたんです」

原田会長が山口代表に「どうしても、国民に一律一〇万円の現金給付を実現せよ」という〝厳命〟を下した背景には、そんな学会の厳しい内部事情があったのである。

「原田会長の指示は山口代表にとっては絶対です。会長は、東京大学経済学部出身のインテリでもあり、山口代表からすれば、同じ東大閥です。会長の前では、山口代表は直立不動ですよ。原田会長のお蔭で山口代表の今の地位があるわけですからね。

原田会長の怒りに公明党はビビりあがりました。昔なら、矢野絢也《じゅんや》元委員長や、市川雄一元書記長のような力のある人間が党にもいましたが、今はそういう人物が皆無です。だから抑えも何もきかないんですよ。創価学会の意向が、公明党にはダイレクトになりましたね」

公明党の力量の衰えに対して、原田会長をはじめ、学会指導部の怒りは凄まじいものになっていた。

一方で、創価学会も、コロナ禍の中で揺れに揺れていた。いや、〝揺れ〟というより〝怒り〟と言った方が正確だろう。

「三〇万円支給」には当初、住民税非課税世帯という制限があり、支給対象は全世帯の二割に過ぎず、財政支出も四兆円だけだった。

要するに大多数の国民には、それは関係ないシロモノだったのだ。そのことがわかった時の国民の怒りは大きかった。

「そこまで首相は財務省の言いなりなのか」

「結局、一般の国民には〝何もなし〟か。ふざけるな！」

そんな不満が国民の間に噴出していた。

それは、創価学会内部でもまったく同じだ。婦人部を中心に、

「公明党は何をやっているの！」

「こんなものも押し戻せないとは、信じられない」

激しい怒りの声が渦巻いたのだ。

ついにその怒りが爆発したのは、四月一四日である。

自民党本部で二階俊博幹事長が突然、記者たちの前でペーパーを読み上げた「中身」がきっかけだった。

「経済対策には、国民の間に〝一律一〇万円〟の給付を求める切実な声がある」

読み上げたペーパーの中にそんな文言があったのである。さすがに国民の間で噴き出している怒りを考慮し、次の二次補正では「一律一〇万円」給付が実施されるだろうことを二階は示唆したのである。

すでに三〇万円支給の補正予算案は決定しているだけに、「次に期待して欲しい」と二階は言いたかったのだろう。

だが、この発言が創価学会を〝沸騰〟させた。

もともと国民一人一人に一〇万円を給付するというのは、自民党内でも、公明党内でも、主流を占めていた考え方である。しかし、与党の一員として、公明党は、泣く泣く限定的な三〇万円支給に賛成した経緯があった。

それが、今度は自民党幹事長が早々と二次補正での「一〇万円給付」を示唆し始めたのである。公明党のことなど眼中にないことは明らかだった。思わず創価学会内部で、

「ふざけるな!」

という声が飛んだのも無理はあるまい。

創価学会は、騒然となった。公明党本部には、学会員からの電話が殺到したのである。

このままでは学会員の不満を抑えられない。多くの学会幹部はそう考えた。それは、絶対権力者・原田稔も同じだった。

安倍首相のもとにも、学会内部の動きが届いていた。

目の前にいる山口代表は、原田会長の意を受けてやって来ている。

これまでの恩義を返す時ではないのか——安倍の頭に、そんなことがよぎったかどうかは定

かでない。

「方向性をもって、しっかりと検討したい」

山口は、ついに首相自身から、その言質をとったのである。

こうして政府が閣議決定を取り消し、予算の書き換えまでして、国民一人あたり「一〇万円給付」を実施するという前代未聞の逆転劇が起こったのだ。

それは、コロナ対策の相次ぐ失敗に国民の支持が離れ、〝安倍一強〟が崩れつつあることを明確に示すものでもあった。

「二〇二〇年は特別な年」

これまでに創価学会と安倍官邸との関係は、主に菅官房長官と創価学会の政治担当の副会長である佐藤浩とのパイプに負ってきた。

折々の選挙戦の情勢に応じて、創価学会票を「どこ」の選挙区で「どう動かすか」など、菅官房長官と直接、連絡を取り合ってきたのが佐藤である。

しかし、安倍首相と原田会長との間のホットラインは、選挙などの重要な最終局面では、「菅―佐藤ライン」を飛び超えて、直接、使われるようになり、関係の強化がはかられていた。原田の〝献身的行動〟は、次第に安倍首相に対して力を発揮していたことになる。

先の関係者はこう語る。

「創価学会には、低所得者層が多いんです。生活が厳しい方が一杯いるわけですよ。しかし、三〇万円の給付も、よくよく聞いてみたら、来ると思っていた自分たちに来ないということがわかってきた。これが大変な不満になったし、婦人部を中心に、〝選挙を一生懸命やったって、結局、ご利益は何もないじゃないの〟という話になったわけです。創価学会の危機感は、ものすごいものでした。

私の耳には、（政界担当の）佐藤浩が山口代表を怒鳴りつけたという話も入ってきたし、原田会長も山口代表を呼びつけた、という話など、いろいろ入ってきましたよ。

原田会長は〝山口とはよく会って話をしている〟と言っています。同じ東大閥の先輩後輩で、パイプはもともと太かったですが、〝生活者の小さな声を聞く力〟とか言いながら、実際には、婦人部の声も生かせないわけですから、不満は大きかったんです。会長の本音は〝いったい公明党は何やってるんだ、もっと学会員のために働け！〟というものだったと思います」

ここで「一人一〇万円給付」を勝ち取れば学会員の不満もある程度は収まり、退潮傾向の現状にもプラスに働くとの原田会長の考えがあったのだろう。

「実は、今年は五月三日が池田大作第三代会長の就任六〇周年であり、一一月一八日には、創価学会が創立九〇周年を迎えるという大きな節目の年なんです。だから、創価学会としては、何としても勝利している、俺たちは繁栄している、ということを示さなければなりませんでした。そういう思いが原田会長にはあったわけです。

そのためには、創価学会では〝現世利益がある〟ということを内部に見せる必要がありました。だからこそ、この節目の年に、ちゃんと政治にモノを言って一〇万円を獲得することができたんだ、ということを見せて、普段の立正安国《りっしょうあんこく》の戦いは正しいのだ、勝利なのだ、ということを見せざるを得なかったのです。

それが、閣議決定を取り消してまで予算の書き換えをさせるという歴史的なことにつながりました。さすがのパワーということですね。原田会長も安倍首相との日頃の関係を生かせて、大満足だったと思いますよ」

原田会長の意を受けた山口代表の「官邸への突撃」には、そんな裏事情があったのである。公明・創価学会の乾坤一擲《けんこんいってき》の大勝負は、こうしてコロナ禍における〝あり得ない事態〟を生んだのである。

自民党議員たちの衝撃

この逆転劇は、自民党本部九〇一号室で「国民一人一律一〇万円の給付」実現を叫んでいた自民党議員たちに衝撃を与えた。それは、一律一〇万円給付が急転直下、実現したことのありがたさと共に、悲哀と虚しさを感じさせるものでもあった。

しかも、これは安倍政権のあり方の根本を問うものでもあった。

〝安倍一強〟という言葉は、いいかえれば、党を構成する自民党議員たちの影響力が「いかに小さいか」を表わすものでもある。

有権者と直接向き合っている自分たちが何の力も発揮できない辛さは、国会議員にとって虚しさ以外のなにものでもなかっただろう。つい前の週まで、彼らは安倍政権が打ち出した「緊急経済対策」に対して、猛烈な反発を示していた。

「これでは支持者に顔向けできない」

「経済政策のテイを成していない。撤回して下野した方がいい！」

「一丸となってコロナと闘うべき時に、国民を〝分断〟してどうするんだ」

自民党本部九〇一号室は、またしても怒号に包まれたのだ。四月七日に公表された政府の緊急経済対策は、それほど「評判が悪かった」のである。

政治部デスクはこう解説する。

「あまりに評判が悪すぎましたね。国民の願いは消費減税と現金給付です。昨年一〇月に八％から一〇％に消費税が上がって一気に景気は冷え込みました。GDPの年率換算が一〇月〜一二月期で前年比マイナス七・一％まで落ち込んでしまったんですからね。

そこへコロナが来た。人の動きが規制され、経済活動も止まって、もう誰の目にもリーマンショックどころではないことがわかっているのに一〇八兆円の史上最大の経済対策と謳いながら、実際の〝真水〟部分はたった一七兆円ほどしかなかったわけです。

消費減税もなければ、目玉の現金給付三〇万円も住民税非課税世帯という全体の四分の一足らずにしか渡らないお粗末なものだということがわかった。さすがに〝ふざけるな！〟となってきたわけです」

一月からコロナ対策に失敗してきた安倍首相は「完全に当事者能力を失っている」と、永田町では公然と囁かれていた。

それは、昨年五月に首相自身が、「リーマンショック級が来なければ消費税を上げる」と言明していたことと関係している。

それ以上のショックが来た以上は、消費税を二年の時限立法で五％に戻すか、全品軽減税率を適用させるかに国民の期待は集まっていた。しかし、「財務省の強硬な反対でそれも叶わず、ならば〝それ以外〟で史上最大の経済対策を打つ、と安倍首相は麻生大臣と財務官僚に〝抵抗〟したわけです。それもフタを開けてみれば、中身は真水部分がおよそ一七兆円というショボいもので、評判は最悪。支持率もさらに落ちてしまったわけですからね」

考えてみたら、最高権力者でありながら、なぜここまで首相は「財務省に頭が上がらないのか」と、不思議というほかない。

私は三月一八日の時点でこんなツイートをしている。

3月18日（水）
政府は緊急経済対策として国民への現金給付を検討。２００９年の１人１万２０００円を上回る金額にするそうだ。期待の消費減税はなし。あまりのショボさに国民と景気の〝敵〟が財務省である事を再確認。最悪の〝戦力の逐次投入〟策で日本は再び「失われた20年」突入の可能性も。あり得ない。

コロナ水際対策の失敗の次は、経済対策の大失敗である。選挙区に帰れば、有権者の不満の声を直接、ぶつけられる議員たちの腹立たしさはいかばかりだったか。

安倍首相が打ち出した〝アベノマスク〟が予想に反して評判が悪かったこともそれに拍車を

かけたと言える。

　エイプリルフールの四月一日、「政府は一世帯に二枚の布マスクを配布することを決定しました」と安倍首相が発表したことに、国民は信じられない思いがこみあげたのだ。

「えっ、それだけ？」

　青息吐息で年度末を越すことができた国民にとって、あまりに拍子抜けするものだった。

「マスクが配れるなら、現金給付の一〇万円小切手も一緒に配ればいいじゃないか」

　そんな声が巷に満ちたのも当然だろう。私はその際、こう発信した。

4月2日（木）
マスク2枚全戸配布費用は1枚200円程度との事。つまり200億円。これに家族構成を書き、最寄りの役所に届ける「申請書」を同時配布すれば「給付金10万円」はすぐ国民に届けられる。リーマン時は「1人1万2千円、子供と高齢者1人2万円」だった。スピードが命。令和恐慌から国民を救え。

　失態の連続に海外でも「日本は大丈夫か」と大々的に取り上げられることになる。

　そして同じ日、麻生財務相が驚くべき発言をおこなったことを忘れてはならない。参議院決算委員会で共産党の大門《だいもん》実紀史《みきし》参議院議員に国民への現金給付についての見解を問われた際、

「リーマンショックの時と同じ失敗を二度としたくない」

　そう答弁したのである。

〝リーマンショックの時〟というのは、「一人一万二千円、高齢者と子供には一人二万円」の定額給付金を配ったことを指している。麻生は、その時の首相だった。

これもまた国民には驚きだったに違いない。さらに、

「何に使ったのか誰も覚えていない。国民に受けなかったね。給付は必要なところにまとめてする方がより効果がある」

そうつけ加えた。政府が策定する緊急経済対策に一律の現金給付を盛り込まないことがわかった瞬間だった。

麻生財務相は、リーマンショックの際、低迷する消費を喚起するための給付が「失敗だった」と明言したことになる。

拭えない〝不信感〟

国民の側からすれば、たった一万二千円に「どんな期待をかけていたのか」とツッコミを入れたいところだろう。それより専門家たちは、「給付は必要なところにまとめてする方がより効果がある」という部分に驚いた。

〝必要なところ〟とは、給付対象に所得制限をかけるという意味と「ほぼ同義」だからだ。財務省には「国民全員を支援する」、あるいは「消費を喚起する」という意図はまったくなく、生活困窮者を含む低所得層への「社会保障的な位置づけで給付をおこなう」という宣言と受け取っていいものだったのだ。

実際、四月三日には政府与党が経済対策を決定したが、柱となる現金給付については、全国民に一律支給する案が浮上していたものの、結局、所得減少世帯に三〇万円を支給する方向で決着。消費減税も盛り込まれなかった。

緊急経済対策などと言いながら、景気回復のために必須の消費マインドを喚起させる方式を「安倍政権は採らないこと」が明らかになったのである。

麻生財務相には、自分がおこなった給付のあまりの「少額」さが経済政策を打つ時に絶対にやってはならない「戦力の逐次投入」になっていたことなどの分析はないのだろう。

あの金額では効果がないのは当たり前という声が当時の麻生首相には届かなかったことを物語っている。

そして出てきた緊急経済対策が、とても国民が納得できない内容だったわけである。私はこの日、連続してこの問題をツイートしていった。

この時は、給付額の案は「二〇万円」だった。

4月3日（金）

収入が減った事を証明できる約1千万世帯だけに1世帯20万円給付案。対象選別で非難殺到は必至。〝国民1人10万円〟も消えた。未だ財政均衡しか知らない財務官僚の口車に乗り〝平時の政権〟であり続ける安倍政権。これが正式決定すれば政権維持は困難になるだろう。今が〝戦時〟である事を誰か教えてあげて。

財務官僚自身は、都内の一等地にある官舎に住み、雇用、給与ともに安定し、明日の生活費を心配する必要もない。しかし、国民は違う。明日、明後日の生活のアテもない人が一杯いる。日本には、そういう人たちへの目配りができない官僚が多い。エリートとして育ち、万能感の中で生きてきたのだから当然だろう。

私は、この策が実施されれば、本当に「政権維持は困難になる」と思っていた。そして次に出てきたのが給付額「三〇万円」案である。対象を絞りに絞る作戦を財務省が立てていることは明らかだった。

同日

この〝戦時〟に「一定水準まで所得減少」し、「生活に困難を来《きた》す恐れ」を証明できた家庭だけに30万円給付するという〝選別給付方式〟を執る安倍政権。証明書類は困難で、殆どが諦めるしかない。お金を出したくない財務省の勝利。この効果ない戦力の逐次投入で日本は世界から取り残され、〝令和恐慌〟突入へ。

官僚たちは、自分たちが「令和恐慌」の引き金を引く自覚すらないに違いない。国民の財布を「固く締めること」に逆に腐心しているのではないかと考えてしまう。

自民党の若手議員たちもおとなしくなり、かつての〝ハマコー〟こと故・浜田幸一議員のように、カッターシャツの袖《そで》をまくって暴れるような人が居てもいいのではないかと、私は思った。

同日

消費を喚起し、経済を立て直すという「本義」を見失い、選別給付方式で沈没する日本。これで国民の財布は固く締まり、GDPの6割以上を占める消費は奈落の底へ。自民改革派も唖然。民意も、経済理論も、共に通じない政権にはご退場頂くしかない。誰かハマコーのようにバリケードを横に暴れる議員はいないのか。

なぜ国を沈没させるようなことをするのか、と多くの国民が疑問に思っているに違いない。戦時に「緊縮財政」をやろうとするなど、どういう意味なのか。私は、彼らが「根拠」とする法律を挙げて、政治家の使命について問うた。

同日

なぜ財務官僚は国を沈没させるのか。それは単に法律に忠実だからだ。財務省設置法第3条には「健全な財政の確保」が謳われ、財政法第4条には「国の歳出は公債又は借入金以外の歳入を以て財源としなければならない」と書いてある。〝戦時〟にはこれを超えさせるのが政治家の役目。それができない国は滅ぶだけ。

やはり、自民党本部九階の九〇一号で開かれた「経済成長戦略本部・新型コロナウイルス対策本部合同会議」での議員たちの怒りも凄まじかった。前述のように、

「こんなもの、撤回して下野した方がいい！」

そこまで叫ぶ議員も現われたほどだ。

しかし、自民党内の議論は、あの「中国全土からの入国禁止」を訴えた時と同様、単なる〝ガス抜き〟の意味しかなかった。

政高党低――官邸、すなわち政権が圧倒的力を持ち、自民党の力が全くなくなっている安倍政権の実態が、またしても露わになったのである。

それにしても、リーマンショックをはるかに超える経済危機に直面している日本で、「まずリーマン時の規模を超える現金給付をやろう」とはならないところが恐ろしい。

安倍政権は、与党の自民党ではなく、すべて財務省の言いなりと化していたのである。

一方、国民の生活破綻を回避するために各国は素早く動いていた。

スペインが休業補償として賃金の一〇〇%を支払うことを原則にしたのをはじめ、香港では一人約一四万円、韓国は約八万五〇〇〇円、イギリスは給与の八〇%を最大三か月補償……等々がすでに実施されていた。

続々、打ち出された各国の経済緊急対策としての現金給付は、非常時には国家が国民に手を差し伸べるという原則に沿ったものであり、日本の財務省のように「国民は納税するだけでよい」という基本認識とはまるで異なることを教えてくれる。

もちろん、二年の時限法で「消費税五%減税」という自民党内の多数意見もあっさり叩きつぶされていた。

国際社会から見れば、「日本は何もしない」というのが正しい認識といっていいだろう。

三月二六日から二八日にかけておこなった共同通信の世論調査によれば、緊急経済対策に対して「消費税率を引き下げる」ことを望む国民は全体の四三・四％で、「現金給付」は三二・六％にのぼった。

国民の願望と実際の施策との乖離《かいり》に愕然とさせられる。

そんな経緯を辿った末に起こった前代未聞の公明党による〝ひっくり返し〟事件。もちろん、自民党議員には、これが「日本最大の圧力団体」とも称される創価学会、しかも現在、その独裁者となっている原田稔会長の強い意向だったことなど、知る由もなかった。

岸田政調会長の失敗

「恥をかいたのは、岸田政調会長でしたね。自ら唱え、手柄にもしていた三〇万円給付を、あっという間にひっくり返され、大恥をかかされたわけですからね」

取材にあたる平河クラブのベテラン記者も、岸田の内心をこう慮《おもんぱか》る。

「安倍さんと当選同期の岸田さんは、個人的にも親しい安倍さんからの禅譲に賭けて〝総理の座まであと一歩〟まで来ています。岸田さんにとっては、もうこれに賭けるしかなくなっている。もとは同じ宏池会だった麻生財務相からも〝頼りにしてるよ〟という声をかけられ、麻生派（志公会）の支持があれば、安倍さんの清和会と自分が率いる宏池会を合わせれば、総裁選でも多数を占められるという戦略なわけです。

三〇万円問題は、あれは〝岸田問題〟です。岸田さんが麻生さんに言われて当初、二〇万円という金額でまとめた。それを安倍さんが岸田さんに花を持たせるかたちで額を引き上げ、三〇万円にしたわけです。安倍さんは、そこまで岸田さんを尊重したのです。その時点では、公明党もOKでした。困った人に三〇万というのは、確かに聞こえはよかったんです。安倍さんは一番困った人に早くお金がいけばいいという感じでしたね。それが、あとで創価学会の中で大問題になるわけですからね」

岸田には、これが致命的な失敗となったのである。私は四月三日段階で、すでに岸田政調会長に対してこんな厳しいツイートをしていた。

4月3日（金）

岸田政調会長が次の総理になれば日本が更に沈没する事が明確になった。岸田氏は自民党を支配した「1人10万円給付」「消費減税5％」を足蹴《あしげ》にし、住民税非課税世帯への30万円給付で財務省の守護神である事を宣言した。経済復活の鍵〝消費回復〟が念頭にない政治家。日本の試練は続く。

今どき「財務省の守護神」となって政権を獲《と》れると思っている感覚が私には信じられなかった。このツイートは、国民に背を向け、自ら「岸田政権」への道を閉ざすのか、という問いかけの意味も込めていた。

そして、安倍首相の「令和恐慌」を呼びこむ姿勢に対しては、こんなツイートを発信した。

4月4日（土）

財務省の〝二人羽織《ににんばおり》〟安倍政権は消費喚起という大目的を捨てた。令和恐慌が濃厚に。就職氷河期を過ごした不運な若者を沢山見てきただけに言葉もない。自民党が責任政党を放棄した以上、党内改革派は唯一の現実野党の維新と共に新勢力を模索すべきだろう。失われた20年を見てきた人間としては、そう思う。

再び〝失われた20年〟がやって来るなら、その被害を受けるのは若者である。就職氷河期で喘いだ若者を、私は嫌というほど見てきた。それを前提に、岸田氏に対しても、こうツイートした。

同日
なぜ一律給付と消費減税で消費回復を図らないのか。収入減をどう証明するかも含め理解不能。歴史に残る愚策と称されるだろう。自民党の大勢を占めた意見を完全無視するのが政調会長の役目か。国破れて財務省あり。親中で財務省のコントロール下にある岸田氏。国民は〝ポスト安倍〟に納得するのだろうか。

政治は生き物である。政治家にとっては、危機の時は、逆にチャンスでもある。日頃、磨いてきたセンスを駆使し、国民の人気を一気に獲得して栄光への道をひた走る人間もいる。しかし、岸田もまた、国民の期待に応えられる政治家ではなかった。残念というほかなかった。

カギ握る菅官房長官

先の政治部デスクの解説に、もう少し耳を傾けてみよう。

「結局、岸田さんは財務省の言いなりなんです。宏池会の先輩の麻生さんが財務大臣で、従兄《いとこ》でもある宮澤洋一さんは大蔵省出身の参議院議員。妹の旦那である可部《かべ》哲生さんは今の財務省理財局長……といった具合に岸田さんのまわりは、すべて〝財務省〟ですからね。その中でがんじがらめになっていて、岸田さんは財務省にノーを突きつけることができないんですよ。

ましてて、麻生さんに〝次はお前だぞ〟と言われたら、そのとおりにしますよね。それで言われた通りやったら、これほどの恥をかいてしまった。これは大きいですよ。財務省の言いなりであることがバレてしまったわけですから、国民の人気が岸田さんに集まるということが考えにくくなりましたね。要するに、〝選挙の顔〟になり得ないということです。

党内では、激しい議論が九〇一号でおこなわれてきたのに、結局、岸田さんは議論を聞いているふりはしても、一任をとりつけて、それで〝まったく無視する〟ということをくり返していました。これで中堅・若手議員の支持を得られるか、といったらとても無理ですよ。せっかくのチャンスだったのに、本当にミソをつけてしまいました」

総理の座に「最も近い」といわれた岸田。新型コロナという厄介な病は、その人物にも容赦なく〝疑問符〟をつけたことになる。

私は、四月二〇日にこんなツイートを出している。

4月20日（月）

コロナは早くも二人の〝総理候補〟を潰した。「過剰な心配は要らない」と安心論を説き続けて1月史上最高の92万人の中国人を訪日させ、日本に潜在感染者を蔓延させた加藤厚労相、財務省の意向通り動いて国民の支持と面子を両方失った岸田政調会長。つくづく政治は〝生き物〟だと思う。

本当に政治は〝生き物〟である。国民は、政治家に「言葉」と「行動」を大切にして使命に向かって欲しいと願っている。

政治家の使命で最大のものは、くり返し書いてきたように「国民の命を守ること」だ。そして、そのための「生活を守ること」である。それさえ揺るがなければ、間違ったり、国民の失望を買ったりすることはない。

しかし、それがない、「軸」のない政治家には、国家の舵取りなど、任せられるはずはなかった。では、混沌とする「次の総理」を選ぶレースは、今後、どうなるのだろうか。

「まったく予断を許さなくなりましたね。今回のことが、果たして岸田はダメだという〝完全な烙印〟を捺されたということになるのかどうか。出方が気になるのは、やはり菅官房長官ですよね。安倍さんは、官房長官としての菅さんには信頼を置いています。しかし、菅さんの二階幹事長とのあまりの近さが気になっているわけです。

安倍さんは、そのことを警戒していますよ。その点、岸田さんだったら大丈夫という安心感が安倍さんにはあるんです。しかし、菅さんサイドには、〝岸田なんかじゃ、選挙は戦えないよ〟という思いもあるし、そのことを隠しません。だから、読みにくくなっているんです」

朝日新聞や毎日新聞が懸命に持ち上げている石破茂はどうなのか。

「石破さんには党内の人気がまったくありません。自分のグループだけで二〇人の総裁選の推薦人確保すら覚束《おぼつか》ないわけですからね。石破さんが政界で歩んできたのは、〝裏切りの道〟です。だから、どうしても仲間が少ないんです。国会議員ではなく、党員選挙の方で圧倒的な票を獲得して流れをつくれば可能性が出てくるように思われがちですが、朝日や毎日で出している世論調査は、自民党の党員への調査ではありません。

だから（次期総理の）可能性は少ない。選挙に勝てるなら誰でもいいや、というような投げやりなことになりでもしたら可能性が出てきますが、果たしてどうでしょうか。菅さんが石破に乗るというのも、ないと思いますね。

自分が出るかどうかはともかくとして、最大のポイントはやはり菅官房長官です。二階幹事長と気脈を通じていて、二階派（志帥会）はゆくゆく菅さんに禅譲されると見られています。菅さんのグループは無派閥の中に相当数いますから、二階派と合わせると七〇人以上の大勢力になりますよ。菅さんの動きが最も注目される理由はそこです」

やはり、最大の焦点が「菅官房長官」という点には衆目が一致する。

「菅さんは、おそらく自分が総裁選に出たら〝勝てる〟と思っているでしょうね。しかし、敢えて自分が出ずに、麻生派に手を突っ込んで、河野太郎を担ぐということも十分あり得ます。菅さんは同じ神奈川県選出議員として、河野太郎と小泉進次郎という二つの駒を持っていますからね。菅さん自身が出るのかどうかも含めて注目です」

　内閣人事局を自在に操り、霞が関の幹部人事六〇〇人を意のままに動かしてきた菅官房長官。しかし、信頼する黒川弘務《ひろむ》・東京高検検事長の定年延長問題、検察庁法改正案、さらには、黒川自身の賭け麻雀問題で、さらに傷を負ってしまった。

「コロナが安倍政権、そして次期政権も、すべてを混沌とさせてきました。コロナ禍の前と後ではすべてが変わる、とよく言われますが、本当に何もかも変わっていく気がします。今回のコロナ対策では、斬新なアイデアで住民の期待に応えた自治体のトップが少なくありません。大阪の吉村洋文知事や、北海道の鈴木直道知事なども、〝将来〟を考えると楽しみな人材ですよね。与党も野党も、中国とべったりだったり、財務省の言いなりになってしまうレベルの人間だったり、いろいろですが、地方に広く目を向けて、日本を引っ張っていく人材に出てきて欲しいです」

　コロナ禍は、有事に役立つ人材を試す稀有《けう》なる出来事でもあった。最大にコロナ禍の「前」と「後」で変わったのは、リーダーを見極めなければ、自分たちが大変な目に遭うと悟った国民の「意識」だったかもしれない。

第一三章　中国はどこへ行く

最初は〝輸血〟で立ち向かった

新型コロナの発生国でありながら中国がいち早く立ち直ったことに世界は仰天する。人権無視の強制隔離や外出禁止措置は、とても自由主義国家では不可能なものであり、習近平独裁体制ならではの〝離れ業〟だった。

次の、またその次の感染爆発がたとえあったとしても、強引に経済活動を再開させることができたのも、やはり中国共産党独裁政権ならばこその決断だろう。

なぜ中国は立ち直れたのか。そこには、どんな理由があったのか。

実際に武漢の治療の最前線に立った医師の話をお届けしよう。

応援で武漢に赴いた医師の中の一人だが、どこから行ったか、また、武漢のどの病院で治療にあたったか、そして年齢なども、一切、わからなくしているのは、ご容赦いただきたい。

「武漢に入った医師の数は全部で四万二〇〇〇人ほどになります。主に一か月から一か月半の活動になりました。当初はまったく何もわからない中で治療が始まりました」

現役の中国人医師は、そう述懐する。

殺到する感染者、治療法がわからない焦り、次々と患者が命を落としていく凄惨な医療現場……では、どんな方法で新型コロナウイルスとの戦いが展開されたのか。

医師は「輸血です」と、意外な言葉を口にした。

「最初は、この病気に何が効くのか、私たちには、まったく何もわかっていませんでした。だから、〝輸血〟という方法を採ったのです。つまり、治癒《ちゆ》した人の抗体を使いました。血漿《けっしょう》療法ですね」

血漿療法とは、回復期にある患者の「血漿」を投与する治療法である。感染症から回復した患者に血液を提供してもらい、遠心分離によって血球成分を取り除いて血漿を取り出し、これを患者に投与するというものだ。一種の〝輸血〟である。

新型コロナを自力で克服し、回復しつつある患者の抗体に期待するという古典的手法ともいうべき治療法だった。

血液の中で、血球成分を取り除かなければ血球由来の副作用が起こりうるため、遠心分離によって血漿成分だけを取り出し、患者に投与したわけである。

「有効な薬がまだまったくない段階でしたから、この治療法に頼るしかなかったですね。これは重症患者にも効果がありました。

基礎疾患がなく、回復期にある患者に了承をとって血をとらせてもらったわけです。新型コロナという新しい感染症にどこまで効くかは全くわかりませんでした。しかし、はっきりと効果がありました」

だが、この方法は、途中から壁にぶち当たったそうだ。

「患者数があまりに多く、次から次へと患者が運び込まれて血液の量的問題が生じ、とても対応ができなくなったのです。しかし、国家衛生健康委員会が全面的に乗り出し、重症患者の治療のためには、回復者の回復期血漿を使用したこの臨床治療が有効だということで、これを推奨しました。でき得るかぎり、死亡者を減らすためでした」

国家衛生健康委員会は、血漿の提供をする回復患者の条件を以下のように定めたという。


初期症状が発現した日から「三週間以上」経過している。

最新版の新型コロナウイルス関連肺炎診療ガイドラインに定められた隔離解除基準と退院基準に適合している。

年齢が満一八歳以上であり、原則として五五歳以下。

男性の場合は体重五〇キログラム以上、女性の場合は体重四五キログラム以上の人。

血液によって伝播される疾患の既往歴がない。

患者の治療等に関する状況を総合的に勘案し、臨床医によって供血漿者として適性があると評価された患者。


以上の条件を満たした「血漿提供者」が重症患者のために貢献したのである。

重症患者の中でも、重篤症例の末期であり、多臓器不全の改善が見込まれない場合や、臨床医が総合的に評価し、使用すべきではない事由が存在すると判断した場合は、この治療を受けることはできなかった。

「現場では、この血漿療法と同時並行で、さまざまな薬が試され、治療に使われました。エイズ治療薬や広域抗ウイルス薬、抗マラリア薬、抗エボラ薬……等々、いろいろな薬です。日本のアビガンの後発薬は、中国名は〝法维拉韦〟と言います。この薬はよく効きましたよ」

患者の命を救うためには、とにかく有効な薬品を探し出すしかなかった。医療現場では、それを探し出すための懸命の作業がくり返されていた。

患者によって効果のある薬、まったく効かないものは、明確に分かれていたという。そんな中で光明が差し込んだのは、二月半ばのことだった。

「国家薬品監督管理局から突然、〝有効な薬がわかった、これを使いなさい〟という通知がありました。既存のインフルエンザ薬をはじめ、さまざまなものを試した結果を全国から集約して、それを通知してきたのです。

薬が承認されるまでには、中国も一年とか二年という時間がかかりますが、そんなものを待っていては、とても間に合いません。それで、未承認の薬も含め通知してきたのです。通知された薬は五種類ありました。それからは、この薬品を使っての治療ということになりました」

その五種類の薬品とは、以下のものだそうだ。

法维拉韦《ファーウェイラーウェイ》（Favipiravir）
利托那韦《リートゥオナーウェイ》（Ritonavir）
利巴韦林《リーバーウェイリン》（Ribavirin）
阿比多尔《アビトゥオル》（Arbidol）

磷酸氯喹《リンスアンルークェイ》（Chloroquine Phosphate）

前述のように「法维拉韦」は、日本でいうアビガンである。やはり、この薬はかなりの効果を発揮したという。

「『法维拉韦』はよかったですよ。しかし、効果のある薬が一種類しかなければ、とても足りません。患者の体質や、新型コロナの種類によって、それが効く人と効かない人がいる。また既往症の関係もあります。それで五種類が通知され、患者ごとに投与する薬が分かれました」

これによって劇的に症状が改善する患者が出始めたのである。

「法维拉韦」は抗インフルエンザウイルス薬、「利托那韦」はＨＩＶ治療に用いられる抗ウイルス化学療法剤、「利巴韦林」は抗ウイルス剤、「阿比多尔」は新型コロナ用につくられた研究用薬品、「磷酸氯喹」は抗マラリア薬・抗アメーバ薬である。

あまたの薬の中から「これが効く」と国家薬品監督管理局が判断しただけあって、さすがに効果があった。

やがて、混乱していた医療現場はだんだん落ち着きを取り戻していった。

中国の医薬品業界が猛然とこれらの量産体制に入り、潤沢に医療現場に供給していったことは、いうまでもない。

「やはり、効果がある薬品がわかれば医療現場は本当に助かります。暗中模索だった治療法に光が差し込んできたわけですからね。しかし、この病気に最も効果があったのは、薬ではありません。ほかにありました」

この医師は、そう語った。これらの薬より効くものとは、何だったのか。

中国が採った劇的な「策」

「それは、人の動きを〝止めたこと〟です。もちろん、医療現場で有効な薬品が投与できるようになれば、この病気に立ち向かうことはできます。しかし、それは〝病気に罹ってからのこと〟です。

一番大切なのが、病気に罹らないことは言うまでもありません。それは、感染をしないようにすればいいのです。要するに、この病気は飛沫感染ですから、人と人との接触を断てばいいわけです。病気を発症した人は隔離し、入院させ、有効な薬を用いた治療をおこなう。そして、健康な人、すなわち罹っていない人は、人との接触を断ち、自分が感染者にはならない。それが最も重要です。

この病気は、無症状感染者が沢山います。簡単にいえば、その人から病気を感染させられなければいいわけです。やがて、その無症状感染者が自分の免疫力で回復する。そうすれば、何の問題もありません。病気は自然と収束に向かっていくわけです。中国は、この方法を〝徹底的に〟とりました。それによって病気を克服できたのです」

すでに述べてきた独裁政権ならではの完全な〝ロックダウン方式〟である。しかし、それでも、散発的に発生は続いている。

「もちろんです。しかし、クラスターが起こって、この都市でまた発生した、別の都市でもまた……と、今後もこれはつづいていきます。しかし、治療法がわかっているから、この病気はもう〝怖くない〟のです。先に挙げた五種類の薬のどれかはその患者に効きますから、それを探して合致するものを投与していけばいい。中国は、短期間にこの病気をそういうものにしました。これは中国でなければできなかったと思います」

もうひとつの秘密は、国家の医療体制にあったと、こう指摘する。

「政府は、この病気にかかる費用を無料にしました。つまり、すべてが国庫負担です。その上で〝とにかく患者の命を救いなさい。それだけに全力を尽くしなさい〟という指示があったのです。これも大きかったですね。かかる費用は心配するな、すべて国庫で負担するから全力で治療にあたれ、ということでした。政府は、命を救うことを最優先にしました。だから、中国の死者数は間違っている。桁が違う、とよく言われましたが、医療現場の実感としては、そうは違っていないと思います。

中国では、医療にはお金がかかります。たとえば、手術を伴うような入院が必要な場合は、最初にお金が必要なんです。入院の際には先に最低でも五万元（日本円で約七五万円）ほどは、出さなければいけません。つまり、先払いなのです。お金持ちでなければ、とても最初に出せませんから、中国では医療機関の敷居《しきい》は高いのです。もちろん、精算のあとで、あまった場合は返ってきますよ。

しかし、今回の場合は、すべて国庫負担ですから、国民も、また医療機関も心配は一切ありませんでした。中国の病院の問題点は、お金のない人を助けない、ということが長く指摘されてきました。預り金を持って来ない患者は治療したくない、というものです。でも、今回はそうではなかった。医療機関が全力を挙げてこの病気を克服しようと頑張ったのです。それが、早期の病気克服につながったと考えています」

今、中国では、コロナが怖くはなくなったが、「面倒な病気」とされているという。それは、どういう意味なのか。

「二週間隔離をやるからです。たとえば、在外の中国人が中国に仕事で帰ったとしましょう。すると、そのまま予防センターというところで隔離されるのです。当初は、隔離施設がパンク状態でとても対応できず、やむなく自宅隔離の方法をとっていましたが、それも三月末までです。

それからは、各地にある予防センターなどの専門施設、あるいは隔離用の宿泊施設に入らされるようになりました。中国人は、誰もが携帯電話を持ち歩いていますが、これに専用のアプリをダウンロードしています。体温はこれで感知できるのです。健康な人はグリーンのマークが出ています。その人はどこに行ってもいいのです。

体温が変化したらわかるので、それでPCR検査をやることになります。そうやって罹患者を探し出し、クラスターを見つけたら、これを追って隔離、入院させ、ひとつひとつ潰していくわけです。政府は徹底的にこれをやっています。

この病気への政府の神経の使い方はすごいですが、それに対しての反感は耳に入ってきません。自分たちの命にかかわることですからね。健康を守ってくれるから、いいじゃないか、ということではないでしょうか」

いま中国政府が恐れているのは、海外からのウイルスの流入だそうだ。

「これが一番怖いし、恐れています。だからそれをストップしているのです。今、外国人の中国への入国は不可能ですよ。韓国だけが例外です。なぜかというと、両国には特別の制度ができたからです。お互いが行く前に七二時間以内にPCR検査をして、お互いの国に到着したら、もう一回PCR検査をして、すべて陰性だったら行動を許可するというものです。

韓国はPCR検査の態勢ができているから、中国との間でそれが可能だったのです。両国の間でそれが話し合われて、実際にこれがおこなわれています。日本にもこれをやらないかと持ちかけましたが、断られたようです。日本は、まだそういう体制をとれる状態ではないようですね。だから、現状では、中国は韓国以外の国とは、ほとんど止めていることになります」

中国の「新型コロナ対策」の一端がおわかりいただけただろうか。

共産党政権がこれだけ大掛かりなことをやってのけたことは興味深い。中国だからこそできた、ということがよくわかる。

しかし、これには、大きな犠牲が伴っていたことも事実だ。そのあたりも検証してみたい。

「最大の革命」をもたらしたウイルス

私は中国の事情を知るために、さらにさまざまな人物との接触を試みた。その結果、五月上旬、中国の公安当局に繋がる中国人と会うことに成功した。

所属も、名前も、もちろん年齢や現住所も、記すことはできない。ただ五〇代の中国南部の出身の人物とだけ記させていただく。

この人物は、ウイルスが中国に大変な〝革命〟をもたらしたことを証言する。興味深い点が多々あり、中国問題を考える上で役立つこともあるので、以下に紹介する。

「このウイルスは、多くのことを中国にもたらしました。なんといっても、政府が国民の動きをすべて掌握したということに尽きます。習近平体制が、さらに盤石になったということです。完全な軍事管理といっても差し支えありません。国内的には公安、対外的には軍ということです。つまり、中国は〝公安管理プラス軍事管理〟になりました。極端なことをいえば、政府に逆らうようなことは、もう誰も何もできないということです」

それは、どういう意味なのだろうか。

「わかりやすくいえば、国民一人一人が今日、家を出て、どこに行って、誰と会った、というのを政府がすべて掌握できるようになったということです。もとのシステムはだんだん揃ってきていましたが、今回、ウイルス対策として、このシステムが総動員され、さらに急速に整備されていきました。その結果、誰が誰と接触しているか、どの交通機関に乗って、どのレストランで落ち合って、どう動いたか。すべてわかるようになったのです」

以前から整っていたと思っていたが、それがさらに強化されたということだろうか。

「そのとおりです。携帯も盗聴されているし、全国に張り巡らした二億台の監視カメラもあります。カメラは町にも、村にも、どこにでもありますからね。政府が、この人を監視する、となったら、すべてがわかってしまいます。どこにも行けないし、何もできません。だから、今、中国は〝世界一安全な国〟になったんですよ。泥棒もいないし、強盗もいなくなったのです」

もともと人民を監視する体制構築に腐心していた中国。それがとうとう「完成した」ということらしい。

「たとえば、もし、仮にあなたが北京に入って、大きな声でも出してみなさい。すぐに五、六人の警察官が来て、あっという間に拘束されてしまいます。空港に降り立ち、入管を出た瞬間から、あなたは〝追跡〟されています。ウイルス撲滅、濃厚接触者の追跡という名目で、あらゆる監視の手段が整えられました」

中国人だけではなく、あらゆる外国人が対象となったと、この人物は証言する。

「もう政府に逆らうことはできないし、国民も諦めました。だって、すべて掌握されているなら、何かをしようとしても、何もできません。当局に睨まれるようなことはできませんし、しません。民主化運動なんて、とんでもないですよ。

何人かがどこかに集まった段階で潰されます。もちろん、軍事クーデターなどもあり得ません。中国は完全に軍事・公安管理に移行したんですから。これは、革命です。習近平国家主席が、文字どおり〝皇帝〟になったということです」

世界では、インターネットの発達で個人の趣味や興味の範囲が広がり、ソフト面でもそれぞれの人生の可能性が広がっている。だが、逆に中国では、それが共産党政権の監視のツールとなり、表現や思想の制限のための「武器」になってしまったというのである。

「個人がどんな趣味を持ち、どんなことを考えているか、逆にネットを通じて政府がすべて把握できます。国民のすみずみまで、すべてを知るうえのシステムが今回のウイルス対策で完成してしまいました。政府が特定の〝個人〟のことを知ろうと思えば、一〇〇パーセント把握できるようになりました」

コロナ以後、国民の行動がすべてわかるようになった中国。恐ろしいことである。言論や思想の自由はいうまでもなく、個人としてのさまざまな自由と権利が中国ではあらゆる制約を受け、今後、なくなっていくのである。

「北朝鮮より自由がなくなったといってもいいと思いますよ。だから今回のウイルスは中国にとって〝最大の革命だ〟と言われているんです。革命というより独裁が完成したと言った方がいいかもしれません。だから中国の人民はこのウイルス以降、おとなしくなりましたよ。誰も文句を言わなくなった。

礼賛一色です。全部、行動が知られているから、勝手に地方に行ったらすぐに逮捕されますよ。中国で移動制限が出たら、実際に誰もが動けなくなるのはそういう理由からです。ウイルスを拡大させないとなったら、そんなことまでできるのが中国なんです」

「ウイルスは人々の心を殺した」

今回のウイルス騒動で興味深いのは、この人物もかかわる公安当局の失敗の大きさである。

「武漢の公安当局は、完全に処理に失敗しました。北京を激怒させましたね。湖北省の書記も、武漢市の書記も更迭されました。実は、香港の件でも公安は失敗しているのです。香港で銅鑼《どら》湾《わん》書店事件がありましたよね。反中国の書籍を多数出していて、それを販売している書店です。習近平の愛人の本も販売されました。

公安は強引にこの書店の幹部を中国に引っ張っていき、国際的な大問題にしてしまいました。これに関わった公安幹部は、この時も失脚しています。今回も最初に新型肺炎で警鐘を鳴らした李文亮医師をはじめ、何人もの医師を呼び出して訓戒を与えるなど、強引なやり方をしてしまいました。逆に李医師にネットで告発されるという大反撃を受けたのです。それで、中国の情報隠蔽が世界に広まってしまったわけです。

北京の怒りは、よくわかりますよ。すぐに湖北省と武漢市、両方の共産党書記が失脚しましたよね。間髪を容《い》れず更迭されましたから、皆、震え上がりました。今回は、北京の怒りで、中国全土が一挙に〝戒厳令下〟になってしまった雰囲気でしたね。もう、中国には、習近平反対派は、いなくなりましたよ。反対派は、みんなコロナウイルスで〝心が殺された〟んです」

この人物が今、懸念しているのは、中国のさまざまな部門が〝突発的な動き〟を起こしてしまわないかということだそうだ。

「南シナ海では、岩礁や海山に中国名をつけて周辺国から反発を食らったり、東シナ海では、釣魚島（尖閣）の領海に入って日本漁船を追いかけまわしたり、不穏な動きが続いていますよね。これは、いってみれば皇帝への〝忠誠合戦〟です。それぞれが皇帝に自分たちの忠誠心をわかってもらうために勝手なことをやっているんです。昔のエンペラーに宦官《かんがん》たちが一所懸命、仕えて頑張っていたのと同じです。

別にこれらは習近平の直接的な指示じゃありませんよ。日本人は誤解していると思いますが、そんな細かなことを皇帝は指示したりしません。巨大な軍や公安が、それぞれ勝手にやっていることです。しかし、例えば王毅外相が軍に〝やめてくれ〟などとは、口が裂けても言えません。軍の方が圧倒的に力が強いからです。それぞれの部門が勝手なことをやり出していますから、どこで何が起こるかわかりません。だから、尖閣も危ないし、南沙でのベトナムとのことも危ないのです」

コロナで権力をさらに強固にした習近平国家主席。対米、台湾、香港、ウイグル、新型肺炎……と失政を続けながら、それでも盤石な権力を誇る体制は、もはや〝外からの力〟以外には「どうにもならない」ことをおわかりいただけただろうか。

中国人の〝もうひとつ〟の変化

第四章にも登場した中国人ビジネスマンにもこの点を聞いてみると、意外な答えが返ってきた。中国人は、いま監視を受け入れ、逆に欧米への「反発を強めている」というのである。

「中国人は、欧米や日本に対して、憧れや好意を持っていました。多分に嫉妬《しっと》の要素も多かったとは思うんですが、そのことにコロナが変化をもたらしていると私は感じています」

どういうことなのだろうか。

「日本に対してはそうでもないんですが、欧米に対する失望が中国国内に大きく広がりました。特にアメリカです。これは、共産党だけがそうなったということではなくて、中国の一般の国民にも広がりました。完全な失望です」

その意味は何か。

「中国とアメリカの制度そのものが異なりますから、心の中で自分たちとアメリカがうまくいくとは中国人も思っていませんでした。でも、今回ばかりは、それが思い知らされましたね。いま中国に広がっているのは〝反発〟なんです。

なぜ中国は、アメリカやイギリスの顔色を見ないといけないのか、という大衆世論が形成された感じがあります。コロナがこの世論を加速させました。欧米は信用できない。アメリカは共産党を潰すつもりだ、ならば、妥協する意味がないから、戦うしかない。そんな世論になってきた感じがありますね。

自分たちがまだまだ強くないから、こんなことを言われるんだ、だからもっと強くならなければ、という考え方です。中国は、外圧がかかれば、いつもまとまるんです。いつものことと言えばそうなんですが……」

自分たちが、自由や人権を圧迫し、弾圧しているから、それを反省し、直すべきだという発想にはならないのだろうか。

「中国人には、そういう意識よりも、反発の方が強いですね。たとえば、香港の騒動を見て、なぜ中央政府はこれほど香港に対して弱腰なんだ、なぜもっと厳しく出ないのか、という人の方が圧倒的に多いですよ。香港基本法二三条に国家安全法をつくることは規定されているんだから、何でできないんだ、ということです。

だから、若者に好き放題させて〝いい加減にしなさい〟という意見の方が多いんですよ。年齢が高くなるほどそうですね。香港の人は自由過ぎるからダメだ、と思っているんです。中国人としては、いまは昔と違って、自分たちがある程度、自由にしているでしょう。これを、どこまで自由にすればいいんですか、ということなんですよ。

だから今回、国家安全法制定に踏み出したんですよ。欧米は、どうせ反発するんだから、いいよ、もっとやれ、制裁をかけるんだったらどうぞお好きに、こっちも制裁をかけるから、ということです。そっちがその気ならこっちもやりますよ、という感じですね」

自分たちが改めて、自由や人権への抑圧をやめるということはないのだろうか。

「ないですね。ウイグルとか香港の問題は、人権を認める方向にはいかない。中国には中国のやり方があり、中国の歴史がある。欧米の価値観を押しつけないでください、というのが根本的な中国人の考え方です。

たしかにアメリカは自由です。でも今回、アメリカ人は自由だから、コロナであれだけ人が死んだじゃないですか。命がなくなるような自由なんか要らない、そんなものはどうでもいい、という雰囲気になってきました。以前は親米派の塊《かたまり》だったような人が、今では逆に反米派の急先鋒になったという話をよく聞きます。

なかには、留学させていた息子も娘も、全部、呼び戻したという人が実際にいるんですよ。言い分を聞くと〝私たちは仲良くしたいんだけど、あなた（アメリカ）はどうでもいいんでしょう？　それなら結構です〟という感じなんです」

自分たちが自由や人権への抑圧をやめるという発想にどうしても中国人はならないところが不思議なのである。

やがてはアメリカとの激突を覚悟しているのだろうか。

「やりたいんだったらやってみろ、という意識は持っていますね。実は、昨年から中国では、朝鮮戦争の時の映画が、テレビでもネットでもすごく出ているんですよ。これをみんなが観ている。以前は、毎日毎日、抗日戦争の映画やテレビを観せられましたよね。最近は、ほとんどなくなりましたよ。質の悪い抗日映画など、そもそも審査を通らないんです。放映にまで至らなくなりました。

それが今は朝鮮戦争ですよ。なぜかというと、中国はアメリカに朝鮮戦争で負けていないからです。それを国民に教えるために、いま中国の映画やドラマのトレンドは、朝鮮戦争なんです。だから中国はアメリカのことを怖がっていないですよ。それは、言外に当時ですら負けていないから、今の中国ならアメリカを叩ける、アメリカに勝てるんだ、ということを国民にわからせているわけです」

恐ろしい国である。では、日本に対してはどうなのだろうか。

「日本に対しては、アメリカのようには思っていませんよ。あまり頭の中にないですね。日本をそんな敵だとは思っていませんからね。尖閣については、これは日常行動ということです。野田政権が、尖閣を国有化して以降、ずっとやり続けてきたことですからね。中国の敵はアメリカ。日本とは、まあ、うまくやっていこうよ、ということです。尖閣は紛争までは行かないと思いますよ」

コロナに対する中央政府のやり方への不満はないのだろうか。

「初動はあまりよくなかったけど、あとはよくやってくれた、という意見が多いですよ。アメリカは自分ができなかったのを中国のせいにするな、という感じでしょうか。隠蔽したと批判されていますが、当初、医者に訓戒を与えたりしたのは問題ですが、それも書記は責任をとらされているし、その後の治療法やウイルス撲滅のやり方を国民は支持しています。

だから、中国人は簡単には謝りませんよ。それをするような国民性ではありませんから、謝りません。日本人は誤解していますが、中国では共産党の情報統制によって〝一般の国民には真実がわからない〟と思っているでしょう。全然、違います。みんな海外の情報を得ていますよ。若い人も、英語がわかる人が格段に多くなったから、みんな直接、海外情報を見ています。政府は『人民日報』や『新華社通信』は統制できますが、海外からどんどん情報が入ってきますから、追いつきません。でも、やっぱり今は、アメリカがおかしい、アメリカをやっちまえ、という雰囲気の方が強いですね。国民が、アメリカではなく、共産党の方に怒っているというのは、感じません。むしろアメリカに弱気な態度はとるな、という方が強いですね」

中国は、普遍的価値ともいえる人間の「自由」や「人権」というものを経験したことがない国である。そのため、これを求めて戦う人々の信念や気持ちをまったく理解することができないのだ。

武漢で起こった「武昌蜂起」で清朝は打倒され、辛亥革命は成し遂げられた。

爾来、星霜を閲《けみ》すること一〇九年。激動の二〇世紀で苦しみ抜いた中国人民は、国民党政権、そして共産党政権という相反する二つの政権の統治を経て、現在に至っている。

革命、いまだ成らず——。

中国人民が真の意味の「自由」を得ることができないまま、長い、長い歳月が流れたのである。辛亥革命を成し遂げた革命の父・孫文が自らの死に際して呟いたこの言葉は、二一世紀の今も、重く、虚しく響くのである。

第一四章　未来への教訓

「他人を思いやる日本文化」

依然、日本は持ちこたえていた。

人口比の死者数が、欧米に比べて「ひと桁」あるいは「ふた桁」も少なく、さすがに日本政府の無策を指摘してきた海外メディアの論調も、時間が経過するにつれて変化を見せてきた。

強制力もないのに「要請」という名の行政からのお願いに対して、国民がそのとおり、「行動自粛」という態度で見事に応えたのである。

そして、これまで書いてきたように献身的で使命感、責任感に溢れた医療従事者たちが、逼迫する医療現場を黙々と支えたのだ。

ゴールデン・ウィークの行動自粛は、間違いなく「歴史に残るもの」だった。どこへ行っても〝三密〟はなかった。

マスコミはニュース素材としてゴールデン・ウィーク中の〝三密〟現場を取材しようと懸命だったが、そもそもその素材がなかったのである。

衛生観念が発達した国民性に加え、清潔で、責任感に満ちた医療従事者たちの奮闘を考えれば、たしかに欧米と比較して死者数が少なかったのは、当然だっただろう。

当初、日本の対策の失敗を批判していた外国メディアの中には、やがて日本の死者数の低さの秘密を探ろうというものも出てきた。

産経新聞は五月二五日、〈コロナ対策　日本再評価　米紙「奇妙な成功」　香港紙「称賛すべき規範意識の高さ」〉という記事を掲げた。

〈新型コロナウイルスの感染対策で日本は、2月のクルーズ船の隔離停泊以来、海外からの批判にさらされてきたが、最近、認識が改められつつある。数字は雄弁で、日本の感染死亡率が突出して低いからだ。

日本の対応に懐疑的だった米外交誌はこれを「奇妙な成功」と評した。香港メディアは、日本人の規範意識の高さが導いた結果と分析した。だが、まだ気を緩める時ではないのは明白。ウイルスとの闘いでの勝利は、なお先だ〉

欧米にとっては、それは「不思議でならないこと」だったのは間違いない。自分たちに比べ、日本には、こういう緊急事態に備える法制が何も整備されていない。

日本では、憲法も制定以来一度も改正されておらず、〝もとの条文のまま〟という意味では、今では〝世界最古の憲法〟となったのは周知のとおりである。

強制力もなく、国民の自主性に任せ、しかも、致命的ともいえる中国と欧米からの入国禁止措置の遅れという水際作戦の失敗は、海外メディアからも呆れられていた。

しかし、前述のように日本には、高い使命感と責任感を持った医療従事者たちが存在していた。また、その医療機関では、世界でCTスキャンを最も多く保有しているという事実からもわかるように、世界トップの医療水準を誇っている。

しかも、紆余曲折を経ながら、「国民皆保険」が成し遂げられた日本では、国民と医療機関との心理的距離が近く、常に病院とは〝馴染みのある存在〟なのである。

さらに、子供の頃から手洗いやうがい等の必要性を学び、世界で類をみない衛生観念を持つ清潔な国民性もあった。

すべてが動員されてコロナ禍に立ち向かえた日本の姿が世界は不思議でならなかったのである。産経はこう書いている。

〈「日本の奇妙な成功　生半可なコロナウイルス対策が何であれ功を奏している」。米外交誌フォーリン・ポリシー（FP）電子版は14日、この見出しの論評を掲載した。

論評は書き出しから刺激的だ。

「コロナウイルスとの闘いで、日本はすべて間違ったことをしてきたように思えた。ウイルス検査を受けたのは人口の0・185％にすぎず、ソーシャルディスタンス（社会的距離）の取り方も中途半端だ。国民の大多数も政府の対応に批判的である。

しかし、死亡率は世界最低（水準）で、医療崩壊も起こさずに感染者数は減少している。不可解だが、すべてが正しい方向に進んでいるように見えてしまう」〉

これまで書いてきたことを踏まえれば、〈日本はすべて間違ったことをしてきたように思えた〉というFPの認識は極めて正しいと思える。

ウイルス検査を受けた人口が全体の0・185％というのは、「ほとんど受けていない」ということと同義だからだ。

それでも医療崩壊は起きず、感染者数も減少しているのである。特に、日本の死者の少なさにFPは驚く。感染者数は各国が異なる検査システムを採っているため、参考になりにくい。しかし、死者数は確実に各国の「指標」になる。記事にはこうある。

〈FPが日本の「成功」の論拠としているのは死者の少なさだ。感染者数は、検査数が少ないのであてにならないが、死者数は確かな「指標」になるというわけである。14日時点での人口100万人当たりの死者数は、日本が5人、米国が258人、スペインが584人、欧州での防疫の成功例として挙げられているドイツですら94人に上ると指摘。日本の少なさは「ほとんど奇跡的」と評した〉

まさに圧倒的な数字というほかない。そして、考えられる理由として以下の点を挙げた。

〈日本の死者が少ない理由としてFPは、他人を思いやる気持ちが強い文化▽握手をしない風土▽衛生意識の高さ―などを挙げたが、これだけでは「数的に説明がつかない」と分析。「単

なる幸運なのか、政策が良いからなのか、見極めるのは難しい」とやや皮肉交じりに結論づけた〉

決して好意的ではなく、むしろ批判的に捉えようとしているにもかかわらず、FPは、そう分析したのだ。

他人を思いやる気持ちが強い文化
握手をしない風土
衛生意識の高さ

政策がいくら失敗であろうと、私はFPが指摘するように、日本人はこれらの〝武器〟を駆使してコロナ禍で「戦った」のだと思う。

そして一つめの〈他人を思いやる気持ちが強い文化〉が大きなポイントであろうと思う。そうとしか、あの医療現場で絶やされることがなかった看護師たちの「笑顔」は説明がつかないからである。

この記事には、香港のオンラインメディア『アジアタイムズ』の分析についても記述されている。

〈日本については「世界屈指の高齢者人口を抱えながら死亡率が低いことは特筆に値する」と評した。イタリアの死亡率は日本の「約45倍」と指摘し、高齢者が介護施設ではなく在宅で生活している割合は両国ともほぼ同じという調査結果も紹介した。

「日本は検査数が少ないことで広く批判されてきた。だが、世界で最もリスクの高い（高齢者）人口を抱え、高度な医療システムを持つ日本は、新型コロナの最も致命的な症状の一つである肺炎の治療法を開拓してきた」と分析した。

さらに「日本のロックダウン（都市封鎖）は軽度」だが、「大規模な集会の禁止、マスク着用、手の消毒などの指示が広く守られている」とし、韓国とともに社会的な規範意識の高さを称賛した〉

日本人が〝現場力〟で戦ってきたことは歴史が証明している。先の大戦でも、米軍を苦しめ抜いた南方戦線をはじめ、大本営の作戦失敗を現場力で補い、膨大な戦死者を出しながら奮戦したことは多くの歴史学者によって指摘されている。

最近の例でいえば、東日本大震災の時もそうだった。

福島第一原発事故で暴走する原子炉に立ち向かうために原子力発電所の所員が数多く現場に踏みとどまった。

危険で汚染されたリアクタービル（原子炉建屋）に突入をくり返したプラントエンジニアたちは、原子炉のベントを成功させ、日本を破滅の危機から救っている。

海外メディアは、彼らを「Ｆｕｋｕｓｈｉｍａ50」と名づけて讃えたことは記録に新しい。

彼らのほとんどは、地元の高校を出た福島の人たちだった。

また、大震災でも、暴動と略奪が起こらない日本人の規律に世界は驚愕した。災害イコール略奪が世界の常識なのに、日本ではそれが「起こらなかった」のである。

コロナ禍でも、日本人の特性は大いに発揮された。そして代々受け継がれてきた日本人のその規範が「笑顔」で踏ん張る医療従事者たちを支え、ついに医療崩壊を回避したのである。

私は医療従事者への感謝を込めて、こんなツイートをさせてもらった。

4月22日（水）
日本の死者数が欧米より圧倒的に少ない事実を見る度に、日本の医療従事者達の使命感、責任感、自己犠牲の精神に思いを馳せる。更にいえば国民皆保険を成し遂げた先人たち。アビガン等の薬品の凄さもあるだろう。医療崩壊ぎりぎりで持ち応える日本が先進医療大国である事は誇り。

解除された「緊急事態宣言」

「まず冒頭、改めて今回の感染症によってお亡くなりになられた方、お一人お一人のご冥福をお祈りします。感染された全ての皆さまにお見舞いを申し上げます。本日、緊急事態宣言を全国において解除いたします。

足元では、全国で新規の感染者は五〇人を下回り、一時は一万人近くおられた入院患者も二〇〇〇人を切りました。先般、世界的にも極めて厳しいレベルで定めた解除基準を全国的にクリアしたと判断いたしました。諮問委員会でご了承いただき、この後の政府対策本部において決定いたします」

五月二五日午後六時、首相官邸でおこなわれた記者会見で安倍首相はそう語り、新型コロナによる緊急事態宣言の全面解除を宣言した。四月七日に発せられた緊急事態宣言の四九日目の解除だった。

中国から始まった感染爆発は三月以降、ヨーロッパ、アメリカ、そして南米、アフリカにも飛び火し、世界中で一日あたり一〇万人を超える新規感染者が確認されていった。そのなかで日本は罰則を伴う外出規制などがないまま、わずか「一か月半」でこれを解除するに至ったのである。

首相が真っ先に次のように述べたのは、国民すべての気持ちを代弁したものだっただろう。

「感染リスクと背中合わせの過酷な環境のもとで、強い使命感を持って、全力を尽くしてくださった医師、看護師、看護助手の皆さん、臨床工学技士の皆さん、そして保健所や臨床検査技師の皆さん、すべての医療従事者の皆さまに心からの敬意を表します」

安倍首相は、そう語った。

敬意という言葉以外に厚い感謝を表わす言葉はなかったに違いない。そして、首相は、コロナとの戦いが「新たな段階に進んだ」という見解を国民に示し、こう呼びかけたのである。

「本日、ここから緊急事態宣言全面解除後の次なるステージへ、国民の皆さまとともに力強い一歩を踏み出します。目指すのは、〝新たに日常〟をつくり上げることです。ここから先は発想を変えていきましょう」

安倍首相は〝発想の転換〟をこう訴えたのである。

「社会経済活動を厳しく制限するこれまでのやり方では、私たちの仕事や暮らしそのものが立ちいかなくなります。命を守るためにこそ、いま求められているのは新しいやり方で、日常の社会経済活動を〝取り戻していく〟ことだと思います。

コンサートや演劇など文化芸術イベントは、私たちの心を豊かにし、癒《いや》しをもたらしてくれます。トップアスリートたちが活躍する姿は、私たちに夢や感動を与えてくれます。日本各地へ観光旅行に再び出かける日を心待ちにしている皆さんも多いと思います。

感染状況に目をこらしながら、来月、再来月と、そうした日常を少しずつ段階的に取り戻していく。そのための具体的な道筋についても、本日、お示しを致しました。

プロ野球なども来月、まずは無観客から再開していただき、段階的に観客を増やしていきます。コンサートや各種のイベントについても一〇〇〇人程度から始め、感染状況を見ながら、一〇〇〇人規模、五〇〇〇人規模、さらには収容率五〇%へと順次拡大していく考えです。あらゆる活動について感染防止対策を講じることを大前提に、本格的に再開していきます」

コロナが収束したのではなく、これからどうこれと〝共存〟していくかを首相は語ろうとしていた。

「感染リスクがあるから実施しないのではなく、これからは感染リスクをコントロールしながら、どうすれば実施できるかという発想が重要であると考えます。学校については、文部科学省が分散登校など再開に向けた指針をすでにお示ししています。

百を超える業種別の感染防止対策ガイドラインは、事業活動を本格的に再開し、新たな日常をつくり上げていくための道しるべであります。

事業者の皆さんには、これを参考に、事業活動を本格化していただきたいと思います。政府もガイドラインに沿った感染防止の取り組みに一〇〇％補助をおこなうなど、最大一五〇万円の補助金で、町の飲食店をはじめ、中小・小規模事業者の皆さんの事業再開を応援します」

それでも、感染リスクを完全に回避することは不可能だ。首相はそのことにも言及した。

「ガイドラインを完全に守って行動したとしても、感染リスクをゼロにはできません。試行錯誤も覚悟しなければなりません。感染を抑えながら、完全なる日常を取り戻していくための道のりは、かなりの時間を要することになります。

本当に多くの事業者の皆さんがこの瞬間にも、経営上ぎりぎりの混乱に直面しておられる中で、さらなる時間を要することは死活問題です。そのことは、痛いほどわかっております。それでも、希望は見えてきました。出口は視野に入っています。

その出口に向かって、この険しい道のりを、皆さんとともに、乗り越えていきたいのです。事業と雇用は、なんとしても守り抜いていきます」

安倍首相は、全国民にそう語りかけたのである。

私は、会見を聞きながら、政権がこれほど失策を続けながら、それでもなお、踏ん張り抜く日本人の底力を考えざるを得なかった。

勝利したのは、「政府」ではなく、やはり「国民」だったのだ、と。

コロナは、世界をアメリカを中心とする自由主義世界と、中国という覇権国家につき従う国家群とに〝真っ二つ〟に分けようとしている。安倍首相は会見でこうも語った。

「これまで世界の政治経済をリードしてきた国々の多くは今、国内の対応で、手一杯になっています。そこに隙が生まれるような事態は決してあってはなりません。このような時だからこそ、私たちは、自由、民主主義、基本的人権、法の支配といった普遍的価値をしっかりと堅持していかなければならないのです。

こうした価値を共有する国々と手を携え、自由、かつ、開かれた形で、世界の感染症対策をリードしていかなければならないと考えています。わが国のこれまでの経験も生かしながら、世界の感染症対策、コロナの時代の国際秩序を作り上げていく上で、強いリーダーシップを発揮していく。それが、国際社会における日本の責任であると考えます。緊急事態が解除された後の次なるステージにおいても、国民の皆さまのご理解とご協力をお願い致します」

自由、民主主義、基本的人権、法の支配といった普遍的価値をしっかりと堅持していかなければならない――それは、コロナで多くの犠牲を払った自由主義各国が肝に銘じなければならないことだろう。

しかし、五月二八日、中国は全人代で長年の懸案だった香港への「国家安全法」の導入を決定し、香港の自由、人権、民主主義を根底から否定する行動に出た。国際社会に向けて、あらためて戦いを「宣言」したのである。

各国は、香港の自由と人権が圧殺されることに非難の声明を出した。しかし、日本は国家安全法への憂慮表明だけで〝抗議意思の伝達〟はなかった。菅官房長官が会見で、

「国際社会や香港市民が強く懸念する中で採択がなされました。引き続き状況を注視するとともに、関係国と連携しつつ適切に対応します」

そう語るのにとどめたのである。さらに、習近平国賓来日に対しても、

「関連する状況を見ながら意思疎通をつづけたい」

と述べ、国際社会との温度差を見せつけることになった。これまで同様の中国への配慮と、一歩も二歩も引く姿勢は、「なんら変化することはなかった」のである。

しかも、肝心のコロナは衰えるどころか、さらに勢いを増していた。

第一三章で述べた中国の医療現場の凄まじい戦いは、コロナを〝恐怖の病〟から〝制御可能な病〟に転じさせたことを物語っている。

だが、日本は、未だその段階に至っていない。

確実にやってくる第二波、第三波を考えると、どうしても厳しい予測をしなければならないのだ。懸念されているように、それはより強毒化し、より厄介なものとなって私たちの前に現われるに違いない。

それを抑え込めなければ、東京オリンピック・パラリンピックも開催不能であることは明らかだ。そして、ワクチンと治療薬は、人類とコロナウイルスとの戦いの「どちらが勝利するか」の最大の鍵となるものだろう。

その医学上の「武器」を手に入れるまでは、私たちは決して安心できないのである。

危機管理敗戦

コロナ禍で日本が露呈した国家としての脆弱さは、筆舌に尽くしがたいものだった。

日本は、感染症と戦うための「何も」持っていなかった。そもそも感染症対策を担うべき厚労省に「情報」も、「心構え」も、「ノウハウ」も、「信念」も、本当に〝何もなかった〟のである。

心ある日本国民は、二〇二〇年一月、厚労省が武漢からの航空便の乗客に対して、発熱や咳の有無などを聞く「質問票」を配布して「対策にした」との発表を聞いた瞬間に呆れ、怒り、そして諦めたに違いない。

国民の命を守るという使命を少しでもわかっている大臣だったら、おそらく、

「馬鹿もの！　こんなもので国民の命を守れるか！」

そう怒鳴りつけ、その書類をくしゃくしゃに丸めて、官僚に向かって投げつけたに違いない。

感染症が起こった時、最も大切なことは「実情」を正確に、そして素早く把握することである。昔と違い、今はわざわざ現地に赴かなくてもインターネット時代であり、SNSを通じて、現地の生情報は、居ながらにして「得ること」が可能になった。

つまり、メディアリテラシーの力さえ備わっていれば、武漢の真実をいくらでも得ることができたのである。SNSから凄まじい量の現地のありさまが発信されていたことは、本書で記したとおりだ。

圧倒されたのは、手の加えようがない現地の映像だった。この感染症が持つ恐ろしさと医療崩壊の実態が余すところなく表現されていた。

武漢の情報を知人と共有しながら、私は警鐘のための発信をつづけた。ありがたいことに大量に発信した私の情報に対して、多くの反応を頂戴した。

しかし、日本政府、ことに担当の厚労省には、まったく通じなかった。その感覚の鈍さには逆に恐れ入った。台湾の動きも同時にウォッチしていた私は、両国のあまりの「差」に愕然となった。

危機管理、そして安全保障に「強い」とされていた安倍首相に、実はその意識と感覚がほとんど備わっていなかったことに正直、私はショックを受けた。

危機感を抱いた発信力のある人々、著名人たちが、SNSを通じていくら情報を発信しても、感覚が鈍ければ「まるで無駄であること」を私はあらためて知ることになったのだ。

では、日本はどうすればいいのか。

ECMO（体外循環装置＝Extra Corporeal Membrane Oxygenation）、をはじめとする医療器具の整備はもちろん、隔離施設、隔離病棟、緊急時の医療従事者の動員態勢など、これまでは「何もなかった」が、急遽、そういう医療体制の整備を図らなければならない。

予算を大胆に投入して国立感染症研究所にアメリカのCDCのような役割の一端を担わせるべく機構改革と人材投入を果たすということも、いつも「浮かんでは消える」話だった。

日本では、誰も、国家の安全保障として感染症問題を捉えようとしなかったのである。そして、国民の「命」ではなく、「天下り」のことしか頭にないような霞が関官僚に支配され、日本は実にひ弱で、情けない国になってしまったのだ。

真の意味の「専門家」に権限を持たせて医療スタッフを養成し、いつなんどきでも、緊急時に集まれる体制をどうやってつくっていくか。

次、またその次が来ることは確実と言われる現状で、おそらく政治家たちは、ただ手を拱くだけだろう。そして、また日本人の「現場力」に頼り、その結果、ついに医療崩壊が惹起《じゃっき》される覚悟をしなければならない。

先に述べたように、日本の死亡者の少なさは世界からは「奇妙な成功」にしか見えなかった。

しかし、それではいけない。
緊急事態宣言が解除された五月二五日、私は、こうツイートした。

5月25日（月）
緊急事態宣言が解除。死亡率が異常に低い日本を米誌は「奇妙な成功」と評し、香港紙は「称賛すべき規範意識の高さ」と。「他人を思いやる気持ちが強い日本文化」や「日本人は自分を律しルールを守る」というものも。医療従事者の人智を超えた踏ん張りのお陰。全てが誇らしい。

現場の踏ん張りだけに頼ることから、日本もいい加減、抜け出さなければならない。現場の力を誇らしく思うのと同時に「次」に向かって着実に歩み出さなければならない。
それは、明日からではない。「今日」からなのである。

おわりに

「もう世界はもとには戻りませんよ。コロナ以前か、以後か。BC、つまりビフォアー（before）の次にくるCは、コロナのCなんですよ」

本書の取材で会った遺伝子の専門家は、そんなことを言った。

たしかに六月八日、感染者数がついに累計七〇〇万人を超え、死者数も四〇万人を突破してしまった新型コロナウイルスのパンデミックは、世界の秩序と人類の営みを呑み込み、破壊し、人々の幸せを奪い去った。

亡くなった方々の無念を思うと、ご遺族にかける言葉も思い浮かばない。

本文に記述したように二〇二〇年三月、「中国に感謝せよ」と世界に向かって言い放った中国は、アメリカをはじめ、自由主義諸国とあと戻りできない戦いに自ら突入していった。

私は、日々の動きを観察し、その度に感じたことをツイートとして発信しつづけた。

本書を執筆するにあたって、これらのツイートをひとつひとつ振り返ってみた。さまざまなことが蘇《よみがえ》り、特に中国について、多くのことを考える時間を持つことができた。

中国は、なぜこんな国になってしまったのだろうか。

若い頃、中国が好きで、何度、彼《か》の地を訪れたか知れない。中国各地に赴き、もちろん武漢に滞在したこともある。原稿を書きながら、ゆったりとした大河・長江と武昌・漢口・漢陽の〝武漢三鎮〟の街並みを思い浮かべた。

決して裕福ではなかったが、当時の中国人は文化大革命の長い試練を乗り越え、改革開放路線の中で、ようやく見えてきた確かな「未来」に向かって走り始めていた。先進資本主義国のあとを追い、「追いつけ、追い越せ」という意欲が街中から溢れていた頃だった。

アメリカ人や日本人に対しても尊敬と学びの気持ちを忘れなかった彼らは、華国鋒から胡耀邦・趙紫陽の時代に移って、何十年か先には、本当に「民主化」の可能性があるのではないかと国際社会に思わせた。

しかし、天安門事件以降、中国はまったく〝別の国〟になった。

世界はそのことに気づくことができず、中国自体が〝世界の災厄〟へとなっていくことを傍観した。いや、積極的に「手を貸した」と表現した方が正しいかもしれない。

中国は、自らイノベーションを起こすのではなく、ひたすら外国の技術と資本を国内に持ち込むことで発展を図ろうとした。

先進資本主義国との「差」はあまりに膨大で、これを新たに構築することを諦め、彼らを引っ張り込んで「資本」も、「技術」も、そして「ノウハウ」も、そのまま移転する形での経済発展を目指したのだ。

本文でも紹介した「千人計画」のように、将来、軍事技術に応用できる先進国の最先端技術者や大学教授などが、破格の厚遇に惹《ひ》かれて中国へ赴き、大いに貢献した。

人材を引き抜けないジャンルは、得意の工作員による技術や設計図の盗み出し、あるいはハッカーによる情報取得という方法が用いられた。

欧米諸国が気づいた時には、中国はもはや制御不能な〝異形《いぎょう》の大国〟と化していたのである。本書には、武漢病毒研究所の「P4ラボ」に協力したフランスの研究者たちの間に「中国への協力」に対して反対の意見が少なくなかったことも紹介させてもらった。

もし、何かがあった時、どうするのか。誰もが一度はその懸念を口にしても、どうしても正常性バイアスが勝り、「まあ、大丈夫だろう」となり、ついには世界に惨禍《さんか》がもたらされる可能性について、本書では触れさせてもらった。

共産党独裁政権がすべてを牛耳ること、その国に惜しみなく物心両面で協力することの意味と危険性を感じてもらえたなら幸いである。

共産中国が決定的に勘違いしているのは、「人間の良心」をまったく無視していることである。力で押せば、必ず相手は引く。中国は、そう疑いなく思い込んでいる。

いま世界中で、そうした懐柔や脅しに決して屈しない人々によって、中国との戦いが展開されている。私は、この戦いは、日本が未来永劫《えいごう》、独立を保ち、国民が平和と幸福を享受できるか否かの分岐点であろうと思う。そのことも読み取っていただけたら、と願う。

本書の柱には、日本の統治機構と霞が関官僚の問題点もある。

使い古された言葉で恐縮だが、戦後日本の〝平和ボケ〟は、政治家や官僚など統治する側の主役たちから「国民の命を守る」という最大使命が忘却させられている事実を指摘した。

ただエリート意識と万能感に支配された霞が関官僚が、武漢のありさまを情報収集することもできず、危機を認識もできず、国民の命を危機に晒したことに私は呆然とした。

政治家も、官僚も、省庁も、企業も、コロナ禍でこれ以上はないほどの情けない姿を晒した。右往左往するさまは、戦後日本そのものの姿であるように私は感じた。

そんな中で、高いモラルと使命感、そして責任感に支えられた医療従事者の方々によって「日本が救われた」ことを、感謝を込めてあらためて記しておきたい。

二〇二〇年を襲った疫病は、世界秩序も、国家防衛のあり方も、人々の生き方も、すべてを見直さなければ「生存」さえ危ぶまれることを私たちに教えてくれた。本書を手にとってくれた皆様が、そのことの意味を考えてくれるなら、本書が刊行される意義も幾許《いくばく》かはあったかもしれない。

数多くの協力者によって本書はようやく完成にこぎつけることができた。本来なら、その一人ひとりのお名前を挙げ、感謝の言葉を述べさせてもらわなければならない。

しかし、本書は、協力してくれた方々のほとんどが組織に属していたり、中国人であったり、それぞれのお名前を出すことができない事情がある。皆様のお蔭で本書が完成したことをご報告し、心より御礼を述べさせていただきたい。

幸いに本文でも記述させていただいた松田学、木村もりよ、井上久男、古森義久、藤重太、早田健文、百田尚樹、有本香、林建良の各氏には、この場を借りて、あらためて謝辞を申し上げたい。

なかでも、極めて専門的なジャンルに分け入ったこの作品で、ウイルスの遺伝子操作を含む難解な論文の読解に協力していただき、その意味と解説を門外漢の私に丁寧に、そして根気よくしていただいた林建良医師には衷心より御礼を申し述べたい。

尚、医療問題に関する貴重なアドバイスや指摘は、倉本秋、倉本玲子両医師から頂戴した。今回も中国語の文献や記事の翻訳・分析に力を尽くしてくれた杉中学氏と併せ、心より御礼を申し上げる次第である。

さて、本書が日の目を見ることができたのは、産経新聞出版の瀬尾友子編集長の力による。短期間で膨大な取材をしようとする欲張りな私の手綱《たづな》を引き締めて、無事、完成まで持ち込んでくれた情熱とパワーに心より御礼を申し上げたい。

産経新聞出版の皆川豪志社長、『正論』発行人の有元隆志氏にも大変お世話になった。この場をお借りして厚く御礼申し上げる次第である。

何度も襲ってくるだろうこの疫病に私たちは屈するわけにはいかない。そのための心構えと情報を些かでも感じ取っていただければこれに勝る喜びはない。

なお本文は原則として敬称を略させていただいたことを付記する。

門田隆将

いまだ感染拡大の予断許さぬ東京にて

特別収録

日本の敗北はどこから

佐藤正久×門田隆将

三月一七日、産経新聞本社にて

（『正論』二〇二〇年五月号再録）

日本の対応に欠けていた点

門田　今回の新型コロナウイルスへの安倍晋三政権の対応ですが、私は危機管理という意味で実に反省すべき点が多かった、と考えています。重症急性呼吸器症候群（ＳＡＲＳ）を超える事態が懸念されるなかで、各国は中国からの渡航を相次いで見直していました。

北朝鮮はただちに中国からの観光客の受け入れの「全面停止」に踏み切り、米国もいち早くＣＤＣ（疾病対策センター）が、武漢からの航空便の乗客を別室に移して検査する水際作戦を採りました。フィリピンはすでに入国していた中国人観光客を追い返し、台湾は団体客の往来を全面禁止しました。しかし、日本は武漢からの航空機内で体調に関する「質問票」を配布するだけで、入国禁止などの措置は採らなかった。私はツイッターなどで「原発事故における民主党政権の対応と同じだ」とかなり早い段階から批判しましたが、日本の対応について佐藤さんはどうご覧になっていますか。

佐藤 新たな感染症に対する危機意識が今回どうだったか。これは議員も役人も甘かったと言わざるを得ないし、官邸を含む政府も例外ではありませんでした。一月二三日、人口一一〇〇万人を擁する大都市、武漢が封鎖されるという例のない事態があった時点で私たちは「大変なことが起こった」と反応しなければならなかったと思っています。

今回、医療関係者の間から、新型コロナウイルスについて「インフルエンザよりもたいしたことない」という見方が広がりました。これが多くの国民の判断を惑わした気がしてなりません。初期の段階で十分に注意しようという危機意識が共有されていれば、対応が随分違ったように思います。CDCの対応が述べられましたが、アメリカは新しいタイプの感染症を深刻な脅威ととらえて実に用心深く、できるだけ水際を高く対処しようとしていました。きちんと危機意識を持って対処しようとした点で日本とは雲泥《うんでい》の差でした。

門田 そうですね。厚労省は医療系技官を含め役人たちの危機感が当初から全く希薄だった。私もそう思っています。しかし、なぜ、そこまで危機感が希薄だったのでしょうか。

佐藤 それは感染症対策そのものがナショナル・セキュリティー（国家安全保障）レベルに位置づけられておらず、感染症に携わる厚労省の役人の発言力もまた、決して強くないからではないでしょうか。

自衛隊にも厚生労働省の技官と同様、医者がいます。自衛隊医療の特性上、救急と総合臨床、感染症の三分野は重点分野です。新しい感染症には国家レベルで対応する。何故ならワクチンは無論、検査薬も、治療薬もなく、パンデミック（世界的な大流行）の恐れすらある。これが国際社会では当然の認識で、防疫対策としてではなく、ナショナル・セキュリティーとして軍隊を含め、政府全体で対処するという発想や意識がもともとあるのです。

化学、生物、放射性物質、核、爆発物への対処策としてCBRNEという考え方があります。一番の中心部にホットゾーンがあって、その周りにはウォームゾーン、一番外側に安全なコールドゾーンが広がっている。自分のいる場所をいかにコールドゾーンに置き、ホットにしないようにするか。これが基本です。

今回でいえば、武漢がホットゾーンです。アメリカは自分をコールドにするには、出来るだけ早く入国制限しないと自分の国がウォーム、ホットと化していく。ホットゾーンから来た者を窓やトイレ、カーテンもない軍人輸送用の輸送機で運び、アラスカの軍用基地で給油後、そのまま軍施設に隔離しました。ロシアも軍用機でシベリアに運び、オーストラリアはクリスマス島に隔離しました。多くの国が危機管理イコール安全保障の問題と捉えて軍が前面に出て対処していました。

国会議員にも責任

門田　私が印象的だったのは台湾取材で見た台湾の当局者たちの意識の高さでした。台湾は世界でほとんど唯一〝水際作戦〟に成功しましたが、彼らは中国によるウイルス攻撃まで意識していたのです。
私たちは武力侵攻と聞くと、ミサイルなどを想像しがちです。しかし、総統選で国民党が負け、民進党が勝った。ひょっとしたらウイルス攻撃があるかもしれない。そうした危機感すら持って対応していたのです。陳建仁副総統がＳＡＲＳの際の衛生福利部長（当時は行政院衛生署長）だったこともあり、台湾はウイルスや国防に対して敏感で意識の高い動きを取ったのです。

佐藤　日本はそうした意識自体が希薄です。だから、どうしても新しい感染症を防疫対策の範疇でやろうとする。法体系も組織も、制度もそうなっていないのですから、これは私たち国会議員にも責任がある話です。

例えば私が感染したとします。門田さんと接触し、自由に動いたら、どんどん広がっていくに決まっています。門田さんだって誰かにうつすでしょうし、逆に移動がなければ感染しません。ですから隔離は当然必要となります。ですが、それを社会全体で漏れなく実現するには、感染症が本当に広がったら大変という意識が広く共有されていないとできません。しかし、日本ではそうした意識が希薄でしょう。ここが決定的に重要です。

実は二〇〇九年の新型インフルエンザの感染拡大を受けて、厚労省では省の対応を検証した報告書をまとめていました。そこには「アメリカのＣＤＣに倣《なら》った組織をつくるべき」とか「戦略的に情報を発信する報道課のような組織をつくるべき」といった優れた提言がたくさん盛り込まれていました。ですが、それらは自民党政権になって事実上、お蔵入りになってしまった。自民党にも問題はありますが、厚労省もまた積極的に推し進めようとはしていませんでした。

日本の航空自衛隊にも米国が使った輸送機に似た空中給油に使う輸送機、ＫＣ—七六七が四機ありましたし、C―2輸送機に陽性患者を運ぶ陰圧式のアイソレーター（感染者隔離のためのカプセル型担架）もありました。ですが、今回は使われませんでした。

CBRNEの発想があれば、ホットゾーンとなっているクルーズ船「ダイヤモンド・プリンセス号」の船内にわざわざ対策本部をつくってコールドゾーンの人間を入れるなんて発想などもありえない。対策本部は桟橋などの船外にプレハブを作って、必要最小限の人間が船内に入れば十分ですが、そうした意識もありませんでした。随所に新型感染症は怖いという危機意識の欠如がでていました。

門田　専門家は日本にも沢山います。ですが、そうした人が配置されず、活かされずに終わっている。スペシャリストが指揮して組織を動かせばいいのに、その発想がないんですね。国会議員にも佐藤さんのような方がいらっしゃる。政権与党にだって専門家はいます。にもかかわらず、なぜ、そうした声が通らないのか、不可解でなりません。

佐藤　おかしくないんですよ。みんなが意識の根底で「危なくない」と考えているからです。

ナショナル・セキュリティーという意識が欠けていたことを示すエピソードをもうひとつ述べましょう。二月五日、新型コロナウイルス感染症対策に係る対策本部会合があって内閣官房からペーパーが配られました。関係省庁がズラリ名を連ねていましたが、そこに防衛省は入っていませんでした。私等が指摘して当日、慌てて防衛省を加えて配られましたが、そのぐらいの意識だったんです。

一月三〇日に春節が終わってWHOが緊急事態宣言を出し、すでに五日経過していましたが、その時ですらこの程度の認識だったのです。ですから当時「パンデミックになる」とか「経済が大変なことになる」などと予想した人はそれほどいなかったはずです。

「そんなに騒ぐ必要はない」

門田　そうした状況ですから、佐藤さんがいくら声を上げても「何を大袈裟に言っているのか」と受け止められてしまったのではないですか。中国では〝医療崩壊〟の結果、隔離されても、点滴も打ってもらえず、そのまま死ぬのを待つような状況だという恐怖が広がり、それで日本に逃げようという動きが生まれた。日本に入国すれば日本の医療が受けられ、死ぬことはないだろう、と。「日本に入国するためには解熱剤を飲んで、入国審査では質問にこう答えよ」といった書き込みがSNSで大量に出回ったほどです。

日本への入国はほとんどフリーパスで、一向に制限を掛けない日本に中国人ですら「日本は大丈夫か」と首を傾げたほどで、入国禁止にやっと踏み切った時など「よく禁止してくれた」と逆に中国人が安堵する書き込みがみられました。

佐藤　そうなんです。中国の人は今回の新型コロナウイルスが怖くて仕方なかった。自分たちがこれほど怖いと思っているのに、どうして日本は検疫も入国審査もこんなに甘いのか、不思議で仕方なかったという話は私も耳にしました。

ですが、当時の自民党の会議でも多くの医師や看護師出身の議員の口癖は「そんなに騒ぐ必要はない」でした。私はある京都出身の国会議員から「京都は観光で成り立っている。入国禁止などしたら、大変なことになる、もっと落ち着け」とたしなめられたほどでした。これが当初の大方の雰囲気でした。

門田　新型コロナのような国際感染を阻止する三原則とは「止める・突きとめる・追いかける」です。まず感染国からの入国を止めることがなんといっても第一で、その上で、国内にいる感染者を突きとめ、その感染経路や濃厚接触者を徹底的に追って隔離・治療していくわけです。これがパンデミックにならないために要求される第一段階であり、大原則なのです。しかし、日本は、最初からこの「止める」を放棄しました。蛇口を開けっ放しにして、一生懸命、水を汲みだそうとしたのです。

一方、台湾では武漢の故・李文亮医師が初めてウイルスのことを告発した翌日の一二月三一日には、もう最初の注意喚起をおこない、一月二日には日本の厚労省にあたる台湾衛生福利部で早くも「伝染病予防治療諮問会」が対策を討論しています。そして八日には、すべての国際線と中国の厦門《アモイ》、泉州、福州などの船舶の往来の警戒レベルを引き上げました。

一五日には、検疫時に隔離措置を可能にする「法定感染症」に指定し、二〇日には「中央感染症指揮センター」、つまり全権を持つ対策本部を発足させ、二四日にはマスク輸出を全面禁止しています。日本では中国にマスクを寄付する動きがさらに加速していた頃のことですよ。その後も台湾は水際作戦を展開し、二月末時点で国民の八二％が政府の対策に満足し、支持しています。日本と国家の危機管理意識がまるで違うことに溜息が出てしまいます。

佐藤　全然そこが違うんですよね。新型インフルエンザの教訓が生かされなかった日本と、それを真剣に受け止めて実行に移した台湾との差が出たといっていいでしょう。

特に日本の場合、経済的なインバウンドなどの論理が優先されてしまった。中国からの入国を止めたら旅行業界、観光業界をはじめ経済が大変なことになる、という意識が強くて「今回のウイルスはインフルエンザと同じくらいだ」という見方が出回ると、そちらに流れてしまった。経済的に中国に依存し過ぎているのです。

門田　私が台湾の友人から「日本は大丈夫なのか」と直接連絡をもらった中で印象的だったのは、武漢から最初のチャーター便が帰ってきた一月二九日でした。迎えのバスの運転手がマスクだけしかしていなかったので、ニュースの映像を見て台湾の人たちがびっくりしたんです。こんなに警戒心が薄くて大丈夫なのか、というわけです。

その頃、台湾は中国の嫌がらせで同胞を武漢から救出できないままでした。二月三日に台湾が連れ帰ることができた時、たしかに迎える側は防護マスクの〝完全武装〟でしたね。そのまま隔離して徹底検査し、安全確認をしましたが、なかに陽性者が一人いたことを国民に伝える衛生福利部長の涙の会見も印象的でした。何から何まで全く日本とは異なっていました。

海外依存の危うさ

佐藤　なぜ、インバウンドの理屈が日本で優先されてしまったか。それは安倍政権の成果のひとつがインバウンドだった、という事情も間違いなくあったような気がします。

今回、私は日本の中国への依存ぶりについて調べているのですが、サプライチェーン一つ取っても考えさせられます。例えば、今回品薄になったマスク。一般のマスクで八割、N95という高性能のマスクの九割が中国の生産でした。

門田　N95って三〇分以上、着けていられないほど、苦しいものですが、あれは台湾でも生産していますよね。

佐藤　台湾でも確かに作っていますが、日本にあるもののほとんどが中国からの輸入品です。肺炎になったら欠かせない人工呼吸器も問題があって、そのほとんどがドイツ製でした。こうした大事なものが海外に依存する状態なのです。

実際、死亡者が急増しているイタリア北部では、呼吸不全に陥った重症患者の数に人工呼吸器の数が追いつかないため、少しでも回復の見込みがある患者を優先し、高齢で回復が望めそうにない患者等を見捨てるという「トリアージ」が行われている病院もあります。患者の生死を選別する医師の重圧は想像を絶します。これが医療崩壊の現実です。

門田　人工呼吸器の数が重要というのは、まさに新型コロナ問題の核ですよね。武漢で多くの若者が命を落としたのは、まさにこれが足りなくなって呼吸管理ができなかったのが大きいと言われています。武漢ウイルスは罹患しても八〇%は軽症で重症化しないとされますが、問題は残りの二〇%。その人たちも薬の投与だけで回復できる人が多いですが、人工呼吸器が必要になる人が罹患者全体の五%もいると言われています。

そこに対応できている日本はまだ〝医療崩壊〟とはいえないので、死亡者の数は各国に比べて少ない。しかし、逆にいえば人工呼吸器の数を上まわる重篤患者が出れば、日本も医療崩壊になるということです。人工呼吸器が足りなくなって呼吸管理ができず、助かるはずの人が亡くなるケースをどう回避するかが重要ですね。それを考えると、ドイツが人工呼吸器をいち早く海外に出さないという判断をしたのは、自国民の命を守るためには当然だと思えます。

佐藤　そのほかにもいろいろなことが分かってきましたが、総じて国内の備蓄やサプライチェーンにおいて分散してリスクヘッジを図るという発想に乏しい。そう痛感しています。

日本版ＣＤＣの創設を

佐藤　今回、安倍首相が緊急性からイベントの中止・延期を呼びかけ、全国の学校を休校にする方針を示しましたが、これも本来は緊急事態宣言を出して法的基盤に基づいてやるべき話です。今回はどちらも法的基盤なく、お願いベースで協力を呼び掛けて私権の制限が行われましたが、加えて怖いのは訴訟リスクなんです。

例えば学校が休校になって給食を納めていた業者がつぶれたとします。業者が訴訟に及んだ場合、訴える相手が、休校を決めた市町村長に及ぶことだって考えられるのです。法的基盤があって緊急事態宣言が出されたのであれば、法律の後ろ盾がありますが、今はその法的権限が何もないわけです。

門田　新型インフルエンザ等対策特別措置法が改正されましたから、今は新型コロナウイルスでも緊急事態宣言は出せます。ところがメディアのなかには「緊急事態宣言など出すべきではない」とか「宣言するときは政権が退陣するときだ」といった具合に宣言を警戒する論調が出ています。

佐藤　ですが、法的権限もないのに私権を制限している現状のほうが、法治国家としてはおかしな光景でしょう。クルーズ船「ダイヤモンド・プリンセス号」への対応についても指摘したいことがあります。それはガバナンスが効いていなかったということです。
厚生労働省のなかには、船の中にいてPCR検査もせずにホテルに戻り、そして職場復帰してのちに感染が判明した者がいました。プリンセス号には内閣官房の職員もいれば、厚労省職員もいました。災害派遣で自衛隊員もいましたが、自衛隊は防衛大臣の指揮下にある。船内では責任区分はあってもみなが橋本岳厚労副大臣の指揮、統制下にあったわけではありません。

門田　バラバラでなくCDCのような組織の指揮のもと、いざというときは「こう動くぞ」という専門集団をつくっておく必要があります。

佐藤　そう。内閣官房には内閣危機管理監という役職がありますが、必ずしも感染症に詳しいわけではありません。私は今、日本版CDCを内閣官房・内閣府に小さな組織でもいいからつくって、感染症危機管理監を新設するべきだと提案しています。厚生労働省医務技監と兼務でもいいんです。その下に専門チームを置き、日頃から情報収集するサーベイランス機能を持たせる。非常時には、自衛隊は自衛隊、厚生労働省は厚生労働省、内閣官房は内閣官房とバラバラに動くのではなく、トップダウンで全てを仕切る組織が必要だと思います。

門田　安倍首相はこれまで危機管理に強いとされてきました。ですが、その官邸がここまで危機管理に甘く後手に回って安倍首相の強固な支持層だった保守層は離れていきました。いわゆるリアリストの人たち、現実に根差して考える人たちの失望を招いたのです。失われた信頼を回復する意味でもこうした組織作りは急務だと思いますね。

佐藤　縦割りの弊害には何としても手を打っておく必要があるのです。というのは現状では、感染症対策は厚労省の担当となっていますが、これがバイオテロだったら警察のマターになります。そしてさらにそれが生物兵器だったら、自衛隊のマターになっているのです。ですが、こうした事象というのは、ただの感染症か、それともテロなのか、あるいは生物兵器によるものなのか、わからない形で現れるのが普通です。境目などありません。

病院もそうです。一口に病院といっても自衛隊の病院は防衛省、大学病院は文科省、自治体などが運営する市民病院は総務省で、共済病院は財務省、宗教法人の病院は文化庁が所掌するといった具合に細かく分かれています。いざというときに備えてどこかが束ねて統括する組織がないといけないわけです。危機管理の基本は怖さと使命感です。いかにして命を守るか。よく危機管理の世界では「巧遅は拙速に如かず」「空振りは許されるが見逃しは許されない」などといわれます。まさにそれです。そうした意識が感染症に対しては欠かせないのです。エボラは怖いと思っても新型コロナウイルスには所詮コロナだという意識がどこかにあった。やはり分からないものには危機意識を高く持って、先手先手で早めに手を打つことが大事です。

門田　今回の教訓を生かせなければ、日本は国家として終わります。これほどの国難でも、あさっての方向を向いている野党やマスコミもいる。国民の命を守ろうとしない人たちは日本に必要ない。国民も自分たちの命のために厳しい目を忘れないで欲しいですね。

さとう・まさひさ　昭和三五年、福島県生まれ。防衛大学校に入校後、陸上自衛隊に入隊、化学科隊員。ゴラン高原派遣、イラク人道復興支援で初代派遣部隊の隊長を務め「ヒゲの隊長」と呼ばれる。平成一九年の参院選に当選。外務副大臣などを歴任。

【関連年表】

2019年 12月	8日	中国	湖北省武漢市で初の感染者が発症
	30日	中国	武漢市の李文亮医師がグループチャットに「華南海鮮市場で7名がSARS（重症急性呼吸器症候群）に罹り、我々の病院の救急科に隔離されている」と発信
		中国	武漢市衛生健康委員会は『原因不明の肺炎に対する適切な治療についての緊急通知』をネット上に発表
	31日	中国	WHOへ原因不明の肺炎の発生を報告
2020年 1月	1日	中国	武漢の海鮮市場（華南海鮮城）を閉鎖
	2日	台湾	「ヒトヒト感染」を前提に動き出す
	5日	中国	武漢市の感染者数59人、うち7人重症と発表
	9日	中国	中国当局が新型コロナウイルスを7日までに検出したと公表。新型肺炎に関する初の死亡例が中国で確認
	14日		WHO、新種のコロナウイルスを検出と認定
	15日	日本	新型コロナウイルス、国内で初の感染確認（武漢市から帰国した神奈川県在住中国人男性）
	18日	中国	武漢市で4万世帯超が参加する夕食会を開催
	20日	中国	中国の専門家が「ヒトからヒトへの感染」認める
		中国	習近平主席が「感染拡大の勢いを断固押さえ込め」との重要指示を公表、挙国体制に転換
	22日		WHO、緊急会議
		米国	中国・武漢からの渡航者の入国を5つの空港に制限
		北朝鮮	中国からの観光客の受け入れを全面停止
		台湾	台湾と武漢間の団体旅行を一時停止
	23日		WHO、「緊急事態宣言」を見送り
		中国	武漢市封鎖（事前に500万人が脱出）
	24日	台湾	中国大陸全土への団体旅行を中止
		台湾	マスクの輸出を禁止
		日本	中国湖北省（武漢含む）をレベル3の渡航中止勧告に引き上げ
	25日	中国	「春節」始まる
	26日	中国	新型肺炎の潜伏期間は平均で10日前後と発表。潜伏期間中に拡散させている可能性を指摘

月	日	国・地域	出来事
		中国	武漢市長などが記者会見
	27日		WHO、世界リスクを「高い」に訂正
		香港	中国湖北省の居住者と過去14日間に同省を訪れた人の入境を禁止
		中国	李克強首相が武漢入り。この日から海外への団体旅行が禁止に
		日本	大阪入国管理局が中国人に短期滞在ビザを30日間延長、その後、入管は同様の措置を認める
	28日	日本	日本人感染初確認（奈良の男性、渡航歴なし）
		日本	新型コロナウイルス感染症を「指定感染症」に（2月1日施行）
		中国	WHOテドロス事務局長が北京で習主席と会談
	29日	日本	中国・武漢からのチャーター機、第1～5便が帰国（～2月17日）
	30日	日本	WHO、緊急事態宣言（ジュネーブ現地時間）。渡航制限の必要性は否定
			「国内でも人から人への感染が認められた」厚労省が見解
	31日	欧州	イタリアが非常事態を宣言
2月	1日	日本	新型コロナウイルスによる肺炎などを感染症法の「指定感染症」と検疫法上の「検疫感染症」とする政令を施行
		日本	湖北省への渡航歴のある外国人の入国拒否
			中国本土の感染者が1万人を超す
			オーストラリア、モンゴル、シンガポール、中国全土からの入国を拒否
	2日		アメリカ、インドネシア、中国全土からの入国を拒否
		韓国	中国湖北省訪問者などを対象に初の入国制限措置
	3日		ニュージーランド、中国全土からの入国を拒否
		日本	横浜に到着したクルーズ船の検疫開始。その後集団感染が判明
	6日	台湾	中国全土からの入国を拒否
	7日	中国	李文亮医師死去（33歳）
	8日		武漢在住の日本人が死亡
	11日		WHO、「COVID-19」の名称を決定
	13日	日本	国内初の死者（神奈川県の80代女性）
		日本	中国浙江省へ渡航歴のある外国人の入国を拒否

月	日	国	出来事
	14日	日本	政府、新型コロナウイルス対策第1弾を決定。総額153億円
		中国	武漢市で全面的な外出禁止措置
		欧州	フランスで欧州初の死者（中国人観光客）
	15日	日本	和歌山で国内初の院内感染
	18日	韓国	新興宗教団体の女性信者の感染確認。集団感染が拡大
	19日	日本	クルーズ船「ダイヤモンド・プリンセス号」、陰性の乗客の下船開始（21日まで）
	23日	中国	習近平主席重要談話（首都北京の感染拡大封じ込めに「努力を惜しむな」）
		韓国	文在寅大統領、危機レベルを4段階で最高の「深刻」に引き上げ
	24日	日本	専門家会議が「今後1～2週間が瀬戸際」と見解
		中国	3月5日に開催予定だった全人代の延期を決定（その後、5月22日開幕を決定）
	25日	日本	政府が新型コロナウイルス感染症対策の基本方針。厚労省に「クラスター対策班」設置
		日本	Jリーグが全公式戦の延期を発表
	26日	日本	韓国・大邱（テグ）広域市および慶尚北道清道郡に入国申請日前14日以内に滞在歴がある外国人の入国を拒否
		日本	政府がスポーツ・文化イベントの中止や延期を要請
	27日	日本	安倍首相、全国の小中高・特別支援学校に3月2日から春休みまでの休校を要請
		韓国	米韓合同軍事演習延期を発表
	28日	日本	北海道「緊急事態宣言」発表
			WHO、世界的な危険性の評価を「高い」から「非常に高い」に引き上げ
	29日	日本	安倍首相が緊急会見
3月	2日	日本	小中高校休校開始
			中国本土の感染者が8万人を超す
	4日	日本	クルーズ船を含む国内感染者が1000人超すとの報道
		米国	カリフォルニア州が非常事態宣言
	5日	日本	中国、韓国全土からの入国者に2週間の待機要請（9日午前0時から）
		日本	政府は習近平主席の国賓来日延期を正式発表
		中国	隔離中の武漢市民が窓から副首相に「全てうそ」と絶叫
	6日	日本	PCR検査、公的医療保険適用開始

	韓国	日本に対抗措置、ビザ免除停止などを発表（9日午前0時から）
		米国内感染者数200人超え
7日	米国	ニューヨーク州で非常事態宣言（宣言は米国で5州に）
		世界の感染者10万人超す
	欧州	イタリア首相が北、中部で移動制限を発表
9日	日本	新型コロナウイルス政府専門家会議が現状認識を公表
	日本	プロ野球開幕延期を決定
		欧州の感染者が1万人超す
10日	日本	新型インフルエンザ等対策特別措置法改正案を閣議決定
		新型コロナウイルス感染症をめぐる対応を「歴史的緊急事態」に指定
	欧州	イタリア、全土での外出制限を開始
	中国	習近平主席、封鎖下の武漢を初視察
11日		WHOが「パンデミック」表明
12日	日本	首相の通算在職日数が3000日に
	中国	趙立堅外務省報道官ツイッターに投稿「米軍が武漢に感染症を持ち込んだのかもしれない」
13日	米国	トランプ大統領「中国はウイルスがどこから来たか分かっている。米国もウイルスの出所を知っている」
	日本	改正新型インフルエンザ等対策特別措置法が成立。緊急事態宣言が可能に
	米国	トランプ大統領が「国家非常事態」を宣言
		WHO「欧州がパンデミックの震源地」
	中国	医療支援団がイタリアに到着
14日	日本	安倍首相会見「現時点で緊急事態を宣言する状況ではない」
	欧州	スペイン、非常事態宣言
16日		G7首脳、緊急テレビ電話会議
	欧州	フランス、全土での外出制限を発表
	中国	中国外の感染が中国を上回る
	欧州	欧州委員長が「EU封鎖」を表明
17日	欧州	フランスが外出禁止令を実施

18日		**中国・武漢の新規感染者が「ゼロ」に**
		世界の感染者20万人超す
19日	日本	大阪の吉村洋文知事が大阪・兵庫間の往来自粛要請
	米国	カリフォルニア州が外出禁止令
	台湾	全ての外国人の入国を原則禁止
20日	日本	東京五輪の聖火が到着
21日		**世界の死者1万人超す**
22日	欧州	ドイツが3人以上の集会などを禁じる接触制限
	米国	ニューヨーク州が外出制限
23日	日本	政府、内閣官房に新型コロナウイルス感染症対策推進室設置
	欧州	イギリスが全土で外出制限
24日	日本	東京五輪・パラリンピックの延期決定（史上初の延期）
25日	日本	小池百合子東京都知事が週末の外出自粛を要請
	米国	トランプ政権と議会が総額2兆ドル規模の経済対策で合意
26日	日本	政府、特措法に基づく政府対策本部を設置
	米国	トランプ大統領、TAIPEI法案に署名、成立
		米国の感染者数が中国を抜いて世界最多に（8万5千人超）
		世界の感染者50万人超す
27日	日本	新年度予算成立　102兆6580億円（過去最大）
	日本	週末を控え、16府県移動自粛、東京・埼玉・神奈川・大阪は外出自粛要請
	米国	トランプ大統領、2兆2千億ドル（約237兆円）規模の経済対策法案に署名（GDPの約1割）
	欧州	イギリス、ジョンソン首相の感染が明らかに（4月27日公務復帰）
28日	日本	安倍首相会見
	日本	政府、新型コロナ対策の指針「基本的対処方針」を決定
	中国	ビザ保有でも外国人の入国を停止
29日	日本	志村けんさん死去。新型コロナ肺炎で
30日		東京五輪、2021年7月23日開幕で合意

月	日	国	出来事
4月	1日	日本	入国拒否、73カ国・地域に拡大
		日本	首相、政府新型コロナウイルス感染症対策本部で全世帯に布マスク2枚を配布する方針示す
	2日		**世界の感染者数が100万人を超える**
	3日		**国内の感染者が3000人超す（クルーズ船など除く）**
	7日	日本	首相、7都道府県を対象に緊急事態宣言（5月6日まで）
		日本	首相会見
			フランス、感染者7万人、死者1万人超え
	8日	中国	武漢封鎖を解除（午前0時）。これまでに武漢だけで感染者5万人、死者2500人
		日本	コロナ倒産45件（3月後半から4月7日まで。東京商工リサーチ）
			世界の感染者150万人超え、死者9万人に迫る
	10日	日本	東京都、6業種に休業要請（11日から5月6日まで）
	11日	日本	基本的対処方針を改定（7都道府県以外でも接客伴う飲食店へ外出自粛要請のため）
			中国、海軍空母1隻を含む艦艇6隻、沖縄本島と宮古島間を通過
			死者数で米国が世界最多に（ジョンズ・ホプキンス大集計）
	13日		**国内の死者が100人超す（クルーズ船など除く）**
	14日	米国	トランプ大統領がＷＨＯへの拠出金停止を表明
	15日	韓国	韓国総選挙、与党勝利
	16日	日本	緊急事態宣言の対象区域を全国に拡大
	17日	日本	安倍首相会見、1人10万円一律給付来月開始。変更を陳謝
	18日		**国内感染者1万人超え（クルーズ船などを除く）**
		香港	香港デモ一斉摘発。民主派幹部ら15人逮捕
	20日	日本	25兆6914億円の補正予算案を閣議決定（8・8兆円増）
		中国	中国、南シナ海に新行政区
	21日	日本	台湾寄贈マスク、200万枚が成田到着
		日本	厚労省、濃厚接触の定義を変更
		米国	ミズーリ州政府、中国を提訴。賠償要求
	22日	日本	専門家会議、8割削減の取り組みが不十分との認識を示し、10の具体例を提言

	23日	日本	岡江久美子さん死去、新型コロナで
	24日	日本	政府、GW前に接触8割減徹底、休暇延長を要請
		日本	大阪府知事、特措法に基づき休業要請に応じない大型パチンコ店6店舗を公表
	25日		**世界の死者20万人超す**
	26日	日本	全国高校総合体育大会（インターハイ）が初の中止に
	27日	日本	日銀金融政策決定会合、長期国債の買い入れ上限を撤廃
		日本	大阪府知事、特措法に基づく休業要請に応じない大型パチンコ店3店舗を新たに公表。兵庫県は6店舗を公表
			世界の感染者数300万人超す
	30日	日本	令和2年度補正予算、成立
5月	1日	日本	10万円給付始まる
	2日		**国内の死者が500人超す（クルーズ船などを除く）**
	4日	日本	緊急事態宣言、31日まで延長（特定警戒都道府県はこれまでと同様、その他34県は「新しい生活様式」の徹底）
	5日	日本	大阪、自粛解除へ独自基準を決定
	6日		**イギリス、感染者数20万人、死者数3万人超す**
	7日	日本	厚労省、レムデシビルを新型コロナウイルス感染症の国内初の治療薬として特例承認
	8日	日本	持続化給付金支給開始
		日本	厚労省、相談目安「37・5度」などを削除
	9日	日本	中国公船、尖閣領海で日本船を追尾
		韓国	ソウル市のクラブで集団感染
			世界の感染者数400万人超す
	10日	香港	「国歌条例」に抗議活動拡がる
	13日	日本	厚労省、「抗原検査」の検査キットを薬事承認
	14日	日本	39県、緊急事態宣言を解除
		日本	首相会見、2次補正（予算案）編成を表明
		米国	米上院、ウイグル人権法案可決
			世界の死者30万人超

15日	日本	レナウン、民事再生法の適用を申請（上場企業で初のコロナ破綻）
18日	日本	GDP年3・4%減（1～3月期速報値）
20日	台湾	蔡英文総統2期目就任
	日本	夏の甲子園中止、高野連が決定（戦後初）
21日	日本	大阪、京都、兵庫の緊急事態宣言を解除
		世界の感染者数500万人超
22日	中国	全国人民代表大会（全人代）開幕。成長目標設定せず
24日	香港	全人代で審議予定の「国家安全法」に抗議、数千人デモ
25日	日本	首都圏と北海道の緊急事態宣言を解除（全面解除）
31日		**世界の感染者数600万人超、死者37万人に迫る**

【参考文献】

『ネイチャー』(二〇一三年三月二七日・二〇一五年一一月一二日・二〇一七年二月二三日・二〇二〇年二月三日)
『アメリカ合衆国保健福祉省リポート』(二〇一四年五月一五日)
『サイエンス』(二〇一四年一一月一七日)
『ネイチャー・メディシン』(二〇一五年一一月九日)
『ザ・サイエンティスト』(二〇一五年一一月一六日)
『中国科学院武漢病毒研究所ホームページ』(二〇一七年一二月一一日)
『作家方方的博客』(方方)
『一个独居女性的武汉封城日记』(郭晶)
『バイオアーカイヴ』(二〇二〇年一月三〇日)
『ネイチャー・アジア』(二〇二〇年二月四日)
『リサーチゲート』(肖波涛・二〇二〇年二月六日)
『サイエンティフィック・アメリカン』(二〇二〇年三月一一日)
『ザ・ナショナル』(二〇二〇年四月一三日)
『武漢晩報』(二〇一七年五月三日)
『新華網』電子版(二〇一七年五月三日)
『澎湃新聞』(二〇一七年一二月一一日)
『環球時報』電子版(二〇二〇年一月二七日)
『BBCニュース』(電子版二〇二〇年二月四日)
『新民晩報』(二〇二〇年二月七日)
『阿波羅新聞網』電子版(二〇二〇年二月一〇日)
『財新』電子版(二〇二〇年二月一二日)
『新京報』電子版(二〇二〇年二月二六日)

『新華社通信』電子版（二〇二〇年三月四日）
『ウォール・ストリート・ジャーナル』電子版（二〇二〇年三月六日）
『ワシントン・ポスト』電子版（二〇二〇年四月一四日）
『AFP時事』電子版（二〇二〇年一月二九日・四月一七日）
『ル・モンド』（二〇二〇年四月二五日）
『フォーリン・ポリシー』電子版（二〇二〇年五月一四日）
『アジアタイムズ』電子版（二〇二〇年五月一五日）
『阿波羅新聞網』電子版（二〇二〇年二月一〇日）
『自由時報』電子版（二〇二〇年二月一七日）
『BFMTVニュース』（二〇二〇年四月二〇日）
『SARSコロナウイルス細胞侵入の分子機構に関する研究』（田口文広・国立感染症研究所）
『人獣共通感染症 改訂3版』（木村哲・喜田宏編・医薬ジャーナル社）
『感染症の事典』（国立感染症研究所学友会編・朝倉書店）
『キラーウイルスの逆襲　SARSとの闘い、そして共存へ』（畑中正一・日経BP社）
『ウイルス研究の現在と展望』（野本明男・西山幸廣編・共立出版）
『ウイルス感染症・研究と臨床の最前線』（小池和彦編・医歯薬出版）
『エイズ犯罪　血友病患者の悲劇』（櫻井よしこ・中央公論社）
『厚生労働省崩壊「天然痘テロ」に日本が襲われる日』（木村盛世・講談社）
『官邸コロナ敗戦　親中政治家が国を滅ぼす』（乾正人・ビジネス社）
『世界が地獄を見る時―日・米・台の連携で中華帝国を撃て』（石平vs門田隆将・ビジネス社）
『SAPIO』（二〇〇一年一二月一九日）
『JBプレス』（近藤大介・二〇二〇年一月二二日）
『遠藤誉が斬る』（遠藤誉・二〇二〇年一月二四日・一月二七日・一月二九日）

『プレジデントオンライン』（藤重太・二〇二〇年二月二九日・三月一日・三月一三日・四月四日）
『レコードチャイナ』（二〇二〇年一月二七日）
『フォーサイト』（野口東秀・二〇二〇年三月一六日）
『現代ビジネス』（時任兼作・二〇二〇年三月二五日）
『ウェッジ・インフィニティ』（早川友久・二〇二〇年四月二八日）
『夕刊フジ』（有本香・二〇二〇年一月二四日）
『夕刊フジ』（河添恵子・二〇二〇年三月一六日・五月六日）
『ＮＨＫ「政治マガジン」』（二〇二〇年三月一八日号）
『東洋経済オンライン』（新型コロナウイルス「生物兵器論」は本当なのか・二〇二〇年二月一二日）
『文藝春秋』（「中国政府に口封じされた　武漢・中国人女性医師の手記」艾芬・二〇二〇年五月号）
『日経サイエンス』（二〇二〇年七月号）
『朝日新聞』（二〇二〇年一月一二日・一月一七日・二月五日・二月一一日）
『読売新聞』（一九七四年一〇月八日・二〇二〇年一月二一日・四月九日・四月一六日・四月一八日）
『産経新聞』（二〇二〇年五月二四日・二〇二〇年五月二五日）
『日本経済新聞』（二〇二〇年二月七日・四月二五日）
『時事通信』（二〇二〇年一月二〇日・二月一二日・二月一九日・一月二三日）
『サンケイスポーツ』（梶川浩伸・二〇二〇年五月一九日）
『ＮＨＫニュース』（二〇二〇年一月二一日）

装幀　神長文夫＋松岡昌代
ＤＴＰ製作　荒川典久
カバー写真　NIAID Integrated Research Facility (IRF)/Handout via REUTERS=Kyodo

門田隆将（かどた・りゅうしょう）

作家、ジャーナリスト。1958（昭和33）年高知県安芸市生まれ。中央大学法学部卒業後、新潮社に入社。『週刊新潮』編集部に配属、記者、デスク、次長、副部長を経て、2008年4月に独立。『この命、義に捧ぐ―台湾を救った陸軍中将根本博の奇跡』（集英社、後に角川文庫）で第19回山本七平賞受賞。主な著書に『死の淵を見た男―吉田昌郎と福島第一原発』（角川文庫）、『オウム死刑囚　魂の遍歴―井上嘉浩　すべての罪はわが身にあり』『日本、遥かなり―エルトゥールルの「奇跡」と邦人救出の「迷走」』（PHP研究所）、『なぜ君は絶望と闘えたのか―本村洋の3300日』（新潮文庫）、『甲子園への遺言』（講談社文庫）、『汝、ふたつの故国に殉ず』（KADOKAWA）、『新聞という病』（産経新聞出版）など多数。

疫病2020

令和2年6月27日　第1刷発行
令和2年9月4日　第6刷発行

著　者　門田隆将
発行者　皆川豪志
発行所　株式会社産経新聞出版
〒100-8077 東京都千代田区大手町1-7-2 産経新聞社8階
電話　03-3242-9930　FAX　03-3243-0573
発　売　日本工業新聞社　電話　03-3243-0571（書籍営業）
印刷・製本　株式会社シナノ
電話　03-5911-3355

ISBN 978-4-8191-1387-8
C0095